Mit speziellem Dank an Christian Kallenberg

Berlin, April 2024

© 2024 Wolfgang Krewe
Verlag: BoD - Books on Demand GmbH, In de Tarpen 42,
22848 Norderstedt
Druck: Libri Plureos GmbH, Friedensallee 273,
22763 Hamburg

ISBN: 978-3-7597-9224-2

ROCKERS

Wenn diese Frau etwas wollte, dann wollte sie es!

Und gerade wollte sie, dass ich einen Anzug anziehen sollte!!

Ich! Hahaha.

Sie redete jetzt schon seit zwei Stunden auf mich ein, egal wo ich mich im Haus versteckte, folgte sie mir mit dem immer gleichen Satz:

„Zu so einem Anlass muß man halt mal einen Anzug anziehen. Das machen alle."

Zum Glück hatte ich in diesem Moment die geniale Idee, die ihr jeden Wind aus den Segeln nehmen würde, ihre Argumente zu Staub verfallen lassen würde:

„Selbst, wenn die Königin von England mich zum Ritter schlagen würde, würde ich ja auch keine Ritterrüstung anziehen müssen, oder, Honey?"

Jetzt hatte ich sie!

„Sie will dich ja gar nicht zum Ritter schlagen, sondern dir nur einen königlichen Empfang, mit militärischer Ehrengarde, Militärkapelle und allem Drum und Dran ausrichten. So eine Auszeichnung, für die du soviel Geld bekommst, muß halt richtig gefeiert werden. Und die Queen feiert nun mal im Smoking."

„Eine Party mit Militärkapelle? Das ist keine Party. Vielleicht noch mit einem Dudelsackpfeifer? Ausserdem, wenn die Party für mich sein soll, warum feiern wir sie dann nicht auf meine Weise. Ich weiß wie man Party macht."

So rannten wir von der Küche ins Wohnzimmer, vom Wohnzimmer rauf ins Bad, und von dort wieder zurück in die Küche. Ich immer eine Länge voraus - sie, wie Kaugummi an meinem Hacken.

„Jeff, du bist der Ehrengast. Dafür fliegen die dich sogar nach London, dich und deine Bande hier. Nicht jeder erhält einen Preis von 100.000 Pfund und noch einen super exklusiven Empfang für seine Verdienste. Sowas passiert nur einmal im Leben und deswegen mußt du auch, einmal in deinem Leben, über deinen Schatten springen und einen Anzug anziehen. Mister Ling, an der Ecke, macht die, wie massgeschneidert. Und nicht teuer."

Auf meiner Flucht war ich eben in der Garage angekommen, hatte aber vergessen die Zündkerzen wieder in die BSA zu schrauben, nachdem ich gestern Abend das Ventilspiel eingestellt hatte. Das gab ihr Zeit ihre Verbalmunition neu zu justieren.

„Deine Kutte und die Botten kannst du dann ja ruhig für den Rest deines Lebens tragen. Aber du kannst nicht in deinem Arbeitsoverall und den

ausgelatschten Fallschirmjägerstiefeln, die du seit Jahren trägst, zu so einer offiziellen Einladung gehen, verstehst du das nicht?"
„Nein. Ich bin Mechaniker, der eine Idee hatte. Ich bin kein Royal oder Wissenschaftler, oder Prinz, oder was auch immer. Und wenn ich so ne edle Wolle überwerfe, fühle ich mich verkleidet, verstehst du das nicht? Sowas geht bei mir sofort kaputt. Oder ich gieße Kaffee drüber, das weißt du doch. Sie will mich auszeichnen? Warum kommt sie dann nicht hierher, nach Oakland und bringt den Scheck mit. Wir gehen dann rüber zu Alvarez und ich spendier ihr ein paar delikate Tacos. Vielleicht macht er für sie auch extra welche mit Minzsauce, wenn ich ihn darum bitte. Und wenn ich vorher reserviere, kauft Alvarez auch eine Flasche Champus, nur für die Königin."

Ich trinke sowas nicht. Lieber einen Mint Julep.

„Verdammt! Warum bist du nur so stur? Sie ist die Queen!!!! Nicht irgendeine Bedienung von nebenan. So sind nun mal die Regeln in dieser Welt."
„Ich wäre heute nicht der, der ich bin, wenn ich mich an die Regeln gehalten hätte, Baby. Das weißt du. Regeln sind dazu da, sie zu umgehen. Und natürlich, um die Reichen zu beschützen. Sie soll hierher kommen und wir holen sie mit einer echten Ehrengarde ab. Crow hat noch die Indian mit dem Seitenwagen und wenn wir den ein bißchen aufpolieren, dann passt die Dame auch in ihrem Märchenkostüm und ihrer Krone da rein. Dann sag ich den Jungs vom Ballroom Bescheid und die werden ihr dann zur Begrüßung gerne den St. Louis Marsch blasen. Du magst den Hawaiin War Chant lieber, nicht wahr? Das wäre ne Party."
Inzwischen hatte ich die Kerzen festgezogen. Ich griff mir noch schnell die Jacke und wollte los.
Aber sie hatte noch Pulver.
„Du kannst die Queen von England nicht einfach mit dem Motorrad und einem Haufen Langhaariger vom Flughafen abholen. Das ist eine jahrhundertalte Zeremonie. Mit ihrer gesamten Entourage, alles uralte Adelige, alle werden sich ins Zeug legen und in Schale schmeißen. Für dich, Honey."

Eine jahrhundertealte Zeremonie? Dann war es Zeit, das zu ändern! Wir sind im 20. Jahrhundert. Und schießen Raketen durch die Gegend.
„Ausserdem würdest du im Smoking bestimmt irre aussehen. Mit Weste und Fliege….das passt sicher gut zu deinen schwarzen Haaren. OK, die müßten

4

ein bißchen gestutzt werden, aber wollen wir nicht mal Downtown fahren und nur mal schauen, was es so gibt? Nur schauen. Versprochen. Ich bin sicher, wenn du dich mal umschaust, wirst du sehen, dass es ganz coole Outfits gibt. Auch für dich."

Sie redete wie die Frauen im Fernsehen. Aber das wirkte nur bei anderen Frauen - nicht bei Männern. Deswegen waren die Werbefachleute auch psychologisch ausgebildet den Männern durch ihre Frauen das ganze Zeug zu verkaufen, was die eigentlich gar nicht brauchten.

Ich saß schon auf der Maschine und flutete den Vergaser mit Sprit. Sie stand da, die eine Hand in die Hüfte gestützt und den Kopf leicht schief gelegt. So stand sie nur da und lächelte. Verdammt, sie wußte, dass ich sie liebe und dass das immer funktioniert.

„OK, steig auf. Aber wir cruisen nur rüber nach Berkeley, nicht in die City, ok? Und nur schauen."

Sie stieg auf, die BSA sprang sofort an und wir fuhren zu Siegels in die Mission Street. In die City. Sie hatte mal wieder gewonnen.

Aber ich fühlte die warme Brise des Pazifiks in meinem Gesicht, den festen Griff von Jasmine um meine Hüfte und den satten Sound der Twins. Ich war glücklich.

Was war passiert?

DIE GANG

Ich stelle dir mal die Gang vor.

Also, da ist Jasmine. Meine Freundin. Wir sind seit 4 Jahren zusammen. Sie ist wie ich in Oakland geboren und groß geworden.

Ihr Bruder Ned ist ein guter Kunde und inzwischen ein wichtiger Freund von mir. Er brachte sie eines Abends mit in meine Werkstatt. Oder besser gesagt, sie kam mit. Denn sie kam auf ihrer eigenen BSA 650 Scrambler. Und nicht nur, dass sie selbst ein Motorrad fuhr, war damals noch ungewöhnlich - zumindest für schwarze Mädchen - sondern, dass sie die Kiste selbst getunt hatte und sie reparieren konnte. Und da ich auch die englischen Bikes den Harleys und Indians vorzog, hatten wir gleich eine Gemeinsamkeit. Und nicht nur diese eine. Sie liebte es zu tanzen - und das konnte sie verdammt gut.

Sie arbeitete in einem Modegeschäft für gehobene Damenmode - daher auch ihre Verkaufsfähigkeiten - um ihr Studium für das Lehramt zu bezahlen. Sie wollte unbedingt Geschichtslehrerin werden. Trotzdem liebte sie nichts mehr, als in ihrer Lederjacke und der Denimhose durch die hügelige Landschaft Nordkaliforniens zu ballern und abends, sonnenverbrannt und windmüde bei einem eiskalten Bierchen runterzuvibrieren.

Ned, ihr Bruder. Er war mit seinen Eltern während des Krieges aus Tennessee nach Kalifornien gekommen, um in den Rüstungsfabriken Munition zusammenzuschrauben, die wir dann den Japanern und Deutschen um die Ohren hauten. Wie Tausende andere Schwarze, durfte er sich nicht für seine Heimat auf der anderen Seite der Welt erschiessen lassen, sondern mußte Dienst zu Hause schieben. War auch besser so. Wenn auch nicht unbedingt ungefährlicher.

Nach dem Krieg schaffte er es, seinen Job in der Fabrik, die jetzt wieder Kühlschränke und Nähmaschinen herstellte, zu behalten. Was ihm ein gutes und regelmäßiges Einkommen garantierte. Das investierte er zuerst in schicke Autos. Aber Jungs wie er in einem Cadillac waren ein gefundenes Fressen für die rassistischen Cops, die sich so einen Schlitten nicht leisten konnten. Und als die Cops ihn zum hundertsten Mal rauszogen und den Wagen, wegen `unsachgemäßer Anbauteile´ einzogen, hatte er die Schnauze voll und kaufte sich eine Harley. Die brachte ihn zwangsläufig in meine Garage. Und in neue Probleme. Aber dazu später mehr.

Es gab noch Jay. Eigentlich Jason Minsugi. Er war aus Hawaii und wir lernten uns im Krieg kennen, als wir zusammen mit Miguel und noch ein paar anderen dummen Schafen irgendwo über Frankreich mitten in der Nacht aus dem Flugzeug geworfen wurden um die Welt zu retten. Obwohl seine Familie seit zwei Generationen in Honolulu lebte, waren sie für die Regierung immer noch Japaner. Und somit verdächtig. Noch viel verdächtiger war, dass so ein Typ freiwillig für sein Land kämpfen wollte. Denn war `sein´ Land in Wirklichkeit nicht immer noch das gute alte Nippon seiner Vorfahren? Jay war noch nie in Japan gewesen, aber das fragte ihn keiner. Und es interessierte, die allwissenden allmächtigen Politiker auch nicht. Nur dummerweise brauchte man immer mehr Schafe, für die Schlachtbank auf beiden Seiten der Welt. Also, wenn der `Japaner´ wirklich für die Freiheit sterben wollte, dann schicken wir ihn halt nach Europa. Die Jungs mit deutschen Vorfahren wurden dagegen erfolgreich im Pazifik und auf den japanischen Inseln verheizt. Nach dem Krieg blieb Jay erst einmal in Oakland, wo sie uns nach Dienstende absetzten. Er hatte was abgekriegt in Frankreich und wurde dort im Lazarett mit Morphium behandelt. Dummerweise gefiel im das Zeug so gut, dass er in San Francisco auf Heroin umstieg. Das war dort auch leichter zu organisieren, als in Hawaii. Seine Harley hatte er sich von dem Entlassungssold der Army gekauft. Er hatte keine Wohnung oder ein Haus. Er hatte sein Bike, den alten Armyschlafsack, seine Fallschirmjägerboots und die Armyjacke. Damit streunte er durch die Bay Area, und immer wenn es was zu reparieren gab, oder er sich mal wieder duschen wollte, kam er bei mir vorbei.

Miguel fuhr eine Vincent Black Shadow und war damit unangefochten der Coolste von allen. Auch wenn die BSAs gut abgingen und die Harleys, die wir alle schneller gemacht hatten, war doch die Shadow, die bei weitem schnellste Maschine auf der Strasse. Es gab zwar noch die Jungs auf den Drylakes, die am Wochenende immer ihre Roadsters und umgebauten Motorräder dort rauf und runter jagten, aber die waren nicht für die Strasse zugelassen - die Shadow schon! Miguel war nach den Zoot-Zuit-Riots in LA in den Norden gekommen. Damals protestierten die ganzen mexikanisch-stämmigen Jungs gegen das Gesetz, das ihnen verbot sich für Onkel Sam umbringen zulassen, wenn sie nicht nachweisen konnten, dass ihr spanischer Nachname europäischer Herkunft war.
So ein Schwachsinn! Als ob spanisch-stämmige Amerikaner schöner krepieren, als mexikanisch-stämmige Amerikaner.
Jedenfalls gab es dieses Gesetz. Und die Jungs demonstrierten dagegen mit ihren schwarzen Kumpels, die man höchstens als Köche in den Krieg schickte, indem sie sich die schicksten Klamotten schneidern liessen, mit riesigen Hüten, und einer `Catchain´, die von der Weste bis zu den Knien runterhing - Zoot-Zuits. Dann fingen sie auch noch an, ihre Autos mit Teilen der Flugzeug-hydraulik tiefer zu legen und gingen so mit den hübschen Mädchen, die der tapfere Soldat alleine zu Hause lassen mußte, ausgiebig tanzen.
Und was halt sonst noch so Spaß machte.
Praktischerweise mußten sie so auch nicht um die halbe Welt geschickt werden, sondern konnten gleich zu Hause umgebracht werden.
Stell dir vor: du mußt auf einem großen schwimmenden Metallkasten im Hafen von Los Angeles, San Diego oder Frisco, den ganzen Tag den Boden schrubben, während du darauf wartest übers weite Meer in eine Gegend geschickt zu werden, wo du nichts verloren hast und dich niemand mag, anstatt dein Studium oder deine Ausbildung zu Hause zu beenden. Anstatt deine 18, oder 19 Jahre in vollen Zügen geniessen zu können.

Zuerst rasieren sie dir deine Lockenpracht ab und dann mußt du vom Schiff aus, das du natürlich nicht verlassen darfst, zusehen, wie deine Mietze mit den schicken Jungs einen drauf macht. Und da du nicht alleine mit diesem Frust bist, gehst du mit deinen anderen Kanonenfutterkumpels auf die Jagd nach Zoot-Zuitern. Jedenfalls, gab es da so um ´41 rum in LA einen Riesentanz, bei dem auch die Cops ihrem Rassismus freien Lauf lassen konnten. Auch wenn Miguel kein Zoot-Zuiter war, so war es nach den Krawallen dort aber für `Mexikaner´ nicht mehr so gemütlich. Zum Glück konnte er beweisen, dass sein Name nicht mexikanischer Herkunft war, indem er einfach ein paar Dokumente fälschte und gelangte so sicher zu uns in das Flugzeug über Frankreich.

Old Crow, behauptete von einem Indianerstamm, den Tongva, auf der Insel Santa Catalina, die ungefähr 25 Meilen vor Los Angeles liegt, abzustammen. Dieser Stamm lebte vom Fischfang, Handel mit dem Festland und wahrscheinlich auch von ein paar Überfällen auf spanische Eroberer. Wie auch immer, irgendwann wurden sie von den Großen Herren in Washington `umgesiedelt´ und auf das Festland geschickt. Ihre Insel wurde an Privatinvestoren verkauft und die Tongva in die Reservate in der Umgebung verbannt.
Old Crow war ein Genie im Konstruieren irgendwelcher Gerätschaften aus so gut wie nichts. Das rettete uns in Frankreich mehr als einmal das Leben. Irgendwie konnte er sich selbst schwierigste mathematische Vorgänge und Zusammenhänge einfach in seinem Kopf vorstellen und sie bauen. Das war irre! Natürlich durfte er als `Indianer´ nicht einfach Ingenieur studieren, und nannte sich deswegen Carl. Und weil er sich schon vor dem Krieg sein Geld als Motorradkurier verdiente, war es naheliegend, dass wir nach dem Krieg in Kontakt blieben.

Dann gibt es noch mich. Ich bin Jeff und habe nach dem Krieg die Auto-werkstatt meines Vaters in Oakland in der Lennox Avenue übernommen. Ich bin direkt hier am Lake Merritt groß geworden und fühlte mich dort immer sehr wohl. Hier wohnten die Leute, die sich San Francisco nicht leisten konnten, oder wollten. Und als im Krieg viele Firmen ihre Produktion auf kriegsrelevante Waren umstellten, denn die wurden ja vom Staat subventi-oniert, wuchs das verschlafene Oakland rasant an. Nicht nur zogen viele Menschen aus dem Süden und dem Mittelwesten des Landes hierher, um in den Fabriken zu arbeiten, sie investierten auch ihre Kohle hier. Strassen wurden gebaut, Highways, Shops sprossen aus dem Boden und Oakland wurde attraktiv. Denn wir hatten gleich die Berge hier und konnten schnell nach Feierabend eine kleine Spritztour im Cabrio machen.

Ich konnte mich lange vor der Wehrpflicht - Draft - drücken, weil mein Vater versicherte, dass er mich im Laden dringend bräuchte. Trotzdem holten sie mich Ende `44 doch noch, steckten mich in ein Ausbildungscamp in West Virginia, wo ich schiessen lernen mußte und dachten ich gäbe einen guten Fallschirmspringer ab, weil ich keine Angst vor großen Höhen hatte. Von West Virginia wurde ich mit ein paar anderen nach England geschickt, wo wir 2 Wochen lang jeden Tag aus Flugzeugen sprangen und uns am Boden dann mit der Truppe wieder zusammen finden mußten. Also wußten wir, was zu tun war, als es ernst werden sollte. Sie gaben uns Karten in die Hand, Leuchtpistolen und den Auftrag hinter den Linien der Deutschen Sabotageakte durchzuführen. Planung ist ja bekanntlich der halbe Erfolg - und deswegen ging wohl auch alles schief.

Obwohl sie uns wirklich mitten in der Nacht über Frankreich aus dem Flieger schupsten, landeten wir nicht hinter den feindlichen Linien, sondern direkt darin. Was wir schon bei der Landung auf dem schneebedeckten Acker zu spüren bekamen. Zumindest die 5 Jungs, die nicht schon in der Luft, hilflos an den Fallschirmen zappelnd, von den Deutschen erschossen wurden. Von meinem Team aus 10 jungen Burschen, war die Hälfte tot, bevor sie überhaupt wußten, dass alles in die Hose ging. Wir anderen, Miguel, Old Crow, Jay, Pete und ich konnten uns in den Wald retten und wenigstens zurückschiessen.

So überlebten wir die erste Nacht. Wenn auch tiefgefroren.

Das wichtigste Mitglied unserer Gang ist aber Hans.

Hans ist Deutscher und wahrscheinlich tot.

Aber er hat die blöde Angewohnheit immer in den ungünstigsten Momenten vor der Tür zu stehen. Meistens mitten in der Nacht, wenn du gerade deinen verdienten Schlaf schlafen möchtest, oder entspannt mit deiner Lady die flüchtige Jugend zu geniessen versuchst. Und wenn er auftaucht, gibt es immer Ärger. Er steht dann immer nur da. Starrt dich mit seinen smaragdgrünen Augen, die bewegungslos in die tiefsten Abgründe deiner Seele schauen, mit diesem rotbraunen, verschmierten Gesicht aus Öl und Russ an, und sagt kein Wort. Ich habe ihn schon angeschrien, er solle endlich den Mund aufmachen und sagen, was er wolle, oder mich in Ruhe lassen, aber dann hebt er immer nur seine behandschuhten blutigen Hände, rückt sich seinen Kopfverband zurecht, dreht sich um und humpelt davon. Anfangs dachte ich, er würde immer nur bei mir auftauchen, aber Old Crow, Miguel und auch Jay treffen sich regelmäßig mit ihm. Oder besser gesagt: er sich mit ihnen.

Hans lernten wir auch in Frankreich kennen:

Nachdem wir dort drei Tage lang durch den verschneiten Wald geirrt waren und versuchten anhand der Karten unsere Position zu klären, waren wir schon mehr als bedient. Wir sahen zwar immer die englischen Flugzeuge Richtung Osten fliegen, aber wenn wir uns Richtung Westen bewegten, waren dort immer deutsche Panzer im Wald versteckt. Und die fingen immer gleich ungefragt an zu ballern. Es gab hier auch rein gar nichts, was wir sabotieren hätten können. Vor allem hatten wir Hunger und froren wie die Schlosshunde an Weihnachten. Es schien auch so, als ob die Deutschen wußten wo wir waren, denn wenn immer wir versuchten zu rasten, oder ein wärmendes Feuerchen zu machen, gerieten wir sofort unter Beschuss. Du kannst dir vorstellen, wie müde und frustriert wir Helden der Freien Welt nach drei Tagen waren, als wir Hans trafen. Was wir da noch nicht wußten, war, dass die Deutschen die sogenannte Ardennenoffensive vorbereiteten, in der sie noch einmal alles was sie hatten an die Front warfen, um uns Botschafter der Rechtschaffenheit so richtig eine vor den Latz zu knallen.

Und weil dem Charly Chaplin Imitator in Berlin auch langsam das Personal ausging, waren alles was er noch hatte, Kinder. Wir wurden von 15 und 16 jährigen Jungs unter Feuer genommen. Und das im wahrsten Sinne des Wortes. Sie schienen auch den selben Hunger zu haben wie wir. Und da Deutsche ja bekanntlich praktisch veranlagt sind, versuchten sie ihre Beute gleich beim Fluchtversuch zu grillen, indem sie ihre Flammenwerfer anwarfen, wann immer sie uns sahen.

Lange Rede - kurzer Sinn: Wir hatten die Schnauze voll!

Am vierten Tag hörten wir schon in der Früh schweres Gefechtsfeuer in der Nähe unseres kleinen Fuchsbaus, in dem wir uns gegen die Kälte der Nacht aneinander geschmiegt hatten. Die deutschen Panzer fuhren keine 10 Meter an uns vorbei und ballerten irgendwohin in den Wald vor sich. Von dort kam die Antwort in der selben Sprache zurück. Und weil du nicht in einer Panzerschlacht zu Fuß unterwegs sein möchtest, blieben wir im Versteck und warteten, bis die Welt untergegangen wäre. Irgendwann wurde das Toben und Rasen um uns herum weniger und wir sahen einen einzelnen Sherman Panzer, der sich offensichtlich verirrt hatte. Jedenfalls rannten wir auf ihn zu, in der Hoffnung, er möge uns an ein heimisches Lagerfeuer bringen. Ein warmer Kaffee würde es auch schon tun. Die Besatzung erkannte uns als Brüder, und öffnete gerade die Luke, als das ganze Ding in einer riesigen Druckwelle explodierte und umkippte. Wir wurden einige Meter weiter in den Dreck, den die schweren Panzerketten aufgewühlt hatten, geworfen und es hagelte Blei. Instinktiv rollten wir uns alle zur Seite, aber es spritze um uns herum, als der deutsche Panzer auf Dauerfeuer überging. Es war Jay, der es schaffte eine Ladung Handgranaten dem Monster in die Kette zu stopfen und ihn somit fahruntüchtig zu machen. Das hinderte die Kids, die da drinnen am Abzug sassen, aber nicht daran weiter munter drauflos zu ballern. Bis das Maschinengewehr des Panzers auf einmal schwieg.

Trotzdem blieben wir flach im Matsch liegen und warteten ab. Pete rappelte sich als Erster auf und ging, mit dem Gewehr im Anschlag, auf den Panzer zu. Jetzt ging auch hier langsam die Luke im Turm des Monsters auf und wir sahen einen Kopf rauskommen. Es tauchte ein echtes Babyface auf, das in völliger Panik rief: „ *Nein!Nein!Nein!* ", aber er schoß sofort auf Pete und erwischte ihn auch. Der Bengel schoß einfach wild um sich, weswegen wir nicht mitbekamen, dass jetzt ein zweites Kindergesicht aus der unteren Luke herauskam, und versuchte schiessend vom Panzer wegzurennen. Aber Jay, der noch neben der Kette kauerte, feuerte ihm in den Rücken und der Junge fiel direkt neben Pete zu Boden. Der Junge im oberen Turm hatte es auch geschafft runter zu kommen, schoß aber permanent in unsere Richtung. Es war Miguel, der ihm einen gezielten Kopfschuss verpasste, als der armer Kerl, mit einem panischen Gesichtsausdruck, sein Magazin wechseln wollte. Verdammt! Niemand hatte uns gesagt, dass wir Kinder ermorden sollen!

Pete war tot. Der Junge neben ihm lag mit dem Gesicht im Matsch und atmete noch. Der andere Junge war auch sofort tot. Während wir uns noch sammelten und versuchten nicht zu kotzen, kam ein Jeep angerast. Ein Fahrer und ein Maschinengewehrschütze, der hinter ihm stand. Zum Glück erkannten sie uns, trotz unseres Matschmonsterlooks als Amerikaner.
„Habt ihr den Tank gecheckt? Es sind immer drei."
Rief uns der Fahrer des Jeeps streng zu.
Damned!
Jay, der am Nächsten stand, sprang sofort auf den Turm des Panzers und wollte eine Handgranate reinwerfen.
„Bist du bescheuert!?"- rief ich, reflexartig. Ich wollte nicht, dass uns alle die Goodies, die sie da noch drinnen hatten, um die Ohren fliegen.
„Hey, German. Kommen Sie raus. Hands up." - rief ich, an den Panzer tretend.

Wir standen jetzt alle um das Ding herum, die Waffen im Anschlag, bereit sofort loszuballern, falls das Baby da drinnen Lust auf Ärger hatte. Das Erste was wir sahen, waren zwei Hände in blutigen Handschuhen, an denen die Fingerspitzen fehlten. Langsam folgte ein schmutziger Kopfverband, der wohl mal weiß gewesen war. Oder war das ein Lappen um den Kopf? Konnte man nicht mehr sagen.

Das Nächste waren diese Augen! Wie smaragdgrüne Diamanten schauten sie aus einem von Blut und Ölruss verschmierten Gesicht, durch einen Wust wilder Haare. Das erinnerte mich unwillkürlich an die Totempfähle der Indianer im Nordwesten Kaliforniens.

Als der Bengel ausgestiegen war, stand er nur vor uns und schaute uns direkt ins Gesicht. Er hatte nicht die geringste Angst vor uns. Obwohl er gerade zwei seiner Brüder verloren hatte, und ahnte, dass ihm gleich dasselbe blühen würde.

Hans war vielleicht achtzehn Jahre alt - nicht älter. Er war nicht so groß, wie wir die Deutschen erwartet hatten, sein Ledermantel war zerrissen, seine SS-Uniform war ihm zu groß und hatte Einschusslöcher, die nicht einmal geflickt worden waren. Und er hatte keine Stiefel an. Nur irgendetwas Schmutziges war um seine Füße gewickelt und seine Zehen schauten raus.

Als Miguel ihn filzte, ließ Hans mich nicht aus den Augen. Natürlich fanden wir nichts bei ihm. Nicht einmal eine Hundemarke. Nur als Miguel ihm das Eiserne Kreuz, das er um den Hals trug, wegnahm, blickte Hans kurz zu Miguel und ich hatte das ungute Gefühl, dass er uns dafür mit allen Flüchen dieses Universums belegte.

Der Fluch der Smaragdaugen!

Während wir noch ungläubig berieten, was wir mit den Überbleibsel der ruhmreichen Wehrmacht machen sollten, stöhnte der verletzte Deutsche, der immer noch neben Pete im Dreck lag. Der Mann am Maschinengewehr drückte nur einmal ab und der Junge schwieg - für immer.

Hans zuckte nicht einmal, sondern schaute mir immer noch mit dieser jahrtausendealten Weisheit, eines Verlierers, der sein Schicksal akzeptiert, direkt ins Gesicht. Ob wir ihn hier auch einfach hinrichten würden, ihn erfrieren lassen würden oder dem Wahnsinn zum Frasse vorwarfen? Er würde klar kommen, denn er hatte schon verloren. Schlimmer, als vor Amerikanern zu kapitulieren, war für ihn wohl nur, wenn wir Russen gewesen wären.

„Leg ihn auch endlich um, Jeff. Der stinkt doch schon." - rief der MG-Mann auf dem Jeep.

Selbst als Jay jetzt sein Gewehr an den Kopf des Jungen hielt, reagierte der nicht. Er schaute mich an. Verdammt! Diese Augen! Sie strahlten wie Lichter in diesem rotbraunen Gesicht. Sie strahlten einen Frieden aus, der hier völlig fehl am Platze war. Sie sagten nicht: Drück endlich ab, Yankee! auch sagten sie nicht: Bitte, laß mich leben, guter Freund.

„Capt´n! Machen wir Schluß?" - fragte jetzt Jay. Wenn wir den Jungen hier erschossen hätten, würden wir uns eine Menge Arbeit sparen und der Krieg wäre vielleicht früher aus. Nur ein toter Nazi, ist ein guter Nazi.

„Nimm die Waffe runter, Jay. Wir nehmen ihn mit."
Ich konnte den Mann am Maschinengewehr hören, wie er genervt stöhnte. Um mich von diesen diabolischen Augen loszureissen, sah ich Jay an, der sein Gewehr nicht runternehmen wollte.

„Los, runter damit."
Miguel kam zu uns und die beiden führten Hans, mit den Gewehrkolben traktierend, zum Jeep. Der drehte seinen Kopf nur noch einmal zu mir. Und jetzt konnte ich in seinen Augen so etwas wie Hohn entdecken.
Jetzt hatte ich verloren.

MISSION

Da Jasmine wußte, wie sehr ich Einkaufengehen haßte, dirigierte sie mich gleich zu Siegels auf der Mission Street. Das war ein Bekleidungsgeschäft, das schon seit langer Zeit Klamotten für berühmte Schauspieler, Musiker und andere wichtige Persönlichkeiten schneiderte. Ich parkte die BSA direkt davor und warf einen Blick in das Schaufenster. Well....ich mußte zugeben, die hatten da schon ein paar scharfe Teile. So gab es Anzüge in Pink mit grünen Aufschlägen und einer gelben Krawatte. Zweifarbige Schuhe, Hüte mit und ohne Feder, jeglicher Größe. Klugerweise ließ Jasmine das alles kommentarlos auf mich wirken. Sie stand nur daneben, vorgebend ihre Haare zu richten, und freute sich, ihren Mann zu einem Menschen zu machen. Diese hinterhältigen Schaufenster, waren so abgerundet, dass man irgendwann im Laden stand. Und nachdem der Verkäufer mir erst einmal den `Na-ob-der-sich-das-leisten-kann?-Blick gegeben hatte, sprach er mich an.
„Zum ersten Mal bei Siegels, Mister?"
„Oh....Yeah!"

„An Ihrem Motorrad kann ich sehen, dass Sie die Farbe Schwarz mögen? Wir hätten da Krawatten, Clips, Socken, Handschuhe in verschiedenen Blautönen."

„OK, Blautöne? Well….auch Anzüge?"

Der Typ blinzelte nicht einmal. Er war auf alle Extrawünsche vorbereitet. Cool!

„Bitte folgen Sie mir."

Damit gingen wir in den hinteren Teil des riesigen Ladens. Hier hingen einige Teile in Schwarz und Blau, die er mir auch gleich eifrig präsentierte. Aber irgendwie war nichts dabei. Wo war eigentlich Jasmine?

Ich wollte mich schon langsam Richtung Ausgang verdrücken, als zum Glück ein Kollege hinter einer Tür auftauchte und meinen Verkäufer ansprach.

„Die Bestellung für Mister B ist fertig. Was denkst du? Soll ich sie rausschicken?"

Dabei zeigte er ihm einen Anzug in dunkelweinrotem Samt mit cremeweißen Aufschlägen. Das war er!

„Oh, der ist cool! Darf ich den mal probieren?"

„Oh ja. Der ist wirklich cool. Aber leider ist das eine Maßanfertigung für einen bekannten Rockstar, Sie verstehen. Candy-Brandy-Wine. Natürlich könnten wir Ihnen auch so einen Anzug anfertigen."

Jasmine tat so, als ob sie Hüte anprobieren würde, grinste aber so breit, dass man bequem einen Truck in ihrem Mund hätte parken können.

„Okay….Okay…..gibt es dafür auch Schuhe?"

„Natürlich. Sehen Sie hier. Entweder die klassischen Two-Tone Slipper in schwarz-weiß, oder sehr distinguiert: Budapester Schuhe, natürlich auch in Schwarz. Dunkelbraun würde den Stil brechen."

„Zeigen Sie mal diese dort."- da waren ein paar beige Wildlederschuhe und die waren tatsächlich so bequem, wie sie aussahen. Ich liebte sie.

Damned, würde ich cool aussehen.

Leider wurde ich in meinen Tagträumen von einem ziemlichen Ramba-zamba auf der Strasse unterbrochen, als sich zwei Maschinen neben meine BSA stellten. Es waren Miguel und Old Crow. Sie hatten mein Motorrad erkannt und glotzten jetzt wie zwei Kühe, wenn es blitzt, als Jas und ich aus dem Geschäft kamen.

„Hi Jeff….was machst du denn bei Siegels?"

„Na, was wohl? Pizza essen. Wir waren cruisen und haben ein bißchen die Schaufenster gecheckt. Nichts Besonderes."

„Oh C´mon! Sag ihnen die Wahrheit, Jeff. Ich will nicht, dass ihr Jungs zur Queen von England in Lederjacken, Jeans und Stiefeln geht. Ihr solltet repräsentieren. Deswegen will Jeff sich einen Anzug kaufen, und das solltet ihr auch."

Wollte ich das?

Oder wollte sie das?

War wohl egal, wenn sie es will, habe ich es auch zu wollen, oder so ähnlich. Jedenfalls lachten sich die Jungs tot.

Im Mission District begann diese ganze verrückte Geschichte vor einigen Jahren. Damals war es hier noch nicht so schick, wie heute. Am südlichen Ende der Mission Street lungerten jeden Tag die überwiegend mexikanischen Tagelöhner rum und warteten jeden Morgen auf die Trucks der Bauern, die sie zur Arbeit auf den Feldern, im Garten der Herrschaften, oder auf eine Baustelle mitnahmen. Abends wurden sie hier dann wieder müde und schmutzig abgeworfen, standen aber am nächsten Tag schon wieder hier, an der Ecke zum Gelobten Land. Natürlich gab es oft Streitereien, da es mehr Arbeiter als Arbeit gab. Und Jobs für Gartenarbeit begehrter waren, als auf den Feldern Orangen zu pflücken.

Zu diesen Sklaven der Moderne, gesellten sich kurz nach Kriegsende auch viele Exsoldaten, die nicht nur ihre Freundinnen, Familien und Jobs verloren hatten, während sie das Übel der Welt in Übersee bekämpften. Diese Jungs hatten auch ihre Illusionen und Unschuld verloren, aber dafür Drogen gefunden. Sie konnten, oder wollten, nicht mehr zurück in diese wunderbare Welt aus Überfluss, Apfelkuchen und Pastellfarben, solange sie von ihren Dämonen gejagt wurden. Einige waren sogenannte Beatniks, die versuchten ihren Irrsinn zu einer Philosophie zu erheben, andere waren einfach elende Junkies, auf der Jagd nach dem nächsten Schuss, abgemagert bis auf die Knochen.

Es muß so um 1947 gewesen sein, als ich eines lauen Sommerabends mit Old Crow und Miguel zum Tanzen hier in den Ballroom gehen wollte. Und weil wir die Maschinen nicht direkt vor dem Laden parken durften, stellten wir sie in eine Nebenstrasse, in der schon ein paar andere Mühlen geparkt waren. Du mußt wissen, dass es in diesem Jahr den berüchtigten Hollister-run gab, bei dem ein paar Motorradfahrer angeblich ein kleines Provinzstädtchen terrorisiert hatten. Das Ganze stellte sich zwar als Zeitungsente heraus, sorgte aber dafür, dass Motorradfahrer als solche in der Öffentlichkeit als Unruhestifter und Kriminelle betrachtet wurden. Das Problem war nur, daß eine halbe Generation von Kaliforniern auf dem Motorrad die Freiheit suchte.

Wie wir gerade unsere Bikes parkten, sahen wir einen Mann zwischen zwei anderen Maschinen auf der Strasse liegen. Der Mann stöhnte und rollte sich hin und her. Natürlich kümmerten wir uns um ihn und hielten plötzlich unseren Kumpel Jay in den Armen. Er war auf Entzug. Hatte sich aber an seine Harley gekettet, damit die nicht gestohlen wird. Er stank fürchterlich, doch wir konnten ihn ja nicht hier liegen lassen. Wir schafften es irgendwie ihm den Schlüssel aus dem Stiefel zu ziehen, die Kette aufzuschliessen und ihn auf den Sattel zu setzen, während er zitternd und bibbernd die Augen rollte und etwas sabberte, das klang, wie: `Schau mich nicht so an, ich hab´ deinen Mantel nicht´ - den hatte Miguel. Denn Miguel hatte Hans in Frankreich noch diesen erstklassigen Kradmelderledermantel abgenommen, bevor sie das arme Würstchen ins Kriegsgefangenenlager steckten. Aber wir wußten damals noch nicht, dass Jay gerade Besuch von Hans hatte. Zu dieser Zeit hatten wir uns den anderen noch nicht offenbart.

Jedenfalls fixierten wir Jay auf seiner Harley, nahmen ihn zwischen meine und Miguels Maschine in die Mitte und eskortierten ihn, mit Old Crow als Vorhut, den langen Weg zurück über die Brücke nach Oakland in meine Werkstatt - die damals noch die meines Vaters war.

Dort packten wir ihn in seinem Armyschlafsack in den Schuppen, der uns als Lager diente und bewachten ihn für den Rest der Nacht.

Schöner Tanz - Totentanz.

Irgendwann schlief er ein und ich hatte das erste Mal das Gefühl, das Hans hinter uns allen her sein könnte. Aber wir sprachen nie über die Geschichten im Krieg.

Old Crow arbeitete zu dieser Zeit in einem Lager am Hafen in San Francisco. Dort mußte er die Schiffe aus China und Südamerika entladen und brachte uns oft Dinge mit `die vom Schiff gefallen waren´. Da der Vorarbeiter auch ein Bruder von Old Crow war, wurde dieser zum Lagerverwalter befördert, als der Alte in Rente ging. Das bedeutete weniger Knochenarbeit, mehr Geld und wichtige Kontakte. So erfuhr er nicht nur als Erster, wo welcher Job frei wird, sondern auch woher welche Waren kamen und wer sie in der Bay an wen verkaufte. Meistens bestanden die Schiffsladungen aus Früchten, Stoffen, Holz, Möbeln, Kaffee, Tee und ähnlichem, aber natürlich wurde auch Opium eingeführt. Nicht offiziell, trotzdem wußte jeder, wo es hinging.

Die Port Authorities verdienten sich einen Extra-Dollar, indem sie ein Auge zudrückten. Und während ein Teil des Opiums legal in Apotheken verarbeitet wurde, gelangte der größere Teil über chinesische Teehäuser, sorglose Ärzte und korrupte Cops unter das Volk. Jeder wußte, wo man den Stoff kriegen könnte.

Auch wenn Old Crow nichts mit diesem Drogenhandel zu tun hatte, wußte er doch, wie das Spiel läuft.

Da Miguel in dieser Zeit von einem Job zum nächsten sprang, ohne groß an seine Zukunft zu denken, fragte ihn Old Crow eines Tages, ob er nicht als Nachtwächter im Lager anfangen wolle. Einfaches Geld - keine Qualifikation erforderlich, und er konnte tagsüber Motorradfahren. Und so hatten wir schon zwei Verbündete an der Quelle.

Mein Vater hatte kein Problem, dass ich meine Kumpels mit nach Hause brachte, solange ich meinen Job machte. Er reparierte Autos, seit er denken konnte, hatte mir alles gezeigt, was man dafür braucht und war sich sicher, dass ich den Laden irgendwann einmal übernehmen würde. Warum auch nicht?

Leider kam das `Irgendwann´ früher, als wir alle wollten.

Meine Mutter liebte meine Kumpels, denn sie konnte sie bemuttern. Sie liebte es, deren staubige Klamotten zu waschen, ihnen frische Seife zum Duschen hinzulegen und sie mit Blaubeermuffins zu füttern - und meine Jungs liebten sie!

Da mein Vater seinen Job zuverlässig und gut machte hatte er feste Stammkunden und wir keine Geldsorgen.

Das änderte sich, als er 1950 nach Seattle zu einem Kongress der Union of West Coast Garage Owner fuhr. Er suchte für unseren Laden eine neue Hebebühne, und hatte einen Kontakt im Staat Washington. Also fuhr er zu diesem Kongress, um einen guten Deal zu machen und nebenbei alte Freunde und neue Klienten zu treffen. Das war soweit relativ normal. Leider saßen sie abends noch bei einem Bier in einer Bar, als sich ein Streit zwischen zwei Männern entwickelte, die mein Vater nicht einmal kannte. Blöderweise zog der Eine eine Waffe und schoß auf seinen Kontrahenten, traf aber, weil er so besoffen war, meinen Vater am Hinterkopf. Sie brachten meinen Dad zwar noch in ein Krankenhaus, aber konnten nichts mehr für ihn tun. Er starb in Seattle. Ohne Grund und ohne zu wissen warum.

Dieser Tag änderte alles. Meine Mutter war nie wieder dieselbe. Ihre fröhliche Natur ging völlig den Bach runter und sie fing an zu trinken und alles, eingeschlossen sich selbst, zu vernachlässigen. Die meiste Zeit des Tages lag sie im Bett und starrte vor sich hin. Nach ungefähr einem Jahr schaffte ich es sie wenigstens soweit vom Alkohol wegzubringen, dass sie wieder in unserer Werkstatt die Kasse machte und Leute bediente.

Und ich übernahm den Laden. Auch wenn ich darauf gut vorbereitet war, trauten mir die Kunden anfangs nichts zu. Einige suchten sich sogar eine andere Werkstatt, da sie die Motorräder vor der Tür sahen und dachten wir wären BÖSE!!!!!!

Grrrrrrrrrr!!!!!

Wir - das waren Old Crow, Miguel und Jay, die immer, wenn sie frei hatten bei mir waren und mir halfen. Ich gab vor allem Jay die meiste Arbeit, da er ein verdammt guter Mechaniker war und die Tatsache eine Aufgabe zu haben, ihn vom Heroin fern hielt. Miguel fuhr meistens Nachtschichten am Hafen und kam dann früh mit Bagels und Kaffee vorbei, hing ein bißchen mit uns ab und machte dann sein Nickerchen. Er erledigte auch alle Fahrten, wenn wir mal ein Ersatzteil besorgen mußten, oder ein Kunde einen Sonderwunsch hatte. Old Crow kam jeden Tag nach der Arbeit vorbei, denn er wohnte in der Nähe. Wir freuten uns jedes Mal diebisch, was heute wohl wieder vom Schiff gefallen sein mochte. Ausserdem war er eine unbezahlbare Hilfe, wenn es mal wieder ein unlösbares Problem mit der Elektrik oder irgendwelchen Unterdruckleitungen gab, das völlig unlogisch war. Das war Old Crows Ressort. War etwas nicht zu erklären oder zu reparieren - ruf Old Crow.

Die Sonntage verbrachten wir, wie Tausende andere Jungs, indem wir durch die Bay Area jagten und grillten.

Natürlich hatte jeder in Oakland von der Geschichte mit meinem Dad gehört. Auch die Cops.

Es war ein Montagmorgen, als das Spiel begann.

MEET MITCH

Ein Kunde hatte mir Samstagnachmittag, als wir schon auf den Maschinen saßen und gerade abfliegen wollten, seinen verbeulten 49er Cadillac Boattail auf den Hof gefahren. Er erzählte, dass ihn die Cops rausgeholt hätten, weil er `unsachgemäße Anbauteile´ an seinem Fahrzeug hätte. Diese hätten sie dann mit ihren Schlagstöcken, wie beim Golfen, weggeschlagen. Die Rücklichter eingetreten und die Seitenspiegel abgerissen - dann hätte der Kunde für sein `nicht strassentaugliches Gefährt´ eine satte Strafe zahlen müssen. Natürlich durchsuchten sie nicht nur den Caddy, sondern auch meinen Kunden nach Drogen, denn wenn ein Schwarzer so einen Wagen fahren kann, war er entweder ein Musiker, der sich schleunigst wieder an die Ostküste verziehen sollte, oder ein Drogendealer. Denn für das Police Departement in Oakland gab es keine `ehrlichen´ Schwarzen.

Der alltägliche Rassismus im Land der Tapferen und Freien.

Mein Kunde war weder ein berühmter Musiker, noch ein Drogendealer - es war Ned.

„Du bist die dritte Werkstatt, die ich anfahre. Alle anderen haben mich weggeschickt, aber ich brauche den Wagen so schnell wie möglich wieder, um zur Arbeit zu kommen."

„Naja, die Rücklichter sind ja schnell eingebaut, und die Kotflügel ausbeulen dauert auch nicht solange, aber die Seitenspiegel muß ich bestellen, oder in der City holen. Und wir wollten gerade Feierabend machen….."

„Ich würde auch helfen…."

„Fährst du Motorrad? Dann könntest du rüber fahren und sehen, ob du die Spiegel bekommst. Dort ist ein Händler in der 19ten West, Sam Schuman, der hat eigentlich immer Teile für Caddies."

„Der bedient aber keine Schwarzen und Mexikaner."

- warf Miguel ein.

„Das sagt ein großes Schild vor der Tür. Da mußt du selbst hinfahren, Jeff."

„Ruf erst einmal bei ihm an, dann sehen wir weiter. Vielleicht hat er ja auch schon Feierabend."

Während Miguel bei Schuman anrief, schoben wir den Caddy in die Werkstatt. Ein sauberer und sehr cooler Wagen - der Traum eines jeden.

Und weil Schuman tatsächlich schon im Wochenende war, konnte ich mir den Trip über die Brücke sparen. Wir wollten los, deswegen sagte ich zu Ned:

„Ich werde mich Montagmorgen sofort darum kümmern und denke, du kannst den Schlitten gegen Mittag abholen, ok?"

„Ok, danke. Wo fahrt ihr hin?"

„San Antonio Reservoir Lake und dann runter zu den Foothills, kommste mit?"

„Ich habe kein Motorrad."

„Na, solltest du anfangen zu sparen, Cowboy. Ist besser als Cadillac fahren, glaub mir. Nur du und die Strasse, die Sterne, der Mond. Und du kannst dich überall hinschmeissen und pennen, wo es dir gerade gefällt."

- köderte ihn jetzt Jay, und der wußte wovon er sprach.

„Ist das nicht gefährlich? Es gibt ja Bären, Schlangen, Skorpione und was weiß ich nicht alles da draussen."
„Ich sag mal so: es ist für dich nicht gefährlicher, als Cadillac zu fahren, Freund."
Endlich entspannte sich Ned und mußte lachen.
„Was ist mit den Ladies?"
„Können gerne mitkommen, wenn sie eine Mühle haben."
„Sag das nicht meiner Schwester. Die träumt davon mit einem Motorrad die große Freiheit zu genießen. Ich gehe lieber hier nach Downtown und schwinge das Tanzbein mit der Damenmannschaft."
„Hier im Ballroom? Sind die Bands da gut?"
„Wenn du es laut und schnell magst - ja. Kommt mal rum, falls es auf eurem Weg liegt. Fragt nach Ned. Ich bin eigentlich jedes Wochenende dort und helfe dem Manager."
„Nicht dieses Wochenende. Der See wartet, Jungs. Ned, wir sehen uns Montagmittag, take care." - ich wollte endlich los.
Er winkte kurz und wir hoben ab.

Montagmorgen lag ich also gerade im hinteren Radkasten des Caddies um die Beulen rauszudengeln und Jay saß im Kofferraum und schraubte die Rücklichter in die Halterung, als ein Auto vor dem Werkstatttor hielt.
„Also, hier ist der Kerl abgetaucht. Du weißt schon, dass der Wagen heiß ist, oder?"
Es war Officer Craddock. Er schlenderte sehr langsam auf uns zu und setzte dabei sehr pathetisch seine Sonnenbrille auf.
Officer Craddock und ich sind zusammen in die selbe High School gegangen. Damals hieß er noch Mitch. Aber seit einem Jahr hat er seinen Sheriffstern und seitdem heißt es Officer Craddock bitte, auch für Freunde. Yes Sir!
OK, wir waren nie wirklich Freunde, denn er war der Football-Champ der Schule und ich der Mechanikersohn. Man kannte sich halt - aber wir hatten eigentlich nie Probleme miteinander, wenn sich unsere Wege kreuzten.

Das sollte sich genau jetzt ändern.
„Nein, weiß ich nicht. Ist er gestohlen?"
- fragte ich, den Hammer weglegend. Mitch schlich genußvoll um den Wagen, wahrscheinlich in Erinnerung an die Demolierungsparty.

„Wir glauben schon. Kennst du den Nigger, der ihn fährt? Woher soll ein einfacher Fabrikarbeiter soviel Kohle für so einen Wagen haben, häh? Sicher nicht durch die Nachtschichten, meinst du nicht auch?"

„Well....ich kenne den Mann nicht persönlich, aber er wirkt auf mich sehr anständig."

„Hast du die Karre mal auf Drogen gecheckt? Ich bin sicher, da finden wir etwas. Meinst du nicht auch?"

„Ich bin ja kein Cop. Ich habe nur den Schaden repariert und dabei habe ich nichts Illegales gefunden."

Als ob ich Luft wäre, beugte er sich jetzt über das Lenkrad und öffnete das Handschuhfach und ich fragte mich, da ich damals noch keinen blassen Schimmer vom Drogenschmuggel hatte, ob jemand wirklich so doof wäre, die Drogen im Handschuhfach zu verstecken? Oder ging Mitch nur nach dem Handbuch für erfolgreiche Polizeiarbeit vor?

Seite 14, Kapitel 7, Absatz 3.1: Überschätzen Sie nie die Intelligenz eines Verdächtigen.

So muß es wohl da drin stehen.

Nachdem er dort nichts gefunden hatte, klopfte er gegen die Innenverkleidung der Türen, aber der hohle Klang schien ihm nicht verdächtig zu sein.

Er stieg wieder aus und vollendete seine Inspektionsrunde um den Caddy, wobei er seine Hand liebevoll über die nagelneuen Seitenspiegel gleiten ließ.

„Diese Dinger sind doch sicher auch nicht billig, oder? Wenn so einer mal kaputtgeht... das kostet, was meinst du, Jeff?"

„Kann ich irgendetwas für Sie tun, Officer? Brauchen Sie etwas?"

„Ich wollte nur mal vorbeischauen, wie es so läuft, seit dein Vater tot ist. Tut mir übrigens leid. Aber was hatte er auch in Seattle verloren? Wollte sein Geschäft wohl auch durch kleine Gefälligkeiten aufbessern, was?"

„Ganz sicher nicht. Er wollte eine Hebebühne kaufen. Und das Geschäft läuft gut..."

„Wirklich? Ich höre da etwas Anderes... dass viele Kunden rüber zu John Herbert gewechselt sind, weil hier zu viele verdächtige Charaktere rumlungern würden."

„Na, dann sagen Sie den Leuten ruhig, dass diese Charaktere hier legal arbeiten und nicht rumlungern."

Jetzt beendete er seine Runde am Kofferraum, in dem Jay kauerte und die Kabel anschloß.

„Mach mal Pause, Jap. Ich will hier mal einen Blick reinwerfen."

Jay wand sich aus dem Kofferraum und warf Mitch einen so hasserfüllten Blick zu, wie ich ihn in all den Jahren bei ihm weder erwartet, noch jemals gesehen hatte.

Ich stellte mich zwischen die beiden und Mitch untersuchte jetzt die inneren Radkästen des Caddies.

„Na, schau mal einer an. Sind die von dir, Jap?"

Damit hielt er, mit einem fettigen Grinsen, vier oder fünf Reeferzigaretten hoch.

„Nein."- Jay stand stocksteif hinter mir.

„Das heißt: Nein, Mister Officer. Klar? Von wem sind sie dann? Jeff? Deine?"

„Du weißt, dass ich nicht rauche. Was soll das?"

„Na, siehst du? Ich hatte recht. Der Wagen ist heiß und der Nigger verkauft hier Drogen."

„Da war nichts im Kofferraum. Ich habe doch da gerade noch gearbeitet ... Mister Officer."- Jay bewegte sich immer noch nicht.

„Willst du sagen, ich lüge? Willst du etwa andeuten, ich, ein Vertreter des Gesetzes, hätte das Zeug hier reingelegt? Willst du das andeuten, Schlitzauge?"

Mitch war dabei gar nicht unfreundlich, was sein Verhalten nur umso verdächtiger machte.

„Nein, will er nicht, Mitch. Ich verbürge mich für meinen Angestellten. Aber ich kenne den Besitzer des Wagens nicht und kann deswegen nichts dazu sagen."

„Ich kann dir nur sagen, Jeff: Sei ein bißchen vorsichtiger, mit wem du Geschäfte machst. Dein Vater war ein respektierter Mann, der das hier alles durch harte Arbeit aufgebaut hat. Was würde der wohl sagen, wenn er sehen könnte, dass du jetzt mit Mexikanern, Japsen und Schwarzen rumhängst? Und ist dieser lange Typ nicht sogar ein Indianer, häh? Schöner Umgang, das kann ja nicht gut gehen. Aber wenn ich deine langen Haare so sehe… vielleicht bist du ja auch vom anderen Ufer, häh? Hat euer Club einen Namen? Ich hätte einen: Bunch of Fagheads. Was denkst du?"

„Hören Sie, Officer Craddock. Sie kommen in meine Garage und beleidigen mich und meine Angestellten. Wenn ich nichts für Sie tun kann, oder Sie mich nicht verhaften wollen, muß ich Sie bitten zu gehen, da ich den Wagen bis mittags fertig haben muß."

Langsam machte ich einen Schritt auf ihn zu. Was ihn sichtlich aus dem Konzept brachte.

Er bewegte sich aber Richtung Ausgang, als er sich noch einmal umdrehte.

„Sag dem Nigger, dass wir ihn auf dem Schirm haben. Und du, laß dich nicht in diese krummen Geschäfte reinziehen. Sonst ist es mit unserer Freundschaft vorbei, hörst du? Ich mein es ja nur gut…"

Er stolzierte mit breiter Brust zu seinem Polizeiwagen, drehte sich noch einmal zu uns um und setzte dann wieder sehr pathetisch seine Sonnenbrille ab.

„So ein Idiot."- gab ihm Jay mit auf den Weg. Und:

„Jeff, da war nichts im Auto. Ich bin sicher, das Zeug riecht man nämlich sieben Meilen gegen den Wind. Der will diesem Ned was anhängen."

„Ja, das ist sicher. Aber wir halten uns da raus. Laß uns die Kiste fertig machen und uns um unsere Sachen kümmern, ok?"

Ned kam pünktlich.

Und war happy.

„Uh, Wow! Das sind ja Blue Dot Rücklichter, cool. Die kosten wohl nen Schein extra, was? Aber solche wollte ich schon immer haben. Oh, Mann. Schau dir diese Spiegel an. Jetzt kann ich mich endlich wieder in voller Schönheit betrachten! Und die Dellen hast du auch weggekriegt, ohne neue Lackierung? Mann, du bist gut."

„Danke, aber vorhin war ein Cop hier und hat nach dir gefragt. Er denkt, der Wagen sei gestohlen."

„Nee, oder? Dieser Officer Coward, oder Crawfish, oder wie der heißt?"

„Officer Craddock, genau der."

„Was hat der Typ für ein Problem? Vor zwei Wochen hat er mich nachts auf dem Nachhauseweg rausgezogen, weil er dachte, ich hätte Drogen dabei. Hat mir damit meine Show bei der Kleinen vermasselt, die ich dabei hatte. Die denkt jetzt, ich sei The Man hier in Oakland."

„Der Sack hat hier auch Marihuanazigaretten aus deinem Kofferraum gezogen. Und so, dass wir beide es gesehen haben. Klingelt da was?"

- ich konnte immer noch die Wut in Jay´s Stimme hören.

„Hört zu. Ich arbeite seit 12 Jahren hier in der Fabrik und kümmere mich darum neue Kunden an Land zu ziehen. Man nennt das Marketing. Und für jeden neuen Kunden erhalte ich eine kleine Provision. Das summiert sich im Laufe der Zeit, so dass ich mir diesen Schlitten leisten kann, ok? Und wenn ich Kunden besuche, ist der Caddy meine Visitenkarte, dann ist das Geschäft schon so gut wie abgeschlossen. Deswegen brauche ich ihn auch so dringend.

Ich habe es nicht nötig illegale Geschäfte zu machen, sagt das diesem Cop, wenn er das nächste Mal antanzt."
„Alles klar. Gib mir 30 $ für die Arbeit."
„Wie war der Trip in die Foothills?"
- fragte Ned, als er mir die Scheine in die Hand drückte.
„Besser als jede Droge, Bruder. Wenn du die Strassen mit 100 Sachen runterfliegst, nur du und dein Bike, brauchst du nichts mehr auf dieser Welt. Hat mich vom Heroin weggebracht."
Jay schwelgte sofort wieder in der Erinnerung. Leider waren wir am See nicht die Einzigen, die die Freiheit suchten. Als wir dort ankamen, sahen wir nicht nur etliche Feuer, sondern hörten auch schon das Dröhnen der Motoren. Je mehr Jungs zusammen kamen, desto schneller steigerten sie sich in diese bescheuerten Männlichkeitsspielchen, wo jeder dem anderen beweisen wollte, dass er mutiger, besoffener und härter war als der Rest. Das gab regelmäßig Ärger.
Also hatten wir eine unruhige Nacht.
„Diese Kiste fährt 100 Meilen? Echt? So schnell wie mein Caddy? Das glaube ich jetzt einfach mal nicht."
„Die fährt sogar schneller als 100. Wir können ja um die Papiere fahren. Wenn ich gewinne, bekomme ich deinen Caddy und wenn du gewinnst, schenke ich dir meine Harley, was meinst du?"
„Ich würde zwar ein schlechtes Geschäft dabei machen, aber noch ist keiner an mir vorbeigekommen. Kennst du den Fremont Dragstrip? Nächsten Samstag, um 10:00?"
„Deal. Ich zahl dir dann auch das Taxi nach Hause, ok? Und bitte, putze ihn vorher noch. Ich mag es, wenn sie glänzen."
„Dann bis Samstag. Ich muß los. Die Kundschaft wartet."
„Pass auf die Cops auf, Ned. Der Typ sucht Streit."- warnte ich ihn noch.

RAY MILLER

Wir freuten uns alle auf Samstag. Jay´s Maschine war bis jetzt wirklich nur von Miguels Black Shadow besiegt worden. Und so ein Caddy konnte schon verdammt abgehen. Ich neckte Jay auf der Fahrt, dass ich zur Not noch eine alte Matchless in der Garage hätte, die er sich aufbauen könnte, falls dieser Ned tatsächlich schneller seien sollte.

Auf dem Drag Strip war schon einiges los. Viele Kids hatten ihre Hot Rods hergebracht und fuhren die Viertelmeile gegeneinander, um dann hinterher Erfahrungen und Werkzeug auszutauschen. Natürlich waren auch hier ein paar Motorradfahrer unterwegs.

Als wir eintrafen, sahen wir, dass heute verschiedene Clubs mit Clubnamen auf dem Rücken hier waren. Ein neuer Trend in der Szene. Manche hatten nur mit Farbe etwas auf ihre Lederjacken geschrieben, andere dagegen richtig aufwendige Stickereien mit Namenszügen darunter.

Wir warteten auf Ned, liefen über den Parkplatz und schauten uns die technischen Umbauten an.

Ned war zu spät dran.

„Ich habe Hunger. Laßt uns rüber zu dem Café auf der 14 fahren. Falls dieser Typ noch kommen sollte, muß er eh´ da vorbei und wir verpassen ihn nicht."

„Jay, Jay, Jay, du bist nervös." - neckte ihn jetzt Old Crow.

„Mach dir mal nicht ins Hemd. Ich leih´ dir die Shadow, der kann die Mühlen doch eh nicht auseinander halten."- frotzelte ihn Miguel auf dem Weg zu den Maschinen.

In dem Café war wenig los. Also pferchten wir uns an einen Tisch und bestellten Hamburger.

Ich hatte den Mann an der Bar beim Reinkommen gesehen, aber war trotzdem etwas überrascht, als er direkt an unseren Tisch kam und mich fragte:

„Tachjen, die Herren. Darf ich mich zu Ihnen setzen? Sind Sie der Anführer?"

„Der was?"- fragte ich völlig perplex.

„Klar, bist du der Anführer. Du bist doch der Weiße hier. Oder hast du schon mal einen Indian Chief gesehen?"

„Nur im Kino, Crow."- lachte jetzt auch Miguel

„Wer will das denn überhaupt wissen?"- wollte ich jetzt von dem Mann im Anzug wissen.

„Oh, entschuldigen Sie. Ich bin Ray Miller, von der San Francisco Chronicle und wir berichten mal wieder über die Motorrad Outlaws. Und hier im Café kann man sich besser unterhalten, als auf dem Strip. Gehören Sie zu diesen Einprozentern?"

Er drückte mir eine Visitenkarte in die Hand und zog sich einen Stuhl heran.

„Einprozenter? Was´n das?" - wollte Jay wissen.

„Sie wissen schon. Es gibt ja jetzt immer mehr Clubs, die sich ausserhalb des Gesetzes stellen und das bürgerliche Leben und unsere Regeln und Standards bekämpfen. Die sich selbst Einprozenter nennen, um sich von den 99 % der braven Motorradfahrer abzugrenzen."

„*Uuhuu… also ausserhalb des Gesetzes stehen wir sicher nicht, aber wie definierst du bürgerliche Standards, Chronicle?* "- fragte Miguel und Crow fügte hinzu: „*Ausserdem sind wir kein Club. Wir sind nur ein paar Kumpels, die zusammen Spaß haben.* "

„*Willst du uns interviewen? Und das in deiner Zeitung schreiben?* " - wollte ich wissen.

„*Ja! Die anderen Clubs reden nicht so gerne mit uns, wenn sie betrunken sind. Aber ihr scheint ja cool zu sein….* "

„*Natürlich sind wir cool, Mann. Schau nur meinen Bart an ….siehst du? Und mit der Sonnenbrille dazu, sehe ich doch gleich aus wie Abe Lincoln, oder nicht?* "
- Miguel hatte seinen Spaß mit dem Reporter.

„*Also, ihr seid zwar kein Club, aber ihr fahrt regelmäßig zusammen Motorrad, richtig? Gibt es dann Konflikte mit Jungs, die im Club fahren?* "

„*Konflikte? Wir? Niemals!!!!!* "- Crow mußte lachen.

„*Aber der Schreiber hat recht… vielleicht sollten wir einen Club gründen. Wie nannte der Bulle euch neulich in der Werkstatt? Bunch of Flowers?* "
- Miguel war jetzt richtig in Fahrt.

„*Bunch of Fagheads* "- grummelte Jay.

„*Das isses: unser Club heißt offiziell: BOFOO´s !!!!* "

„*Was soll denn das heißen?* " - fragte Jay skeptisch.

„*Bunch Of Flowers Of Oakland, yes Sir!* "
- übersetzte Miguel euphorisch, wobei er den imaginären Schriftzug mit der Hand in die Luft malte.

„*Scheiße! Da kommt Ned.* "

Tatsächlich sahen wir jetzt den Caddy am Café vorbei rasen, also zahlten wir und waren schon auf den Bikes. Den Reporter hatten wir vergessen.

Wir kamen zusammen mit Ned am Dragstrip an. Was ein bißchen Aufsehen erregte, da die Leute den Eindruck hatten, wir seien die Motorradeskorte des Präsidenten. Naja, so ähnlich halt.

Und Ned bremste auch so scharf, dass wir und er von einer Staubwolke geschluckt wurden. Als die Tür des Caddies aufging, stolperte Ned direkt in meine Arme, was auf die Zuschauer dieser Szene anscheinend wirkte, als ob er mich attackieren wollte. Aber sein Gesicht war blutüberströmt und seine Lippen waren geschwollen. Er war benommen.

Sofort bildete sich eine Gruppe Schaulustiger um uns.

„*Mann! Was ist mit dir los? Hast du einen Unfall gehabt?* "
- fragte ich, ihm unter die Arme greifend.

„Crawfish…"-röchelte er nur. Aber das reichte als Information.

„Mach ihn fertig. 10 Dollar auf unseren Jungen. Na, los gib ihm noch eine und der Nigger ist fertig."

Die Leute um uns herum fingen an mich anzufeuern und zu wetten, da sie sich den Kampf nicht entgehen lassen wollten. Sie dachten wohl, wir hätten Ned auf der Strasse bis hierher gejagt um ihn fertig zu machen. Das hätte ihnen gefallen!

Der Staub setzte sich allmählich und ich sah ungefähr 100 Menschen, die den Caddy und uns umringten. Das war beängstigend. Ich setzte Ned an das Hinterrad des Caddies und schickte Jay, etwas Wasser zu holen.

„Was ist jetzt? Ist der Kampf vorbei? Warum steht der Nigger denn nicht auf, verdammt?"- die Leute wollten Blut sehen und die Stimmung wurde verdammt schnell aggressiv. Zu schnell!

Jay kam mit Wasser, das wir Ned über den Kopf gossen. Der schüttelte sich und sah sich verwundert um.

„What the heck… wo bin ich?"

Ich war unten bei ihm und hatte die selbe Perspektive auf den Mob, der sich zu seinem Samstagnachmittagsvergnügen gerne einen Schwarzen gebraten hätte.

„Kein Rennen heute, Ned. Du mußt abhauen. Kannst du fahren?"- fragte ich ihn.

Mit dem einen Auge, das nicht zugeschwollen war, blickte er mich nickend an.

„Jay! Crow! Miguel!"- war alles was ich sagen musste und meine Jungs schirmten mich ab, als ich Ned zurück hinters Lenkrad verhalf. Der Caddy brüllte auf, war aber umringt von Leuten. Nur die wollten nicht weichen - die wollten Ärger.

Zum Glück löste sich ein bulliger Typ aus der Menge vor dem Auto und kam auf mich zu. Zum Unglück hatte er vier Typen dabei, die auch sein Format hatten.

Ärger? Wir? Niemals! - klingelten jetzt Crows Worte in meinem Kopf. Mit dem fünfköpfigen Strafgericht bewegte sich der Mob zur Seite und Ned zögerte nicht eine Sekunde durch die kleine Gasse Richtung Strasse zu donnern.

„Hey Niggerfreund, was soll das? Du bringst uns um den ganzen Spaß……"

Die Typen waren betrunken und hatte noch die Bierflaschen in der Hand. So postierten sie sich hinter ihrem Leitbullen, der das Wort führte. Ich sah sofort, dass sie Kutten anhatten. Also gab es wahrscheinlich noch mehr von denen hier auf dem Dragstrip.

„Wir wollen einen Kampf sehen, Mann. Ich hatte 5 $ auf dich gesetzt. Aber wie ich sehe, hast du keine Eier, nicht mal um so ne halbe Portion wie den zu erledigen."

„Tut mir leid. Wir wollten eigentlich nur Rennen fahren. Und sicherlich keinen Stress."

„Na, dann gib mir meine 5$ zurück. Dann gibt es keinen Stress und du kannst dein Rennen fahren."

Damit kam er ganz nah an mich ran und rieb den Kragen meiner Lederjacke zwischen seinen dicken Fingern.

„Vergiss es. Und lang mich nicht an."

„Sonst was? Häh? Sonst kämpfst du mit mir, du Hühnchen?"

Er sah mich mit seinen glasigen Augen an und rubbelte weiter meinen Kragen zwischen seinen Fingern. Dabei blies er mir den Gestank seiner Bierfahne ins Gesicht.

Als ich ihn zurück stieß, fiel er auf den Hosenboden und glotzte ungläubig in die Menge. Seine Kumpels rappelten ihn wieder auf die Beine und er nahm eine Boxerhaltung an.

Er wollte gerade zwei Schritte auf mich zu machen, da trat Old Crow zwischen uns.

„Laß das, Freund. Wir sind Brüder der Strasse und sollten nicht gegeneinander kämpfen, sondern miteinander fahren."

Der Bulle glotzte unentschlossen zu Crow hoch, denn der war leicht einen Kopf größer als er. Aber da er auch ganz klar intellektuell überfordert war, schlug er einfach in Crows Richtung. Der wich nur einen Schritt zur Seite und der Schlag ging in die Luft und der Leitbulle stolperte nach vorne, so dass Crow ihn am Arm packend einfach wieder zu seinen Mannen zurück dirigierte.

„Ok! Ihr wollt es wissen?! Dann kriegt ihr es!"

- brüllte jetzt der Anführer und wir sahen, dass zwei seiner Jungs wie auf Befehl Ketten rausholten, während die anderen beiden plötzlich Messer in der Hand hielten. Nicht gut. Ich sah nicht woher er kam, aber der Bulle zauberte wie aus dem Nichts einen Baseballschläger hervor. Das änderte das Kräfteverhältnis dramatisch.

Wir blickten uns an und bewegten uns automatisch rückwärts.

Als wir circa 10 Meter hinter uns gebracht hatten, rief ich:

„Rennt!"

Und Miguel, Old Crow, Jay und ich stoben, jeder in eine andere Richtung, auseinander. Der Mob wusste nicht hinter wem er herlaufen sollte und blieb verdattert stehen. Die Motorradgang versuchte noch kurz uns zu verfolgen, war aber zu besoffen und gab es nach ein paar Metern auf. Keine 5 Minuten später, saßen wir alle auf unseren Maschinen und rasten die Strasse runter zum Café.

Wir gingen gar nicht erst rein, sondern machten unseren Plan gleich im Sattel.

„Habt ihr den kleinen Pfad circa eine Meile von hier gesehen? Über den kommt ihr von hinten auf das Gelände und seid genau dort wo die Jungs immer ihre Zelte aufschlagen. Wer hat den Namen der Bande lesen können?" - fragte ich.

„Booze Heads Paso Robles." - antwortete Crow

„OK. Wer geht zurück und schneidet ihnen die Benzinleitungen auf? Und falls sie Triumphs fahren, haut das Bremsgestänge am Vorderrad raus. Das verbiegt leicht und sie werden kein Werkzeug dabei haben es zu reparieren."

Wir schickten Miguel und Jay, denn Crow war zu groß um nicht aufzufallen. Mit einem halben Donut waren die beiden zurück auf der Strasse und verschwanden schnell aus dem Bild.

Erst als wir die Motoren ausmachten, sah ich den Reporter in der Tür stehen. Crow und ich gingen rein um zu warten, dabei sah er uns etwas verängstigt an.

„Wie heißt du nochmal, Chronicle?" - wollte ich wissen.

„Ray. Ray Miller. Gab es Probleme?"

„Neeeiin. Sollte es?" - versuchte Crow ihn von hoch oben herab zu beruhigen.

„Na, ich habe den Mann aus dem Cadillac gesehen. Suchen Sie ihn denn nicht?"

„Ned? Wo hast du ihn gesehen, Ryan?"

„Ray, Sir. Er sagte, ein paar Rocker wollten ihn umbringen…"

„Kann sein. Aber nicht wir. Wo ist er hingefahren? Ray!"

„Sind ihre anderen Freunde nicht dabei ihn zu suchen? Warum sind sie wieder zurückgefahren?"

„Ha! Du traust uns nicht? Meine beiden Jungs haben vergessen ihre Bierrechnung zu bezahlen. Und weil sie gute, rechtschaffene Christen sind, die ihr Heimatland lieben, sind sie noch einmal zurück gefahren, um ja nicht in der Hölle zu landen, verstehst du?"

Der Reporter schaute unsicher von mir zu Crow und wieder zurück. Ich konnte sehen, dass dies der abenteuerlichste Tag in seinem bisherigen Leben sein würde. Irgendwo im kalifornischen Hinterland, in einer billigen Spelunke zwischen staubigen Typen, deren Spiel er so gerne mitgespielt hätte, aber leider kannte er die Regeln nicht.

Also schwitzte er nur. Vor Hitze und Aufregung.

„Jill! Bring uns zwei Bier, oder willst du auch eins, Chronicle?"

Crow und ich setzten uns an einen Tisch. Der Schreiber blieb noch unsicher in einiger Entfernung stehen, bewegte sich aber langsam, wie ein schüchternes Kind, in unsere Richtung.

„Versprechen Sie, dem Mann nichts zu tun?"

„Wem? Ned? Natürlich nicht, Mann. Wir haben ihn da rausgepaukt."

„Er parkt hinter dem Haus und schläft."

„Was?! Und das sagst du erst jetzt?" - Crow und ich sprangen synchron auf und rannten nach hinten, vorbei an dem blassen Ray, der sich jetzt sichtbar auf die Lippen biß. Zu spät, Bruder.

Tatsächlich parkte der Caddy unter einem niedrigen Baum im Schatten. Die Türen waren offen und zwei Schuhe staken heraus. Ned lag auf dem Rücken, mit einer feuchten Serviette auf dem geschwollenen Auge und rauchte in aller Seelenruhe.

„Da seid ihr ja. Hat ja ganz schön gedauert. Ich wusste doch, dass eure Mühlen nichts hergeben, oder habt ihr euch verfahren?"

Dabei grinste er frech aus seinem zerschlagenen Mund und schnippte die Kippe weg, als er sich aufsetzte.

„Danke... wie heißt du eigentlich, gottverdammt?" - fragte er jetzt in meine Richtung.

„Jeff. Nicht dafür. Hättest du ja auch für mich getan, oder?"

„Verlaß dich da ma nicht drauf. Gibst du mir ein Bier aus? Ich verdurste hier noch."

Zurück im Café tranken wir ein herrliches kaltes Bier und erfuhren, dass Craddock Ned aufgelauert hatte. Und während der Kollege von Craddock die Papiere kontrollierte, fand der eifrige Sheriff doch tatsächlich ein weiteres Päckchen Gras im Handschuhfach. Und da Ned dem Gesetz gegenüber darauf bestand, das Zeug weder gekauft, noch verkauft und schon gar nicht geraucht zu haben und es wohl vom Sheriff dort gerade eben deponiert worden seien muß, erhielt der arme Ned die Behandlung, die damals jedem Dunkelhäutigen in Kalifornien zustand, der die gottesgleiche Weisheit und Macht der weißen Gesetzeshüter in Frage zu stellen wagte: eine satte Tracht Prügel.

Als er halb bewusstlos neben seinem Auto im Staub lag, hörte er nur noch wie er für morgen ins Büro zur Aussage einbestellt wurde.

„Noch Fragen, Nigger?"- damit wischte sich Craddock die blutigen Hände am Taschentuch ab.
„Ja, Sir. Wieviel Uhr ist es? Ich muß zum Autorennen."
Von polizeilichen Stiefeltritten begleitet, schaffte er es hinter das Lenkrad und auch den Polizeiwagen abzuhängen. Der Caddy hatte einen 365 ccm Big Block!

Wir hatten den Schreiber ganz vergessen. Und der saß stumm, aber mit Elefantenohren irgendwo im Hintergrund und notierte alles für seine Story. Die uns noch ein paar Probleme machen sollte.
Als Jay und Miguel gerade wieder, mit einem zufriedenen Grinsen im Gesicht, zur Tür reinkamen, rasten draussen auf der 14 drei Polizeiautos in Richtung Dragstrip. Jetzt sprang Ray aufgeregt zum Fenster.
„Keine Sorge. Die Feuerwehr war eh´ schon da. Aber ich befürchte die Maschinen konnten sie nicht mehr retten." - Miguel lächelte den Reporter so unschuldig an, wie eine Zehnjährige auf dem Schulball.
„Da muß ich hin..."- womit Chronicle schnell verschwand.
Jay und Miguel hatten gerade die Benzinschläuche durchgeschnitten und liessen den goldenen Saft im Sand versickern, als der Besitzer einer der Motorräder auftauchte und erwartungsgemäß Rabatz machte. Zum Glück hatten sie den richtigen Verein erwischt - es waren die Jungs von vorhin. Und obwohl sie besoffen waren, gingen sie instinktiv auf Jeden los, der sich an ihren Maschinen zu schaffen machte. Aber als Jay seine Kippe in den Benzinsumpf am Boden schnippte, fingen die Jungs erst richtig Feuer. Und mit ihnen ihre Böcke. In dem entstehenden Chaos konnten Jay und Miguel unerkannt abhauen und über die Seitenstrasse sicher zurück zum Café kommen.
Und genauso stand es am nächsten Tag in der Zeitung.
Zumindest so ähnlich.
Die Ratte von der Zeitung hätte Märchenbücher schreiben sollen, mit seiner blühenden Phantasie!
Es ging ungefähr so:

<u>EIN GUTES PROZENT</u>

Unter höchstem Risiko und nach langwierigen Recherchen gelang es einem Reporter dieser Zeitung schlußendlich, wovon wir doch alle schaudernd träumen: Eine Abenteuerfahrt mit den berüchtigten Einprozentern! Durch geheime Kontakte gelang es unserem Mann einen Nachmittag lang mit dem berühmten BOFOO Motorcycle Club zu reiten und das abenteuerliche Leben dieser Outlaws hautnah mitzuerleben. So geschehen letzten Samstag am Fremont Dragstrip, als unser unerschrockener Journalist Zeuge wurde, wie rivalisierende Rockergangs aufeinander trafen. Was dazu bestimmt war, in einem Inferno sinnloser Gewalt zu enden, wurde durch das beherzte Auftreten einiger aufrechter und edler Mitbürger doch noch zum Guten gewendet. Auch wenn wir diese braven Mitbürger oft nicht als solche anerkennen wollen, da sie durch ihr nachlässiges Äusseres vielleicht abstoßend auf den guten Geschmack wirken mögen, so haben sie es doch verdient einer tieferen Betrachtung unterzogen und für ihren Einsatz im Namen des Anstands honoriert zu werden.

Ja, geneigter Leser, ich ergreife hier wirklich Partei für die vier Jungs der BOFOOs - was die Abkürzung für Brothers Of Flatheads Of Oakland ist. Denn nicht nur war ich hautnah dabei, als sie eine verwirrte und hilflose schwarze Seele vor einem blutlüsternen Mob retteten, sondern auch wie sie, gleich wahren Edelmännern, sich friedlich gegen eine Übermacht der sogenannten Einprozenter stellten und diese nur auf Grund ihrer friedfertigen Wortwahl zu besänftigen vermochten. Doch selbst nachdem sie alle Wogen geglättet hatten und den angereisten Familien somit ein weiteres unvergessliches Wochenende beim Dragracing ermöglichten, ließ sie der Großmut ihrer Tat nicht übermütig werden und sie drehten auf dem halben Weg nach Hause noch einmal um, nur weil ihnen eine offene Bierrechnung das gute Gewissen zu beflecken drohte. Leider mußte ich hierbei bezeugen, was passiert, wenn couragierte Mitbürger nicht ständig wachsam bleiben. Kaum waren die friedfertigen BOFOOs in ihrem Stammcafé auf der Bundesstrasse 14 eingekehrt, gelang es einer, durch Alkoholeinfluss stimulierten, unidentifizierten Motorradgang die Maschinen der konkurrierenden `Booze Heads Paso Robles´ in Brand zu stecken. Glücklicherweise wurde bei diesem Inferno keines der anwesenden Kinder verletzt, aber der Anblick sinnlos betrunkener Männer, die über ihren verkohlten Motorrädern weinend zusammenbrechen, wird ganz sicher einen positiven erzieherischen Einfluß auf die weitere Entwicklung dieser Jugend haben.

Well, jetzt waren wir also berühmt. Obwohl wir noch nicht einmal einen Clubnamen hatten, geschweige denn Logos auf unseren Jacken. Das hatte ich auch nicht vor!

BALLROOM

Ich kürze hier mal ab.

Craddock zwang Ned für ihn die Drogen unter das schwarze Publikum zu bringen, zu dem er - als Weißer und Cop - keinen Zugang hatte. Und da Ned jedes Wochenende im Ballroom rumhing, kannte er seine Pappenheimer. Craddock hatte einen `Schwager´ oder `Cousin´ bei der Hafenbehörde, der ihn immer anrief, wenn Mister Lee oder Mister Chang wieder eine Lieferung besten Tees aus dem Himalaya, oder Heilkräuter aus Nepal, Blumen- und Pflanzensamen aus Indien erhielten. Nachdem Craddock dann die Lieferliste durchgegangen war, erhielt Mister Lee nur noch die Hälfte seiner Bestellung und Craddock verdoppelte sein Gehalt.

Dieses Vorgehen war damals nicht unüblich - leider.

Und so geriet Ned einmal pro Woche in eine `Verkehrskontrolle´ bei der ihm Craddock das Dope übergab und die Woche drauf, um den Gewinn einzu-streichen. Alles ganz öffentlich, mitten auf der Strasse. Der gute brave Jack American, der zufällig Zeuge dieser Übergabe wurde, dachte sich nichts dabei. Weißer Cop kontrolliert schwarzen Fahrer. Höchstens ermahnte er Jack jr auf dem Rücksitz da nicht hinzusehen, das sei halt nu mal so....

Nicht mehr lange, Jacky-Boy!

Leider kamen wir erst hinter diese Nummer, als es fast schon zu spät war.

Ned´s Caddy wurde jetzt nicht mehr demoliert und so sahen wir ihn eine Zeit lang nicht. Aber als sich Jay eines Freitagabends an das verpasste Rennen erinnerte, beschloßen wir tanzen zu gehen.

Auf in den Ballroom.

Auf dem Parkplatz standen nur Autos und er war voll. Aber direkt vor dem Eingang des Clubs sahen wir ein einsames vergessenes Motorrad stehen. Und gönnten dem armen Ding etwas Gesellschaft, indem wir uns daneben stellten. War auch nicht soweit bis zur Tür.

Ich sah sofort, dass es eine BSA war. Eine Scrambler, mit einer hoch-gezogenen Auspuffanlage, die nicht wie üblich in einem Rohr endete, sondern auf beiden Seiten der Maschine, kurz unter der Sitzbank in zwei unge-dämpften Töpfen. Ausserdem fiel mir die Lackierung sofort ins Auge.

Der Besitzer hatte Geschmack! Hellblaue Scallops auf beigem Untergrund mit einer Goldlinie als Einfassung. Und das Blau glitzerte! Hier sah ich das erste Mal Metalflakes in einem Lack verarbeitet. Ich war begeistert!

Da alle Jungs und Mädchen, die in diesen Club wollten, aufgetackelt waren wie Weihnachtsbäume, sollte es leicht sein, den Fahrer dieses Bikes ausfindig zu machen. Zwischen allen diesen Krawatten, weißen, schulterfreien Blusen und Pomadekunstwerken auf den Köpfen, würde ich einen von uns sofort riechen.

Haha! Erstmal reinkommen!

Wir fielen nicht nur durch unsere Jeans und Lederjacken auf, sondern auch weil es hier fast keine weißen Nasen gab. Der Gang zur Tür, war schon wie der Walk of Fame. Alle beendeten ihre Flirts und Gespräche und folgten uns mit skeptischen Blicken. Normalerweise sind Weiße in solchen Clubs Bullen. Und die bedeuten immer Ärger.

Die zwei Jungs an der Tür setzten Sonnenbrillen auf, als wir näher kamen - mitten in der Nacht. Die Botschaft war klar.

„Hey, was geht?" - eröffnete ich, hoffend nicht zu arrogant zu klingen.

„Gut, Mann! Was kann ich für euch tun?" - fragte der Linke.

„Naja, wir würden hier gern ne Runde die Sohlen qualmen lassen. Schwofen, weißt du? Spaß haben, undso."

„Da seid ihr hier richtig, aber ich bin nicht sicher, was du mit `Spaß haben, und so´ meinst. Die Leute wollen hier in Frieden tanzen und keinen Stress."

„Mann, Bruder, das wollen wir auch. Ehrenwort! Wir machen nie Stress."

- Miguel hatte schon ein Mädchen ausgemacht und wollte da rein.

„Du bist nicht mein Bruder, Chico. Habt ihr Drogen dabei?" - die zwei rückten so nah aneinander, dass sie eine Wand bildeten.

„Natürlich nicht! Aber, wenn du uns da nicht gleich reinläßt, ist die Kleine mit einem Anderen verschwunden, verstehst du?"

„Ist Ned da?" - fiel es mir plötzlich aus dem Mund.

Jetzt wechselten die beiden Schränke erstaunte Blicke.

„Ich bin Jeff, sein Mechaniker. Hab seinen Caddy mal repariert."

„Schau mal nach, ob du ihn findest." - sagte der eine Teil der Wand jetzt zum anderen und der verschwand.

Und brachte tatsächlich Ned mit!

So gelangten wir durch die Himmelspforte. Sobald wir drinnen waren, interessierte sich niemand mehr für unser Aussehen. Es war so voll, dass man sich an schwitzenden, gut parfümierten Körpern reiben mußte, um von hier nach dort zu kommen. Es gibt Unangenehmeres.

Ned dirigierte uns an die Bar. Aber nur noch ich kam dort an. Crow, Miguel und Jay lösten sich in der Menge auf.

„Jay fragte sich, ob du immer noch Lust auf ein Rennen gegen seine Harley hast? Er meint, du schuldest ihm etwas."

„O C´mon! Ich verstecke mich nicht, aber es läuft gerade so gut, dass ich wenig Zeit für sowas habe und wir sollten das dann auch eher auf einem ruhigeren Dragstrip machen. Ich will ja meinen Sieg auskosten und nicht als Festtagsbraten enden."

„Keinen Stress mehr mit Craddock?" - wollte ich wissen.

„Nee! Der stoppt mich zwar noch regelmäßig, hat aber wohl die Lust verloren. Ob er Angst vor mir hat?" - dabei lachte Ned schallend auf.

Er setzte gerade neu an, als ihm ein Pärchen auf die Schulter tippte.

„Sorry, Jeff. Bin gleich zurück." - und weg war er mit den Kids.

Da man an der Bar Platz hatte und einen guten Überblick über das Treiben, hielt ich mich hier fest und bestellte ein Bier.

Die Leute hier hatten alle ihre besten Klamotten an und es war eine Freude ihnen beim Schieben, Drücken, Lachen, Tanzen und was sonst noch allem zuzusehen.

Ich sah Miguel und Jay mit zwei Mädchen tanzen. Und sie tanzten wild! Old Crow stand in einer Ecke und unterhielt sich tatsächlich mit einem Mädchen, das so groß war wie er. Jackpot!

Auch ich hatte beim Reinkommen die Blicke einer jungen Dame registriert, aber ich fand sie in der Menge einfach nicht.

Also löste ich mein Verhältnis mit der Bar auf und steuerte in Richtung Tanzfläche, als mich jemand rief:

„Bist du Jeff?"

Umdrehen - schauen - erkennen. Da stand sie vor mir.

„Ja... und wer bist du?"

„Jas! Du hast meinen Bruder gerettet, oder? Da auf dem Dragstrip?"

Sie war zwar nicht ganz so hübsch, wie die, die ich eigentlich suchte, aber besser einen Spatz in der Hand als eine Taube auf dem Dach, nicht wahr? Und für einen Typen wie mich, war sie immer noch pures Gold!

Auch sie hatte eine schulterfreie, weiße Bluse an, aber anders als die anderen Mädels hier, trug sie eine Hose. Und sie wußte, wie man Hosen zu tragen hat!

„Naja, gerettet nicht wirklich. Er fiel mir auf seine penetrante Art irgendwie in die Arme und ich half ihm zurück ins Auto. Das war eigentlich alles."

Sie lachte. Sehr fröhlich - sehr mitreißend.

„Kannst du in den Tretern tanzen?" - ohne eine Antwort abzuwarten, zog sie mich auf die Tanzfläche. Und bevor ich auch nur mein Bier abstellen konnte, klebte ihr warmer Körper an meinem und ihr Parfüm nahm mir das Bewusstsein. Irgendwann merkte ich, dass das Bier weg war. Alles war nur in Bewegung, im Einklang, im Jive. Ich kannte die Lieder nicht und wußte nicht

was ich hier und wie ich hier eigentlich tanzte, aber es nahm kein Ende, während ich nicht genug von dem Geruch ihrer Haare bekommen konnte.

„Auszeit! Ich spendier dir nen Drink, du Held." - jetzt zog sie mich an die Bar.

„Du läßt dich gut führen, Jeff. Wo hast du so tanzen gelernt?"

„Eigentlich gar nicht. Aber meine Mutter hat mir immer Blaubeermuffins gemacht..." - was Dümmeres fiel mir nicht ein.

Jas schaute mich kurz ungläubig an, beugte sich dann vor und flüsterte todernst in mein Ohr.

„Das erklärt alles. Danke, Mama."

Ich hatte mit ihr eine geschlagene Stunde lang getanzt und jetzt rann uns beiden der Schweiß von der Stirn. Jay und Miguel tankten jetzt auch an der Bar neue Kraft aus neuem Bier. Sie hatten ihre Tanzpartnerinnen dabei und offensichtlich eine gute Zeit. Old Crow war weg. Keiner hatte ihn gesehen.

„Wo ist Ned eigentlich? Wegen dem sind wir doch hergekommen?" - erinnerte sich Jay. Dabei blickten wir alle automatisch durch den Saal und sahen eine Unruhe von der Tür herkommend. Dort war jetzt Geschrei und Gestoße.

„RAZZIA ! RAZZIA !!"

- hörten wir jemanden schreien.

Die Mädchen machten, dass sie wegkamen und verschwanden, aber ich hielt Jas zurück.

„Geh nicht. Die können uns nichts." - sie hatte Angst.

„Dir nicht, Honey. Ich kenne das Spiel zu gut und habe keine Lust auf diese Schikane. War schön mit dir."

- damit wollte sie sich wegdrehen, aber dort stand schon ein Polizist und empfing sie mit offenen Armen.

„BLEIBEN SIE RUHIG UND STELLEN SIE SICH ALLE AN DIE WAND DORT RECHTS: DANN SIND WIR IN FÜNF MINUTEN FERTIG HIER."

- brüllte ein Officer. Also gehorchten wir, und ich achtete darauf, dass Jas genau neben mir stand.

„Ihr doch nicht. Keine Weißen! Die können gehen!" - das war der Officer, der Jas aufgefangen hatte.

„Aber das ist meine Frau, Herr Inspector. Ich gehe nur mit ihr. Und wenn sie bleiben muß, bleibe ich auch."

„Officer reicht, du Pfeife. Deine Frau, hm? Wo sind denn eure Ringe, Großmaul?"

„Die haben wir zum Pfandleiher gebracht, weil wir für unser Baby so ein Babybett mit Vorhängen und Rüschen kaufen wollen, wissen Sie, davon haben

wir immer schon geträumt... meine Frau ist gesegnet... im dritten Monat jetzt... und wir können es gar nicht erwarten. Haben Sie Kinder?"
„Hör auf zu quatschen, Mann. Ja, ich habe drei Kinder. Was glaubst du, warum ich Nachtschichten schiebe? Verschwinde mit deiner Mietze."
Bevor der Cop noch was sagen konnte, waren wir vor der Tür.
Zum Glück kamen Jay und Miguel auch gleich nach. Nur Crow blieb verschwunden, und da seine Maschine auch weg war, wird er wohl der langen Dame die langen Nächte in den Hills gezeigt haben.
„Trinken wir noch was bei dir, Jeff?" - fragte ein aufgekratzter Miguel.
„OK. Kommst du mit, Jas?" - fragte ich, ohne echte Hoffnung.
„Ich muß Ned suchen. Er hat doch immer Ärger mit den Bullen. Ich mach mir Sorgen um ihn. Ein ander Mal, ok, mein Fred Astaire?" - dabei lächelte sie mich offen an und setzte sich auf die blaue BSA. Völlig selbstverständlich flutete sie die Vergaser, kickte einen vor, dann die Zündung an und nochmal kicken - und rums war die Mühle da.
Aber ging mit einem lauten Knall gleich wieder aus.
„Das ist deine?"
- fragte ich sie ungläubig. Wo sollte mich dieser Abend noch hinführen?
„Yep. Aber sie läuft auf dem rechten Zylinder unrund. Habe schon die Kerzen gewechselt, den OT kontrolliert und die Unterbrecherkontakte gecheckt. Die sind wie neu, aber ich habe das Gefühl die Zündung verstellt sich von alleine, nach einiger Zeit."
„Das kann am Steuerring im Zündmagneten liegen. Der ist oft schlecht gearbeitet und das Material ist billig und verformt sich."
„Ich denke du schraubst an Autos? Woher kennst du dich mit Engländern aus?"
„Die BSA neben deiner gehört mir, Hun. Komm mal in meiner Werkstatt vorbei und wir reparieren das..." - und mein Herz gleich mit, bitte.
„Ich denk´ drüber nach..." - sie schaute mich von unten her an, Augenaufschlag und mit dem ganzen Gewicht auf den Kickstarter gesprungen. Jetzt ging sie nicht aus, knallte aber noch ein bißchen. Der Engel der Nacht bog um die Ecke und winkte mir zum Abschied.

„Hör auf zu grinsen, Mann. Warten wir auf Crow, oder hauen wir ab?"- zog mich der Teufel der Realität in Gestalt eines Jay´s zurück vor den Club, wo die Cops ein paar Kids in ihre Autos packten und den anderen befahlen nach Hause zu fahren. Der Parkplatz leerte sich schnell. Nach zwei Minuten stand nur noch ein Wagen darauf - Ned´s Cadillac.

Das weiße Gesicht auf dem Beifahrersitz war sogar aus unserer Distanz gut zu erkennen, es war Officer Craddock, der in aller Ruhe da saß und rauchte.
„Shit! Der Bulle stresst schon wieder, oder was?" - Miguel machte eine Bewegung in Richtung des Autos. Da öffnete sich die Fahrertür und Ned stieg aus, kam auf uns zu und winkte ab.
„Alles unter Kontrolle hier. Der will nur, dass ich ein paar Papiere unterschreibe. Sonst nichts. Alles cool." - log Ned.
„Wir warten besser, bis der Cop abhaut. Nicht, dass du wieder zuschwillst." - warf ich ein, nur um eines Besseren belehrt zu werden.
„Den habe ich im Griff, keine Sorge. Haut ruhig schon ab und wir sehen uns morgen auf dem Edwards Airstrip, was meint ihr?" - damit blickte er nervös zurück zu seinem Wagen.
Die Sache stank!
Trotzdem machten wir uns - betont langsam - auf zu unseren Motorrädern, rollten ebenso betont langsam an dem Caddy vorbei und sahen noch zum Abschied den schweigsamen, traurigen Ned einsteigen. Ich dachte an seine Schwester, die sich Sorgen machte - wohl zu Recht.

FREITAGS

In meiner Garage angekommen, sprachen wir noch kurz über Ned, schwangen aber gleich rüber zu dem vielversprechenden Schwof von heute und diskutierten das morgige Rennen.
Dabei tranken wir reichlich und rauchten einen Joint. Nur Jay hielt sich auffällig zurück.
„Du bist doch weg vom H. Und so ein kleiner Dübel wird dich nicht gleich wieder zurück in die Gosse schiessen, was ist los?" - wollte Miguel wissen.
„Nee, es ist nicht das, aber... immer freitags, da... erinnert ihr euch noch an Frankreich? An diesen deutschen Panzer?"
Und ob ich mich erinnerte! Hans!
„Klar, Mann. War ein Scheißtag, aber wir sind heile rausgekommen. Im Gegensatz zu den Krauts." - Miguels Stimme verriet Nervosität.
„Es war an einem Freitag, wußtet ihr das? Ich habe seitdem immer freitags den selben Traum." - Jay blickte auf den Boden. Der Traum machte ihm sichtlich zu schaffen - ich war gespannt!
„Träumst du von dem Jungen, den du erschossen hast? Das ist normal, Mann. Aber laß ihn gehen, du hast uns damit gerettet. Das ist, was zählt." - Miguel

wurde immer nervöser. Es war klar, dass er nicht über dieses Thema reden wollte.

Aber Jay wollte es los werden. Er begann ganz langsam:

„Im Traum streife ich durch den Wald und suche etwas zu essen. Irgendwann höre ich Musik und gehe in die Richtung, aber der Wald wird dicker und ich komme fast nicht mehr vorwärts. Da sehe ich, dass ich bis zu den Knien in Blut wate, das mich bremst. Als ich es zu einer Lichtung geschafft habe, sehe ich drei Jungs um ein Feuer sitzen und singen. Sie sind fröhlich und höchstens 10 Jahre alt. Ich pirsche mich ran um sie zu fressen, als sich einer umdreht und mir lächelnd die Hand hinstreckt. Ich verstehe kein Deutsch, aber begreife, dass er mich einlädt mit ihnen zu singen. Ich setze mich zu ihnen und sie reichen mir ein Stück Fleisch, das sich der eine gerade unter seinen eigenen Rippen herausgeschnitten hat. Es ist roh und schmeckt nach Eisen, aber ich verzehre es komplett. Die anderen bieten mir ein Stück von ihrem Bein, oder ihrem Oberarm an, alles lächelnd, freundlich. Ich sehe nur ihre hübschen, unschuldigen, singenden Jungengesichter und esse...Plötzlich erscheint im Feuer das Gesicht des zerlumpten Panzerfahrers, ihr wißt schon, der mit den irren Augen. Es erscheint nur sein Gesicht und er streckt mir auch die Hand entgegen und sagt: Gib mir meinen Mantel zurück. Da springe ich auf und erschiesse alle. Ich feuere auch auf den Typen im Feuer, aber der lächelt nur, streckt mir weiter seine Hand hin und ich sehe jetzt, dass alles ausser seinem Gesicht ein blutiges Skelett ist. Sogar unter seiner Uniform kann man seine blutigen Eingeweide zwischen den Knochen sehen. Seine Knochenhand greift sich meine und zieht mich ins Feuer, wo wir fallen und fallen und fallen... bis ich schweißgebadet aufwache."

Er machte eine Pause und wir schwiegen alle.

„Hans. Ich nenne ihn Hans. Den Jungen mit den irren Augen. Er erscheint mir auch immer noch..." - brach ich als Erster das Schweigen.

„Als ich ihm damals sein Eisernes Kreuz wegnahm, spürte ich schon in seinem Blick, etwas wie... ich weiß nicht, wie ich es beschreiben soll,... als ob er mir eiskalte Angelhaken in den Körper gepflanzt hätte, die mich Tag und Nacht quälen. Manchmal wache ich nachts auf, und da sind überall nur diese Augen. Egal in welches Zimmer ich gehe, manchmal sogar beim Fahren, vor mir auf der Strasse. Sie starren nur. Und mein Kopf will explodieren... ich habe sogar schon daran gedacht mich zu erschiessen, Mann. Ehrlich! Es ist die Hölle." - Miguel blickte auf den Boden.

„Was wohl aus ihm geworden ist?" - wollte ich wissen. Denn ich war nicht mehr dabei gewesen, als Hans dem Gefangenenlager übergeben wurde.

„Meinst du, er geht jetzt auch tanzen, so wie wir? Vielleicht hat er geheiratet und drei blonde Kinder..." - vermutete Jay.

„Der ist verrückt geworden! Das war er doch damals schon fast. Der sitzt in irgendeiner Anstalt und schleicht sich in unsere Träume mit seinem Wahnsinn." - spekulierte Miguel.

„Ob Old Crow auch von ihm belästigt wird? Habt ihr ihn mal gefragt?"

„Nein, haben wir nicht. Doch warum trägt er nicht die Jacke, die er sich aus dem Ledermantel von Hans hat machen lassen? Sie wird wohl auf seiner Haut brennen und ihm Stücke davon rausreissen..." - spann Miguel seinen Albtraum weiter.

Ich erzählte ihnen nun auch meine Hans-Tortur:
Jedes Mal wenn ich einen romantischen Abend mit einem Mädchen zu Ende bringen wollte, küsste ich nicht das Mädchen, sondern Hans. Egal wie hübsch sie war, sobald ich die Augen schloß und mich zu ihr rüber beugte, war da Hans mit seinem breiten schmutzigen Gesicht. Regungslos. Selbst wenn ich die Augen offen ließ, verwandelte sich die junge Maid meines Herzens in diesen diabolischen Panzerzombie. Aber warum immer in romantischen Momenten? War ich vielleicht schwul? Wohl eher nicht, denn er war mir auch schon ein paar Mal begegnet, als ich abends ganz entspannt durch die Wälder cruiste, die untergehende Sonne warf lange warme Schatten der Bäume quer über die Strasse. Da sah ich ihn - hinter dem einen oder anderen Baum stehen. Du sagst, es werden die Schatten gewesen sein, aber das war es nicht. Obwohl alles sehr friedlich war und das ruhige Vibrieren der Twins immer sehr beruhigend auf mich wirkt, spürte ich jedes Mal Unheil in der Luft. So wie damals in Frankreich, als der Sherman Tank direkt vor uns explodierte und wir drei Meter weit geschleudert wurden. Aber Hans steht da!
Ruhig - wissend - hart - gnadenlos.
Einmal hielt ich neben ihm an, stieg ab und ging auf ihn zu. Er rührte sich nicht. Die Hände in den kaputten Handschuhen, die Fetzen um seine Füße und den schmutzigen Lappen um seine Kopfwunde. Ich war auf einen Meter an ihn ran und konnte das Öl und das trockene Blut in seiner alten Uniform riechen. Seine Augen folgten jeder meiner Bewegungen, ruhig, klar, smaragden.
Mir fiel auf, dass er nie blinzelt.
„Hi!" - sage ich vorsichtig zu ihm.

Blick.

„Warum verfolgst du mich? Was willst du von mir? Ich habe dich am Leben gelassen, also laß mich bitte in Ruhe, Ok?"

Diese Augen fangen an zu glühen, so als ob jemand dahinter das Licht eingeschaltet hätte. Er streckt mir seine rechte Hand entgegen.

Ich sehe das getrocknete Blut und die fingerlosen Handschuhe, aber ich nehme sie. Denn ich denke, diese Dankesgeste ist nötig um diesen Spuk zu beenden.

Pustekuchen, Bruder!

Als ich seine Hand nehme, löst Hans sich auf. Und die Knochen seiner Rechten halte ich noch in meiner Hand. Ich halte eine verdammte Skeletthand in zerfetzten Handschuhen in meiner! Wie kann das sein, damn it! Aber der Geruch von Unheil ist verflogen, genauso wie Hans. Ich stehe noch ein paar Minuten völlig bescheuert im Wald rum und verstehe nur Bahnhof. Irgendwann werfe ich die Knochen weg und fahr nach Hause, aber der Spuk war damit keineswegs vorbei.

Nur halte ich jetzt nicht mehr an, wenn ich ihn sehe.

Von diesem Abend an war Hans ein offizieller Teil der Gang.

Es fehlte zwar noch Crows Geschichte, aber wir waren sicher, dass er auch eine hatte.

Crow blieb verschwunden. Selbst als Miguel am Mittwoch nach der Arbeit im Hafen bei mir bremste um sein Feierabendbier zu ziehen, hatte er noch nichts von Crow gehört. Der hatte sich auch nicht krank gemeldet - er war einfach verschwunden.

„Aber weißt du, wer heute dafür im Hafen war? Ned." - änderte Miguel das Thema.

„Ned? Will der ne Reise buchen, oder was macht der am Hafen?" - fragte Jay.

„Vielleicht beeindruckt er dort einen neuen Kunden mit seinem schicken Schlitten. Leute, sind wir ein Friseursalon, oder was? Das geht uns doch nichts an, was Ned am Hafen macht."

- warf ich ein. Ich hasste diesen Gossip über andere.

„Das ist es ja, Jeff. Er war nicht im Caddy dort, sondern fuhr einen Laster, voll mit Überseewaren. Ich habe ihn natürlich gleich gefragt, warum er wieder nicht zum Rennen erschienen ist, und da wurde er ganz schön nervös. Ich glaube ihm die Nummer mit dem Werbefachmann im Marketing nicht…"

„Nur weil er nicht zum Rennen angetanzt ist, macht ihn das verdächtig? Vielleicht hat er Teile für seine Firma abholen müssen, du Sherlock Holmes. So einfach!"

- Jay interessierte sich auch nicht wirklich für den Tratsch der Hafengesellschaft.

„Ihr habt ja recht, meine kleinen Freunde, aber seine Firma ist doch nicht das Polizeihauptquartier hier in Oakland, oder?"

- Miguel lehnte sich siegessicher zurück und grinste wie ein Honigkuchenpferd.

„Na und? Dann liefert er eben für seine Firma etwas an die hiesigen Cops, oder so." - ich wusste, das war schwach.

„Woher weißt du das überhaupt, Mike? Hat er dir das erzählt?"

„Jeder Truck, der den Hafen verlässt, muß von mir überprüft werden. Ob die Ladung auch der Liste entspricht, nicht dass jemand die Sachen von wem anderen mitnimmt, versteht ihr? Also habe ich einen Blick auf die Ladung geworfen und ihr versteht gleich, warum ich ihm nicht traue. Er hatte kistenweise Tee aus Japan und Heilpflanzen aus Kolumbien geladen. Und das für das Polizeihauptquartier! Und seine tolle Firma, die ihm den Caddy bezahlt hat, handelt mit Ersatzteilen für landwirtschaftliche Erntemaschinen und Kühlschränke, oder?"

„Ja… und?" - Jay und ich begriffen nicht.

Also lehrte uns Professor Miguel die Geheimnisse der Port Authorities of San Francisco.

„Nicht nur, dass die Cops eher Whiskey als Tee trinken und die einzige Heilpflanze, die die kennen, ihr Schlagstock ist, sondern die ganze Ladung war noch `classified´!"

„Aha…" - kam es vom Chor der Ahnungslosen.

„Mann, Leute, checkt ihr es nicht? Wenn die Cops Waren beschlagnahmen, kleben sie ein `Classified´ Siegel drauf und das Zeug landet in der Zollhalle Nr. 37. Der Eigentümer kann es von dort nur unter strengsten Auflagen und viel Papierkram von den Behörden zurückverlangen und wir dürfen es an der Pforte nicht öffnen. Das waren Drogen! D-R-O-G-E-N!"

„Wo ist diese Zollhalle Nr. 37? Am Hafen?" - langsam fiel bei mir der Groschen.

Natürlich war sie am Hafen. Miguel hatte dort keinen Zugang, aber Old Crow. Doch der hatte sich in Luft aufgelöst.

„Deswegen war Ned wohl so nervös. Weil seine Fracht nicht zur Zollhalle gehen sollte. Und wisst ihr, was die Oakland Cops mit einem Laster voll Drogen wollen?" - Miguel würde es uns hoffentlich bald sagen, dachte ich.

Das war alles nicht mein Strand. Ich rauchte ab und zu mal etwas Gras, wenn einer der Jungs etwas dabei hatte, ausserdem trank ich ungefähr dreimal pro

Woche ein oder zwei Bierchen, aber das war es mit Drogen bei mir. Meine Droge war das Fahren.

„Ist doch klar: sie verticken es hier an die Kids. Vor allem an die Schwarzen, damit die ja nicht etwas aus ihrem Leben machen können. Wenn du ein Junkie bist, studierst du nicht und landest früher oder später eh´ im Knast, wenn du nicht vorher an einer Überdosis krepierst. Ich kenne das aus LA. Weiße Cops verkaufen Drogen an Schwarze und Latinos, die verkaufen es weiter an ihre eigenen Leute und die Cops verhaften dann die armen Jungs, nehmen ihnen die Drogen wieder ab, kassieren eine satte Strafgebühr und schicken das Dope zurück auf die Strasse. Und Papa Cop kann sich mit der Kohle ein schönes Häuschen am Stadtrand leisten, weit weg von den Kriminellen."

„Warum machen die das?" - eigentlich wusste ich die Antwort, aber es rutschte mir einfach so raus, weil ich gerade an eine Welt dachte, wo man sich gegenseitig hilft und unterstützt.

„Weil sie Rassisten sind, du Träumer." - Jay. Damit kannte er sich aus!

„Wäre es nicht cool in einer Welt zu leben, wo man sich mit so einem Mist nicht beschäftigen muß? Jeder kann so leben wie er will, kann studieren, oder Mechaniker werden. Kann kiffen, oder saufen, kann Motorrad fahren oder Ruderboot, egal was, halt was er will und wenn es ihm nicht mehr gefällt, macht er halt was Anderes… und keiner nervt wegen seines Namens, seiner Hautfarbe oder Religion oder so einem Schwachsinn."

- irgendwie war ich melancholisch. Aber die Idee sass in meinem Kopf gerade mal fest, auch wenn ich wußte, dass die Welt ausserhalb meiner Hirnrinde eine andere war.

„Also, verkauft Ned auch Drogen in diesem Club? Deswegen war er auch bei der Razzia verschwunden. Und Officer Craddock saß bei ihm im Wagen, weil sie abgerechnet haben. God dammit." - Jay durchschaute klipp und klar was hier lief.

Je mehr Drogen auf die Strasse kamen, desto schneller ging das Viertel vor die Hunde - soviel verstand sogar ich.

Es wird mehr Einbrüche geben, mehr Überfälle und Diebstähle, damit man seine Drogen bezahlen konnte, aber warum machte Ned dieses Spiel mit? Er hatte doch, wovon alle träumten. Ich musste an Jas denken, seine Schwester, die sich Sorgen um ihn machte. Jetzt weiß ich warum! Nächsten Freitag wollte ich sowieso wieder in den Ballroom gehen, in der Hoffnung sie dort wiederzusehen. Dann könnten wir ja einen Plan machen um Ned zu helfen und ich hätte einen Grund Zeit mit ihr zu verbringen - dachte ich naiv.

Mach einen Plan und du bist aufgeschmissen.

TWINS

Als ich am nächsten Tag dabei war den Ölwechsel für einen Kunden zu beenden, hörte ich das unverkennbare Knallen einer englischen Fehlzündung. Man hörte es schon zwei Blocks entfernt und ich wußte genau in welcher Strasse sie gerade war - bis sie vor die Garage rollte.

Auch wenn ich mir schon meine Worte und Sprüche für den Ballroom zurecht gelegt hatte, fiel mir nichts mehr ein, als sie jetzt ihre Schiebermütze absetzte und ihre langen, tiefschwarzen Haare auf ihre Schultern fielen.

„Hi. Erinnerst du dich an mich? Ich bin die Schwester von Ned aus dem Ballroom."

Sie dachte wohl, ich sei ein Gigolo, der jedes Wochenende eine andere Partie hat.

„Klar. Jas? Richtig?" - kam es aus meinem trockenen Mund.

„Ja, Jasmine, eigentlich. Du hattest gesagt, du könntest dir mein Zündproblem ansehen? Ich komme damit fast nicht mehr zur Arbeit, so stottert sie jetzt schon."

„Hast du Zeit? Dann machen wir das gleich." - es würde zwar nur 10 Minuten dauern, aber das sagte ich ihr nicht. Und da bei englischen Motorrädern sowieso immer alles anders kommt, als erwartet, konnte ich ohne Probleme eine kostbare Stunde mit ihr rausschinden.

Aus einer Stunde wurden zwei. Jasmine kannte sich so gut mit ihrer BSA aus, dass sie mein kleines Spiel natürlich sofort durchschaute. Aber sie spielte nicht nur mit, sondern korrigierte mich immer sofort, wenn ich so tat, als ob es ein Problem gäbe.

„Bist du sicher, dass du Mechaniker bist? Ich stelle dir die Zündung in 10 Minuten ein. Du hängst hier jetzt schon eine halbe Stunde mit dem Zigarettenpapier am Unterbrecher und sie schießt immer noch zurück." - neckte sie mich.

Das Handbuch für BSA 650 ccm Motorräder sagte, in typisch englischer Manier, den richtigen Abstand der Unterbrecherkontakte, die den Zündfunken steuern, ermittelt man am besten, indem man `ein Zigarettenpapier leicht - smooth - zwischen den beiden Kontakten durchziehen kann, ohne dass es reißt´.

Tolle Ansage! Sehr präzise.

Hatten die in England nicht dünneres Zigarettenpapier, als wir in den Staaten? Ich hatte schon sämtliche verfügbaren Fühlerlehren, die man kriegen konnte ausprobiert, aber wenn der eine Kontaktabstand passte, war der andere verstellt. Jedenfalls war Zündungseinstellen immer so etwas wie in der Lotterie zu spielen. Bis Jas kam!

„Ich nehme immer eine Ein-Dollar-Note, die scheint die richtige Stärke zu haben." - damit hielt sie mir, mütterlich lächelnd, einen Schein hin. Sie kannte sich aus, das war klar. Aber sie wußte nicht, dass der Ring in dem die Kontakte kreisten zwei Ausbuchtungen hatte, die oft, sehr oft, unsauber gearbeitet waren, d.h. sie waren unterschiedlich groß. Somit war es unmöglich die Zündung dauerhaft sauber einzustellen. Es sei denn, man tauscht den Ring aus!

Nach nächtelangem Grübeln über unsaubere englische Zündungen, über die so ziemlich alle meine Kunden klagten, baute ich mir in einer endlosen Nacht-arbeit diesen Ring selbst, bis er die richtigen Maße hatte und zuverlässig arbeitete. Was sich als sichere Geldquelle erwies, denn jetzt kamen alle Engländerfahrer der ganze Bay Area zu mir!

Aber Jas wollte ich noch ein bißchen zappeln lassen.

Also nahm ich den Dollarschein und tat so, als ob ich ihre Idee umsetzte, und siehe da: sie feuerte immer noch zurück. Überraschung!

„Tja, ich befürchte, ich muß den Zündmagneten ausbauen und die Zündspule kontrollieren, das kann dauern. Holst du uns was zu trinken?"
- heuchelte ich, glücklich sie länger um mich zuhaben.

„Hattest du nicht gesagt, du mußt nur den Steuerring austauschen? Der sitzt doch hier vorne, da kann der Magnet drinnen bleiben, oder nicht?"
- Frau Lehrerin wollte nichts trinken.

„Jaja, eigentlich schon… aber ich muß mal sehen, ob ich überhaupt noch einen da habe." - ich wußte, dass ich die Dinger immer auf Lager habe. Zeit schinden!

„Dann geh mal suchen, ich baue solange den alten Ring aus, ok? Je schneller wir fertig werden, desto mehr Zeit haben wir fürs Fahren. Kennst du den Sound River? Ist nur 25 Minuten von hier, da könnten wir doch Mittagessen, was denkst du? Kannst du schwimmen?"
Sie war einfach cooler als ich!

Natürlich fand ich den Ring sofort und eingebaut war er auch ratz-fatz, und Oh Wunder! die Twins blubberten in ihrem kraftvollen Sound in feinstem Einklang. Keine Fehlzündungen mehr.

Jasmine umarmte mich voller Überschwang und ich bekam weiche Knie.

Zum ersten Mal in meinem Leben cruiste ich die altbekannten Strassen Oaklands, die Landstrassen durch die ewigen Wälder mit einer Gleichgesinnten. Wir flogen gemütlich durch die Kurven, den frischen Duft des grünen Eukalyptus in der Nase und die leere Strasse vor uns - Mann, war das irre!!!

Viel zu schnell erreichten wir den Fluß und gönnten uns zwei Hamburger. Cruisen macht hungrig.

„Bist du hier öfters?" - wollte ich wissen, als wir es uns auf einer Holzbank unter einem Baum gemütlich machten.

„Du meinst: ob ich alle meine Dates hierher abschleppe?"

- Ja. Das meinte ich wohl....

„Keine Sorge. Ich komme immer nur mit Ned hierher. Das ist unser secret spot. Unsere Eltern haben uns als Kinder oft hierher mitgenommen. Ich liebe den Frieden hier. Unser kleines privates Versteck."

Ned!

„Wie geht es ihm?"

- das Letzte was ein Gigolo an einem romantischen Date fragen würde. Ich könnte mir in den A.... beißen!

Natürlich änderte sich ihre Stimmung jetzt und sie senkte traurig den Blick.

„Gut, dass du fragst. Ich mache mir echte Sorgen um ihn. Er hat sich verändert. Seit dieser Nummer am Dragstrip, wo ihn dieser Polizist - wie heißt der nochmal? Crawfish?"

„Craddock."

„Von mir aus auch Craddock. Ned kam an dem Tag zerschlagen nach Hause und seitdem hat er Angst. Seine Nase war gebrochen und sie haben ihm zwei Zähne ausgeschlagen. Aber er spricht nicht darüber. Und ich glaube, dieser Craddock läßt ihn jetzt ja auch in Ruhe. Aber Ned wird jetzt schnell aggressiv und vernachlässigt sich."

Ihr Blick wanderte in die Ferne. In die ferne Kindheit, als sie sich noch unwissend und unschuldig auf diese Welt gefreut hatten.

„Arbeitet er noch bei dieser Eisenwarenfirma in Oakland? Oder hat er einen anderen Job? In der City?" - tastete ich mich sachte vor.

„Natürlich arbeitet er noch für die. Von einem neuen Job weiß ich nichts. Er arbeitet sogar mehr und kommt jetzt oft sehr spät nach Hause. Aber wenigstens demolieren sie den Caddy nicht mehr."

Genau das war so verdächtig.

„Nimmt er Drogen?"

- sie war mir schon so vertraut, dass ich direkt zum Schlagpunkt ging.

46

„Ich glaube schon. Das macht mir auch Sorgen. Ned war immer ein guter, hilfsbereiter Mensch, aber ich erkenne ihn jetzt nicht mehr. Weißt du etwas, das ich wissen sollte? Jeff! Bitte hilf mir."
Ich erzählte ihr, was Miguel erlebt hatte und von dem Treffen von Ned und Craddock nach der Ballroom Razzia.
„Er kooperiert mit diesem Bullenschwein!? Was für ein Dreck ist das denn?!"
- sie konnte auch temperamentvoll - WOW!
„Frau Lehrerin! Das ist ein Gesetzeshüter, kein Bullenschwein."
- versuchte ich sie etwas aufzuheitern. Es half.
„Aber warum? Er hat doch einen sehr guten und legalen Job. Meinst du, der Bulle hat ihn mit Drogen erwischt und erpresst ihn jetzt?"- sie war nicht schlecht
„Ich war dabei, als Craddock ihm Drogen in sein Auto gelegt hat. Aber ich glaube, Ned ist The Man in Oakland und Craddock versorgt ihn mit dem Zeug."
„Wir müssen den Spieß umdrehen! Ich habe es so satt immer alles schlucken zu müssen, nur weil wir schwarz sind und nicht reich, mit Einfluß! Und ich werde nicht zusehen, wie mein einziger Bruder vor die Hunde geht, nur weil ein rassistisches System sich für unantastbar hält."
- sie war jetzt in Fahrt. Eine starke Frau, deren Kindheit sehr lange vorbei war, und deren unschuldiger und unwissender Blick in die Zukunft nur noch ein schwaches Glimmen der Hoffnung tief in ihrem Herzen war.

Wir machten einen Plan. Miguel sollte uns Bescheid sagen, wenn es mal wieder eine Lieferung für Mister Lee oder Mister Chang geben würde. Wir würden dann Ned abpassen und ihn zur Rede stellen. Mal sehen, was wir ändern könnten.
Nicht schlecht für ein erstes Date mit der Frau meines Lebens.
Jasmine und ich verabredeten uns für Freitag im Ballroom. Vielleicht würde es dann etwas romantischer.

OLD CROW

Die BOFOOs waren nach dem Zeitungsartikel schnell zu Ruhm in der Bay gekommen. Aber auch an Spot mangelte es nicht - klar.
Nur wußte keiner, wer wir waren, da wir keine Clubabzeichen trugen und das Ganze eigentlich als Verarsche für den Zeitungsfritzen gedacht war. Wir

verbrachten unsere Tage, so wie immer schon, gemeinsam und machten sogar unsere eigenen Witze über die Moral dieser `Engel der Landstrasse´.

Und so liefen wir auch wieder am Freitagabend vor dem Ballroom auf. Jasmines BSA war schon da. Und daneben stand Old Crows 750er Harley, der Schlafsack über dem Scheinwerfer befestigt und schmutzig bis über beide Ohren.

Wir wurden freundlich von der zweiteiligen Wand an der Tür begrüßt und fanden Crow gleich an der Bar.

„Du mußt deine Mühle mal wieder waschen. Die steht schon vor Dreck."

- begrüßte Jay ihn.

„Deswegen bin ja zurück nach Nor-Cal gefahren, in LA regnet es nie."

- kam die direkte Antwort.

„Du warst im Süden? Die ganze Woche?" - wollte ich wissen.

Er war. Mit der Lady, die er letzten Freitag hier kennengelernt hatte.

Er hatte, um sie zu beeindrucken, die alte Leier von dem Indianerstamm, der auf der Insel Santa Catalina gelebt hatte, rausgeholt. Das zog immer.

Dabei stellte sich heraus, dass sie - ihr Name war Miriam - für eine Immobilienagentur in der Bay Area arbeitet und gehört hat, ein Teil besagter Insel stehe zum Verkauf.

Was macht man also in so einer Situation? Ist doch klar. Man setzt sich, mit der unbekannten Schönen, auf die Harley, fährt nachts um halb eins die 500 Meilen von Oakland bis in die Stadt der Engel. Und weil er nur zum Tanken anhielt, waren sie auch am nächsten Morgen in Long Beach, wovon ein Schiff einmal pro Tag übersetzte. Santa Catalina war in dieser Zeit durch Charly Chaplin bekannt geworden, der dort gerne seine Minderjährigen verführte und mit ihnen Erwachsenensachen machte. Deswegen mußte er auch zurück nach England, denn sowas geht in einem anständigen und moralischen Land wie unserem natürlich gar nicht.

Doch auch andere Liebespaare genossen romantische Tage auf diesem Eiland, auf dem es fast keine Autos gab. Aber ein kleines malerisches Dorf mit Pazifikblick. Die Insel war damals in Privatbesitz und nur ein kleiner Teil für das niedrige Volk zugänglich. Und angeblich sollte jetzt der größte Teil der Insel weiterverkauft werden. Was auch Interessenten in San Francisco auf den Plan rief, weswegen Miriam davon Wind bekommen hatte.

„Ihr habt echt was verpasst. Ein Teil der Insel ist nur Natur, Farmland, überall gibt es Hügel zum Cruisen und zwei kleine Städtchen für die Romantik.

Im Städtchen Avalon, wie das aus der Sage von König Artus, gibt es sogar ein Casino für Touristen..." - Miguel unterbrach Crows Redeschwall.

„Und wer ist jetzt König Artus? Regiert der dort, oder wie?"

„Hast du noch nie von den Rittern der Tafelrunde gehört? Die haben auf einer Insel gelebt und die hieß Avalon. Geh zurück zur Schule."

- niemand hatte Jas kommen sehen und so drehten wir uns alle auf einmal um, was ihr einen ziemlichen Schrecken einjagte.

„Äh... entschuldigt. Aber ich werde Geschichtslehrerin... hoffentlich... da muß man sowas wissen. Weitermachen!" - sie lächelte verlegen und zwinkerte mir zu.

Jay hatte sich als Erster wieder gefangen:

„Und hast du noch Leute von deinem Stamm getroffen?"

„Du wirst lachen. Ja! Habe ich, und der alte Mann hat mir gesteckt, dass die Insel von der Familie Wrigleys gekauft wurde. Da schaut ihr, was? Genau die Wrigleys! Wrigleys spearmint gum, gum, gum."

- versuchte Crow den Werbesong der Firma zu intonieren. Zum Glück unterbrach ihn Miguel.

„Die haben die Insel von deinem Stamm für Kaugummies abgekauft? Ich glaub´s ja nicht!"

„Nein, du Honk. Meine Leute wurden natürlich, vertrieben, so wie man das mit Indianern halt macht. Wir haben höchstens ein paar Fußtritte bekommen."

„Du meinst `umgesiedelt´ nicht vertrieben, oder?" - lachte Jay

„Wie auch immer. Jedenfalls will die Kaugummifamilie jetzt ungefähr 40% der Insel verkaufen, wenn man damit etwas `Gemeinnütziges´ macht. Der Preis wäre nur 2.5 Millionen Dollar. Für eine halbe Insel! Direkt vor Los Angeles, Männer! Das wäre doch was für uns!"

„Hast du ne Macke, sag mal? Was sollen wir denn mit einer Insel?"

- Jay sah offensichtlich nicht die Optionen. Miguel hingegen schon.

„Wir könnten eine Rennstrecke rundherum bauen und jedes Wochenende Treffen mit BBQ veranstalten. Ist das gemeinnützig? Gibt es dort einen Flughafen, oder eine Runway?"

„Klar, Mann. Ist auch lang genug für Dragraces. Und nach dem Rennen müssen alle, die auf das Schiff zum Festland wollen, im Casino warten und spielen. Das Casino gehört natürlich uns und das Schiff kommt nicht, oder zu spät. Das ist gemein und nützt - uns!"

- der lange Ritt von LA nach Oakland hatte Crows Gehirn ganz offensichtlich gut durchgeblasen. Er hatte zu viel Zeit auf solche dummen Ideen zu kommen. Also musste ich auf die Bremse treten.

„Wir haben aber keine 2.5 Millionen Dollar, Freunde."
„Und wenn, sollten wir auch eine Schule bauen, ein paar Kühe, Hühner züchten und vielleicht Avocados, Kaffee, Ananas, und sowas anpflanzen, damit wir autark sein können."- fiel mir Jas in den Rücken.
„Und Marihuana!"
- Miguel sah schon den riesigen Absatzmarkt von LA vor der Haustür.
„Ein Elektrizitäts- und Wasserwerk!" - warf, sehr realistisch, Crow ein. Er hatte den Plan anscheinend wirklich bis zum Schluß durchdacht.
„Und dann können alle Menschen bei uns studieren, arbeiten oder lernen, was sie wollen. Ohne zu bezahlen und ohne blödsinnige Fragen nach der Herkunft. Das ist gemeinnützig! Man muss nur das School Council von Los Angeles, oder Huntington Beach, welches halt zuständig ist, für das Projekt gewinnen. Wenn wir denen erzählen, wir würden Kinder aus benachteiligten Familien unterstützen, dann sind die ganz sicher dabei." - auch bei Jas hatte die Nummer offensichtlich schon ganz konkrete Pläne geweckt.

„Aber wir sollten die Zahl der Personen limitieren, sonst verlieren wir den Überblick und haben bald dasselbe Chaos wie auf dem Festland. Ausser wir gründen gleich unseren eigenen Staat. Dann werfen wir alle Delinquenten einfach ins Meer. Mein Land - meine Regeln! Haha..." - Jay hatte seinen Spaß.
„Dafür brauchen wir aber die ganze Insel, Jay. Sonst gibt es Neid und Bürgerkrieg. Was würde wohl die ganze Insel kosten, Crow?"
- vor Miguel´s geistigem Auge waren ganz klar endlose Marihuanafelder zu sehen, die sich in genauso endlose Dollarteppiche verwandelten.
„Das müssen wir Miriam fragen. Aber die schläft, der Ritt war wohl zu lange für sie." - Crow entschuldigte sich fast.
„Dein Sattel ist zu hart. Das sag ich dir schon immer...wann siehst du sie wieder?"- Miguel war Feuer und Flamme für diese Idee.
Jetzt wieder der Bremser - ich.
„Leute! Wir haben keine 2.5 Millionen und erst recht nicht das Doppelte. Dafür müssen wir noch viele Ölwechsel machen und Scheiben putzen..."
„Oder Drogen verkaufen..." - ließ Miguel fallen, drehte sich um und ging tanzen.
Ich spürte sofort den brennenden Blick Jasmines.
Da war eine Tür, aber ich hatte nicht den Schlüssel sie zu öffnen. Noch nicht.
Jas und ich tanzten auch, aber heute waren wir beide nicht in Stimmung. Ich zog sie in die einzig ruhige Ecke, die es hier gab - direkt neben den Toiletten.
„Geht es dir gut?"- fragte ich, vorsichtig.

„Nein. Ned war heute wieder nicht in der Arbeit. Sie haben angerufen. Anscheinend hat er sich mit seinem Boss angelegt und ihn sogar bedroht. Der ist stinksauer. Ned verändert sich, jeden Tag. Was ist mit ihm los?"
„Wo ist er heute? Kommt er gar nicht?"
„Vorhin hat er mir gesagt, er müsse noch mal schnell in die City etwas abholen. Mit einem Truck! Was macht er für Geschäfte? Das ist doch niemals für seine Firma."
„Falls er noch kommt, werde ich mit ihm..."
- weiter kam ich nicht. Denn auf der Tanzfläche gab es Rabatz. Zuerst dachte ich, es gäbe wieder eine Razzia, aber es war ein Typ, der offensichtlich sein Mädchen geschlagen hatte und jetzt, wild um sich schlagend, jeden, der ihn daran hindern wollte, anschrie und bedrohte.
„Ich habe ein Messer!!! Und ich schlitz dich auf, du Affe! Laß mein Mädchen in Ruhe, oder ich schneid dich in Stücke!!!" - ich konnte kein Messer sehen und das Mädchen kroch weinend und blutend durch die Beine der Umstehenden, weg von dem Irren. Seine Augen waren blutrot und schienen aus den Augenhöhlen herauszufallen. Er schwitzte so stark, dass sogar sein Anzug sichtbar nass war. Ich hatte das Gefühl, dass er von Spastiken geritten wurde und seinen Körper nicht im Griff hatte.

Die zweiteilige Wand der Türsteher klärte die Situation, indem einer dem Verrückten von hinten auf die Schulter tippte, während der andere ihm einen Baseballschläger in den Magen stieß und der Mann in einer Pfütze aus Schweiß und Kotze kollabierte. Dann zogen sie ihn an den Füßen vor die Tür. Das Mädchen hatte es mit Hilfe auf einen Barhocker geschafft, wischte sich dort das Blut und die Tränen aus dem Gesicht und jammerte:
„Er war nie so...es ist dieses Pulver...ich habe ihm gesagt, er soll damit nicht übertreiben...er war nie so..." - und so weiter und so fort.
Mein Nacken brannte und ich mußte mich nicht einmal umdrehen um Jasmines Blick zu spüren. Wir mussten etwas tun, verdammt!
Jay, Miguel und Crow hatten die Szene auch beobachtet und warteten an der Bar auf mich.
Ich winkte sie mit einem Kopfnicken nach draussen.
Bei den Motorrädern versammelten wir uns und sahen, dass das Drogenopfer neben den Mülltonnen geparkt wurde und sitzend Blut kotzte, wobei er weiter lallte:
„Ich habe ein Messer, du Affe...ein Messer..."
„Verdammt, das ist kein Marihuana! Das ist was Neues." - vermutete Miguel.
Oder kannte er sich besser aus, als wir dachten?

„Bei Heroin wirst du tumb, nicht aggressiv. Ich weiß das."
- und Jay wusste das wirklich.
„Woher kommt der ganze Scheiß? Aus LA? Miguel, du bist von dort. Was weißt du?"
- fragte ein nüchterner Crow.
„Ich bin lange weg dort, aber ich habe dort einen Cousin, einen Freund, weißt du, den kann ich mal fragen..." - er beendete seinen Satz nicht, weil ein Polizeiauto sehr langsam auf den Parkplatz rollte. Dahinter kamen noch zwei, ganz langsam und leise, schlichen sie sich an. Zum Glück war Jas bei mir.
Zu unserer Überraschung stieg aber nur Craddock aus dem ersten Wagen, die anderen Jungs blieben sitzen. Craddock schien nach etwas Ausschau zu halten, was nicht hier war und ging dann gelangweilt zu der armen Seele neben den Mülleimern. Er besah sich den Mann mit Abscheu, nickte zu den Wagen, so dass zwei Cops rüberkamen und den jammernden Haufen unter Flüchen in ihr Auto stießen. Und weg waren sie.
„Habt ihr gesehen, was der genommen hat? Habt ihr es ihm verkauft? Oder habt ihr ihn so zugerichtet?" - kläffte er, aus der Distanz in unsere Richtung.
„Wir? Der Haufen Schwuchteln? Oder wie haben Sie uns genannt?"
- Jay reagierte als Erster. Und er reagierte falsch.
„Werd´ nicht frech, Japse, hörst du? Ich weiß doch, dass hier was Illegales läuft. Und dich habe ich eh auf dem Radar, vielleicht waren die Joints in dem Caddy ja doch von dir und nicht von dem Nigger, hä?"
- Craddock wollte stänkern. Und Jay wollte Rache.
„Oder sie waren von Ihnen, Herr Polizeirat! Der Mann hier hatte etwas Anderes intus als Joints! Das kann doch jeder sehen."
„Beschuldigst du mich schon wieder das Gesetz zu brechen, Jap? Dann sag es noch mal! Hier, vor meinen Kollegen! Anscheinend weißt du genau, was dieser Mann genommen hat - woher? Wenn du es ihm nicht gegeben hast, hä? Japse!"
Dabei war er ganz nah an Jay herangetreten, und sah auf ihn herab. Ich wußte, dass er Jay dazu bringen wollte ihn zu schlagen. Die drei Kollegen aus den Polizeiwagen standen jetzt auch unangenehm nah bei uns. Die Hände an den griffbereiten Schlagstöcken.
Zum Glück hatte Jay sich im Griff.
Craddock nicht.
Weil Jay schwieg und seinem Blick standhielt, stieß Craddock ihm, wie aus dem Nichts, das Knie in die Eier. Als Jay runterging, gab ihm Craddock noch ein: *„Schwuchtel"* mit auf den Weg.

Wir anderen Drei sprangen automatisch zu den beiden, was die drei Cops im Zuschauerraum auch taten. Und so hatten wir schnell eine schöne kleine Bambule.

Wir bekamen ein paar Streicheleinheiten mit echter Louisville Eiche und die Cops ein paar Sonnenbrillen. Es dauerte keine drei Minuten und wir hatten Jay wieder bei uns und auf den Beinen. Die Cops auf der einen Seite - wir auf der anderen.

Aber jetzt hatten sie ihre Hände an der Artillerie.

„Ich will die Japse morgen auf dem Revier sehen, verstanden! Und euch will ich hier besser gar nicht mehr sehen, sonst mach ich euch auch fertig."

- Craddock hob sein Polizeikäppi vom Boden auf und steckte sein zerrissenes Hemd fluchend in die Hose zurück.

Dann traten sie ab. Aber jetzt schlichen sie sich nicht mehr weg.

„Schweine!" - kam es jetzt von den Türstehern, die das alles mitverfolgt hatten.

„Jedes Wochenende dasselbe!" - hörte ich jetzt Jas sagen. Die hatte ich bei der Bambule ganz vergessen. Aber sie stand hinter mir und hatte einen Baseballschläger in der Hand!

Als ob er um die Ecke gewartet hätte, dass das Gesetz verschwindet, kreuzte jetzt Ned in seinem Cadillac auf.

Er wirkte fahrig und nervös, als er uns anmachte:

„Waren die Bullen hier? Gab es wieder Stress? Haben sie was bei euch gefunden?"

„Bei uns nicht. Aber was verkaufst du hier deinem Publikum, Mann? Der Typ ist fast drauf gegangen…" - Miguel gefiel Ned´s Ton gar nicht.

„Ich? Sagst du, ich würde hier Drogen verkaufen?"

- Ned blickte sich zu den Türstehern um.

„Wo warst du, Ned? Die Cops waren hier, aber sie sind nicht reingegangen. Zum Glück, denn der neue Stoff ist heftig…" - sagte der linke Teil der Wand.

„Was redest du da? Halt die Klappe! Jas! Was willst du denn mit dem Schläger? Willst du, dass dich die Cops beim nächsten Mal erschiessen?" - er hatte also alles gesehen.

„Ned. Wir müssen reden. Hier und jetzt! Was ist mit dir los?"

- fragte eine ängstliche Jas.

„Was soll denn los sein, Sis? Alles ist cool. Vergessen wir das hier und gehen rein, tanzen, ok? Freitag ist Partytag!"

- er versuchte, wenig überzeugend, den Macker zu machen. Aber er hatte eine starke Schwester!

„Dein Boss hat angerufen und gesagt, du bist gefeuert. Wo bist du also den ganzen Tag und wer bezahlt den Caddy?"
„Oh, C´mon, Jas. Der Typ hat mich eh nie leiden können. Ich habe jetzt einen anderen Job, ok? Einen besseren. Mach dir keine Sorgen um die Miete. Legst du jetzt das Ding weg?" - damit meinte er den Baseballschläger in ihrer Hand.

Er wollte uns alle mit einer nonchalanten Geste in den Club führen, aber wir hatten keine Lust mehr. Dieses Mal kam Jas mit in meine Werkstatt, wo wir bei Radiomusik und einem Bierchen die Gemüter kühlten.

Miguel erzählte Crow, was er am Hafen gesehen hatte und von seinem Verdacht. Und so heckten wir einen Plan aus.

PLAN A

Jas sollte uns sofort anrufen, wenn ihr Bruder das nächste Mal mit dem Truck unterwegs wäre. Wir würden am Hafen auf ihn warten. Und Crow sollte in der Zwischenzeit die Zollhalle Nr. 37 unter die Lupe nehmen. Was lagerte Mister Lee und Mister Chang dort und wo ging das Zeug hin?

Der Anruf kam am Sonntag. Der beste Tag ungestört am Hafen unsaubere Nummern abzuziehen. Falls überhaupt jemand an der Pforte saß, war es hundertprozentig eine Aushilfe, die keine Ahnung hatte, oder der es sowieso egal war, was hier passierte.

Du hättest den Blick von Ned sehen sollen, als er das Hafengelände verließ und seine Motorradeskorte auf ihn wartete. Wir begleiteten ihn Richtung Bay Bridge, bogen aber vorher in eine Nebenstrasse, die unter die Brücke führte.

Ned wollte nicht aussteigen, konnte aber auch nicht wegfahren, da er eingekreist war. Also, redeten wir von unten nach oben.

„Leute, was soll denn das? Ich muß arbeiten, sonst bekomme ich Stress."
- eröffnete er.
„Von wem denn? Von Mister Craddock? Oder hängen da noch mehr Cops mit drinnen?" - ich hatte keine Lust mehr um den heißen Brei zu reden.
„Hey, Big Boy. Das hier ist ne Nummer zu groß für euch, glaub mir das. Laßt mich einfach gehen und alle sind glücklich, ok?"
„Deine Schwester macht sich aber große Sorgen um dich. Und ich mache mir Sorgen um deine Schwester, also hänge ich da irgendwie mit drin. Und Craddock ist ein korruptes Arschloch. Also: Nein, wir lassen dich nicht einfach fahren, sondern du erzählst uns jetzt, wie das hier läuft."
„Komm. Steig aus und rede mit uns. Wir helfen dir."

- zum Glück war Jas mitgekommen und wußte wie man ihren Bruder zu handhaben hatte.

Er stieg aus und zündete sich eine Zigarette an, als er sich an den fetten Kotflügel des Trucks lehnte.

„Craddock erpresst mich. Er hat immer wieder Dope bei mir gefunden und dafür gesorgt, dass ein Kollege das sieht. Jas, du weißt, dass ich nicht kiffe oder sonst was nehme, aber die Bullen behaupten das einfach. Und als er mich das letzte Mal fertig gemacht hat, drohte er deine Uni zu informieren, dass ich ein Drogendealer bin, damit du deinen Studienplatz verlierst. Was sollte ich denn machen?“

- er war wirklich verzweifelt.

„Für mich?“ - Jas war gerührt und beeindruckt.

„Wie läuft der Deal, Mann?“ - wollte Miguel wissen.

„Ich hole das Zeug vom Hafen ab, Craddock hat hier einen Mann sitzen, der die Infos an ihn weitergibt. Sie sagen mir, wo ich wann hin muß, dann laden sie den Truck voll und ich bringe die Ladung in einen Lagerraum in Oakland.“

„Aber du bringst das Zeug auch unter die Leute, richtig? In deinem Club?“
- hakte Jay nach.

„Für jede Fahrt bekomme ich 200 $ und wenn ich im Club etwas verkaufe, bekomme ich 50 Prozent vom Gewinn. Das ist viel Geld, Mann.“

„Du dealst aber nicht nur Marihuana, richtig?“ - nach dem letzten Erlebnis im Club war meine Frage eigentlich überflüssig. Aber ich wollte durch die Tür.

„Bis jetzt schon. Nur seit einer Woche, haben sie eine Mischung aus Heroin und Kokain entwickelt, die Chinesen sind ganz wild darauf und glauben es sei gut für die Potenz. Aber Craddock streckt das Zeug mit irgendwas, und dann drehen alle durch.“

„Ist es nur Craddock, oder hängen da die anderen Cops auch mit drin? Wie oft fährst du?“ - Crow stellte die Frage mit kühler Überlegung.

„Ich weiß von Craddock und noch zwei anderen, aber er will, dass ich auch andere Clubs in der Bay beliefere, um noch mehr Geld zu machen. Also, denke ich mal, dass noch mehr Cops davon wissen.“

„Wieviel ist so eine Lieferung wert?“ - auch Jas hielt sich an den Plan. Gut so.

„Ich weiß es nicht. Ehrlich. Mir reicht mein Anteil und dass sie mich in Ruhe lassen. Zu viele Fragen bedeuten mehr Probleme.“

„Laß mich mal schauen.“

- damit öffnete Miguel die Türen des Trucks und verschwand darin.

Wir konnten ihn lachen hören.

„Jeff. Es lohnt sich. Auf nach LA!!" - er nahm dem verdatterten Ned die Schlüssel ab, zog noch an dessen Zigarette und setzte sich hinter das Steuer.

„Hey, was soll das? Was machst du? Die bringen mich um! Steig sofort wieder aus!"

Aber Miguel machte sich auf den Weg Richtung Süden und wir hielten den verzweifelten Ned fest.

Wir erklärten ihm den Plan und er setzte sich an diesem Tag zum ersten Mal in seinem Leben auf ein Motorrad. Auf meins. Denn auch wenn Miguel eine coole Socke war, ließ er nicht irgendwen mit seiner Shadow fahren.

Von jetzt an ging es schnell.

Schon um acht Uhr am Montagmorgen, als ich noch bei einer Tasse Kaffee frühstückte, kam meine Mutter ganz aufgeregt in die Küche.

„Da ist ein Polizist! Und der will dich sprechen! Junge, was hast du angestellt? Bist du wieder zu schnell gefahren? Wann wirst du endlich erwachsen, Jeff?"

„Mam, mach dir keine Sorgen. Ich rede mit ihm, sicherlich nur eine Kleinigkeit, ja?" - das beruhigte sie kein bißchen, aber sie blieb in der Küche und ich konnte ihre bangen Blicke durch das Fenster spüren, als ich runterging.

Showdown!

„Die Japse war nicht auf dem Revier, wie vereinbart. Wo ist er?"

- unter dieser aufgeblasenen Gockelhaftigkeit war eine brodelnde Unsicherheit zu spüren.

„Japse? Die Zeiten sind vorbei, Mitch. Mein Kollege ist Amerikaner, so wie du und ich. Und selbst wenn er das nicht wäre, wäre er ein Japaner, was er aber auch nicht ist, da er aus Hawaii stammt und das, wie du vielleicht weißt, längst zu uns gehört."

- ich konnte nicht anders. Sorry.

Es war schwer ein Grinsen, ob des verdatterten Gesichts von Mitch, zu unterdrücken, also tat ich so, als ob ich etwas auf der Werkbank suchte.

„Hör mal...Ja!...Egal wo der Typ herkommt, er hat einen Polizisten angegriffen und muß deswegen verhört werden. Der bekommt dafür sechs Monate. Wo ist er?"

„Er ist noch nicht da, wie du siehst. Und ich kann bezeugen, das er keinen Polizisten angegriffen hat."

„Du solltest vorsichtig sein, Jeff. Denn wir haben den Verdacht, dass du und deine Homos in diesem Club Drogen an die Kids verkauft. Oder ist es ein

56

Zufall, dass ihr dort wart, als wir eine Razzia gemacht haben? Und auch am Freitag, als der Mann fast an einer Überdosis gestorben wäre und nur Dank unseres schnellen und umsichtigen Eingreifens gerettet wurde, während ihr nur da standet und zugesehen habt?"

„Dazu müsstest du bei mir erst einmal besagte Drogen finden, Cowboy. Und du weißt sehr gut, dass ich damit nichts am Hut habe."

„Ich bin sicher, dass ich hier bei einer Razzia genau das finde, was ich suche. Verlaß´ dich drauf."

„Das klingt, als ob du was verloren hättest?" - die Schlinge zog sich zu.

Das war der Schlüssel zur Tür und sie ging auf, wie mit Butter geschmiert.

„Ich nicht. Aber ein Freund von mir hat Anzeige erstattet, dass ihm sein Truck gestohlen wurde. Von einer Gruppe Rocker. Wo wart ihr Homos denn gestern Nachmittag, hm?"

„Mitch, Mitch, Mitch, kannst du dir gar nicht vorstellen, was so eine Gruppe Homos am freien Sonntag macht, hm? Was soll denn in dem Truck gewesen sein, Autoteile?" - stellte ich mich dumm.

„Nein. Aber der Freund hat eine präzise Beschreibung abgeliefert. Und die passt verdammt gut zu euch Homos."

„OK, hör zu. Du hast keine Beweise, dass wir das waren, sonst würdest du mich verhaften und deinem `Freund´ gegenüberstellen, richtig? Aber was, wenn ich diesen Truck eventuell finden würde, oder Hinweise geben könnte wo er ist? Gibt es dann einen Finderlohn? Einen Bonus?"

Mitch verlangte seinem Spatzenhirn sichtlich Höchstleitungen ab. Er schwitzte und wich meinem Blick aus.

„Das kann ich nicht entscheiden. Ich will sehen, was ich rausholen kann, aber nur wenn wir den Truck schnell wiederfinden."

„Oh, ist die Ware verderblich? Oder bekommen die Kunden deines Freundes sonst Entzugserscheinungen?" - ich liebte es, ihn zappeln zu sehen.

Er war in die Enge getrieben und hätte mich bestimmt gerne geschlagen.

„Wie kommst du denn darauf? Aber denke bloß nicht, wir merken nicht wenn demnächst mehr Drogen auftauchen. Wir haben euch auf dem Radar und ich werde dir was anhängen, wenn du mir blöd kommst. Hast du mich verstanden?"

„Klipp und klar, Officer. Danke für die Belehrung. Werde ich jetzt dem Freund gegenübergestellt? Oder darf ich weiterhin seinen Cadillac ausbeulen?" - ich mußte einfach grinsen.

Die uniformierte Männlichkeit blies noch einmal den Brustkorb auf, entließ diesem aber nur frustriert Luft und ging.

Am Auto rief er noch:
„Und schick den Japsen rüber, sonst gibt es Ärger."

Ich weckte Jay, der in der Garage schlief und erzählte ihm von dem Gespräch.
„Hat Miguel schon angerufen?" - fragte er, nach dem ersten Kaffee.
„Nein. Wir müssen warten. Laß uns was tun, das lenkt ab und bringt auch Geld."
Also, ran an das Getriebe, des Fords dessen Zahnräder zu Staub verfallen waren.
Irgendwann kam Crow angefahren. Er war blaß und hatte dunkle Augenringe.
„Hat Miguel schon angerufen?" - war auch seine erste Frage.
Selbe Antwort.
„Kaffee?"
„Gibt es Blaubeermuffins? Ich habe Hunger."
„Meine Mam ist oben. Geh hoch und frag sie."
Jay und ich begleiteten ihn. Wir waren eh zu nervös um richtig arbeiten zu können. Wann würde Miguel anrufen?
Es gab keine Blaubeermuffins und so beschlossen wir uns welche zu holen. In Old Town Orinda, was nur eine gute Stunde entfernt war. Aber das war genau das, was wir jetzt brauchten - eine kleine Ausfahrt. Die Landstrassen waren frei, schließlich müssen die guten Leute ja arbeiten, und so gehörte die Strasse uns.
Old Town Orinda auch.
Und die Muffins waren ihr Geld wert.
„Crow. Was war los? Du hast immer so nach hinten geschaut beim Fahren? Ist deine Kette locker, oder was?" - Jay fragte, was mir auch aufgefallen war.
„Jungs, ihr haltet mich für verrückt, wenn ich euch das erzähle."
- er hielt sich zurück, wollte aber, dass wir nachfragen, also taten wir das.
„Was denn? Wir haben viele verrückte Sachen erlebt, also schieß los."
„Ich werde verfolgt."
„Ja, von uns, Mann!"
„Nein, vom Tod." - er meinte, was er sagte. Er hatte Angst.
„Von Hans?"- ich hatte so eine Ahnung.
„Wer ist Hans?"
„Der Junge, aus dem deutschen Panzer, den wir nicht erschossen haben. Wir nennen ihn Hans. Er verfolgt uns alle. Also, lass hören."
- Jay war sehr direkt.

Und Crow befreite sein Herz, als er uns erzählte, dass er im Rückspiegel immer einen Motorradfahrer hinter sich sehen kann, der ihn aber nie überholt. Und wenn er sich umdreht, um ihm ein Zeichen zu geben, ist der Motorradfahrer verschwunden.

Er kann nicht sehen, wer es ist, da die Gestalt komplett schwarz ist, aber die grünen Augen jagen ihm Angst ein. Manchmal sitzt auch der waschechte Sensenmann auf dem Bock und holt auf. Egal wie schnell Crow auch über die Strasse jagt, der Tod kommt näher und greift nach ihm. Crow hat deswegen schon den Rückspiegel abgebaut, wurde aber von der Polizei angehalten und hat eine fette Strafe zahlen müssen. Auch ohne Spiegel spürt er den Schatten hinter sich näher kommen und mit ihm den Geruch von Blut und Öl.

„Als ich mit Miriam nach LA und Santa Catalina gefahren bin, war es besonders schlimm, der Typ hing mir direkt am Hinterrad, ich meinte sogar ihn lachen zu hören...ich werde noch verrückt. Aber wisst ihr was komisch war? Auf der Insel war er weg! Wir sind eine Woche lang über die Insel gefahren, ohne dass ich ihn nur einmal gesehen habe. Was bedeutet das?"

Jetzt verstand ich, warum er auf diese absurde Idee mit der Insel kam. Er hatte Angst seinen Verstand zu verlieren.

„Kaum waren wir zurück auf der 101 Richtung Norden, war der Typ wieder hinter mir. Wie nennt ihr ihn? Klaus?"

„Hans."

„Konntest du erkennen, was er für ne Maschine fährt?"

- fragte Jay völlig unangemessen, entspannte aber damit die Situation.

Nachdem Crow uns sein Herz ausgeschüttet hatte, hellte sich seine Stimmung merklich auf.

Wir vertrödelten noch ein bißchen den Tag in dem kleinen Örtchen und machten uns dann auf den Heimweg, da mir einfiel, dass wir ja auf Miguels Anruf warteten.

Und so war es schon später Nachmittag, als wir auf dem Mountain Blvd von einem Polizeiauto angehalten wurden, das dort auf uns wartete.

Zwei Cops, mit Gewehren im Arm kamen gleich zur Sache.

„Wo ist der vierte von euch" - Cop #1.

„Wer?" - konterte Jay.

„Ihr fahrt immer zu viert. Also, wo ist der andere?" - Cop #2.

„Manchmal fahren wir auch zu fünft, oder zu sechst. Ein Name wäre da sehr hilfreich, Herr General." - stieg Crow auf das Spielchen ein.

„Der Typ, der mexikanisch aussieht...ihr wißt, wen wir meinen, stellt euch nicht blöder als ihr seid."- Cop #1

„Der ganze Staat hat früher zu Mexico gehört, Obergefreiter. Also, wenn Sie den Begriff Mexikaner etwas eingrenzen könnten..."- Jay hatte Freude, die Cops gar nicht.

„Halt die Klappe, nimm die Hände hoch und dreh dich um. Wo kommt ihr her?" - befahl uns Cop #2, während der andere sich in das Auto zum Funkgerät beugte und zu sprechen begann.

Cop #2 durchsuchte uns und die Taschen an unseren Motorrädern nach Drogen, fand aber natürlich nichts. Und gab diese Information mit einem Kopfschütteln an den Kollegen weiter, der wiederum funkte es dem Boss.

„Sie sind nur drei. Nein, nichts gefunden...Ja, der Weiße ist dabei...Ok, wir warten. Over." - damit nahm er seine Bleipumpe vom Dach und kam zu uns.

„Also, hört mal, Jungs. Wir können das hier nice und easy machen, oder auf die harte Tour. Eure Entscheidung. Also, sagt uns einfach wo ihr herkommt und was ihr dort gemacht habt, dann könnt ihr in fünf Minuten nach Hause fahren."

Ich wußte, dass er auf Craddock wartete und uns hinzuhalten versuchte. Deswegen sagte ich ihm die Wahrheit - glaubt dir eh nie jemand.

„Du willst mir also erzählen, ihr fahrt den ganzen Tag durch die Gegend um Blaubeermuffins zu essen? Nichts weiter?"
- er fühlte sich verarscht.

„Yes, Sir, die Dinger sind die Reise wert. Sollten Sie auch mal mit Madame an einem freien Tag versuchen. Lohnt sich. Und der Kaffee dazu, schmeckt am besten mit einem Löffel Zimt darin."

„Wen habt ihr da getroffen? Habt ihr dort nicht zufällig ein kleines Geschäft gemacht?" - Cop #1 ließ sich nicht provozieren.

„Naja, wo Sie schon fragen. Jeder von uns hat natürlich im Laufe des Tages mal sein kleines Geschäft gemacht. Ich mußte sogar zweimal anhalten, weil der viele Kaffee urintreibend ist, wissen Sie ja bestimmt."
- ich wußte nicht, dass Crow über diese Art Humor verfügte. Jay stieg mit ein:

„Bei mir waren es diese Muffins! Ich hatte drei Stück davon und die Biester wollten raus! Also war das eher schon ein großes Geschäft, Herr Doktor."

„Ihr wißt, welche Art Geschäft ich meine. Drogen! Also, raus mit der Sprache. Die Kollegen in Orinda haben uns informiert, dass verdächtige Subjekte dort in verschiedenen Geschäften unterwegs waren."

„Drogen? Aber das wäre ja illegal! Wir sind ehrbare Bürger, Sheriff. Ehrenwort." - Jay drehte sich dabei mit einem Unschuldsblick zu uns um. Wir nickten nur bejahend.

„Wo fahrt ihr jetzt hin? Lake Merritt erreicht ihr über die 46 schneller." - hakte Cop #2 nach.

„Nach Hause, Boss. Ich müßte schon wieder ein kleines Geschäft machen, wissen Sie, dieses sanfte Vibrieren der Motoren ist äusserst stimulierend da unten, wenn Sie verstehen...?" - dabei trat Jay mit verschränkten Beinen von einem Fuß auf den anderen.

„Dann geh in den Busch. Wir warten, bis der Chef kommt." Und der ließ noch zwanzig Minuten auf sich warten. Wenigstens hörten sie auf dumme Fragen zu stellen und liessen uns rauchen. Cop #2 interessierte sich sogar für meine BSA und fragte mich darüber aus. Er hatte durchaus Ahnung von der Technik und war in zivil wahrscheinlich ein ganz netter Kerl.

Ohne Gewehr.

Craddock kam mit Sirene und Blaulicht angeblasen.

Flüsterte kurz etwas mit Cop #1 und #2, bevor er sie wegschickte. Cop #2 nickte mir zum Abschied zu, was ich wohl als: Ich komme mal in deiner Werkstatt vorbei - verstehen sollte.

Als Craddock alleine war, nahm er mich beiseite.

„Hör zu, Jeff. Was unsere Angelegenheit betrifft, hat mein Freund einen Finderlohn von 100.000 $ ausgelobt. Aber nur, wenn der Truck bis morgen wieder auftaucht und alles drin ist, was er bestellt hatte. Weißt du, was so einer wie du mit 100 Kilo machen kann?" - er wollte mir seinen Arm brüderlich über die Schulter legen, aber ich drehte mich raus.

„Ich müsste mal ein paar Freunde anrufen und sehen ob es bis morgen klappt. Könnte eng werden. Ausserdem kann so einer wie ich mit 100 Kilo nicht wirklich viel anfangen. Aber 200 Kilo sind ein Anfang." - ich pokerte, ohne zu wissen ob mein Blatt etwas taugt.

„200. Aber nicht mehr, verstanden! Ich glaube, mein Freund würde soweit gehen." - so ruhig wie er das sagte, wußte ich, dass noch mehr drin gewesen wäre. Mann, müssen da viele Drogen in diesem Truck durch Kalifornien reisen! Ich kannte den Marktwert von dem Zeug überhaupt nicht. Schien sich aber zu lohnen.

„Gut. Du bringst mir morgen Mittag 100.000 $ in meine Werkstatt, dann sage ich dir, wo der Truck steht, bei Übergabe des Trucks sind die zweiten 100.000 fällig. Klar?" - Wow, war ich cool.

„Du Ratte! Wir sehen uns morgen."

- er war gar nicht so wütend wie sonst, als er jetzt abdampfte. Diese unglaubliche Summe schien für ihn nichts weiter als eine lästige Ausgabe zu sein, die man hinnimmt, wie die Tankrechnung, wenn du einen Lincoln fährst. Wie viele Clubs in der Bay Area bediente er wohl? Wieviel von dem Zeug setzte er tatsächlich ab und wie? Dazu braucht man ein Netzwerk. Und nicht alle Bullen waren korrupt und käuflich.

Crow und Jay trauten ihren Ohren nicht.

Wir flogen heim und erschreckten meine Mom zu Tode, als wir in die Küche stürmten, wo das Telefon stand, und fragten ob Miguel endlich angerufen hatte.

Hatte er nicht.

BAY BRIDGE

„Ray Miller." - zwitscherte eine sehr weibliche Stimme in die Muschel.

„Hi Ray, hier spricht Jeff. Erinnerst du dich an die BOFOO Motorcycle Gang? Wir haben dir ein Interview in diesem Café auf der 14 gegeben."

„BOFOOs? Achso. Die Jungs aus Oakland! Also du mußt entschuldigen, dass ich das alles ein bißchen aufgehübscht habe. Meine Leser haben überhaupt keine Idee, von eurer Welt. Also mußte ich ein bißchen dick auftragen...ich hoffe, nicht zu dick?" - ich machte eine Pause, bevor ich antwortete. Zappeln lassen.

„Well...ist ok. Aber ich habe da eine Geschichte, die dich vielleicht noch mehr interessieren könnte. Alles drin was du brauchst, versprochen. Komm morgen Abend einfach zur Bay Bridge, Frisco Seite, da wo die Strasse unten durchführt und bring eine Kamera mit, hörst du?"

„Was ist das für eine Geschichte? Über Rocker? Gewalt? Exzesse? Sex?" - wollte er wissen.

„Von allem etwas. Komm einfach."

- ich wollte schon einhängen, da unterbrach er mich zum Glück noch.

„Wann?" - damned! Hätte ich auch dran denken können.

„Sagen wir um 10 Uhr, abends, OK? Sei pünktlich." - jetzt hing ich ein. Hatte ich was vergessen?

Hoffentlich nicht.

Ich war nervös. Es schien alles zu klappen, und genau das machte mich nervös. War ich vielleicht ein Naturtalent als Krimineller? Oder übersah ich gerade ein wichtiges, tödliches Detail. Denn sich mit den Cops anzulegen, war auf jeden Fall kein Kindergeburtstag. Und Craddock war brutal und gefährlich.

Ich versuchte mich mit Arbeit abzulenken.

Jay war zum Glück auch wortkarg und so konnte ich den Plan noch einmal durchgehen.

Miguel hatte gestern dann doch noch angerufen. Sein `Cousin´ in Bell Gardens hatte ihm die ganze Ladung des Trucks abgekauft. Er war so begeistert von dem `Material´, wie er es nannte, dass er noch mehr haben wollte.

„Wieviel hat er dir gezahlt?“ - ich wollte eine Hausnummer haben, um mich in den Marktwert dieses `Materials´ einzuarbeiten.

„Naja, weißt du, mein Cousin sagt, dass hängt immer von dem Material selbst ab und natürlich von der Qualität. Also, wenn du nur Mary Jane zur Party bringst, kannst du eigentlich zu Hause bleiben und dir das Geld sparen. Aber unsere Chinesische Prinzessin stammt aus einer so feinen Familie, dass du damit durch jede Clubtür kommst und sie dir noch den Tanzboden vergolden.“ - Miguel versuchte wie ein Gangster zu reden, obwohl uns ganz sicher niemand abhören würde.

„Wieviel, Mann!?“

„300.000. Hihihi…ist das nicht cool!? Und alles cash auf die Hand! Er sagte, dass er das Fünffache dafür kassieren kann.“ - Miguel kicherte jetzt fast schon hysterisch.

Ich war baff!

Eine Truckladung bringt 1.5 Millionen Dollar! Wow!

Die Tür war sperrangelweit offen.

Und während ich jetzt völlig fremdgesteuert das Lenkspiel des alten Ford Pick-ups auf meiner Hebebühne einstellte, skizzierte sich der Plan automatisch in meinem Hirn.

Miguel sollte mit dem Truck schnellstmöglich nach Hause kommen, denn wir hatten ja einen Termin mit dem Gesetz.

Wir würden Ned mitnehmen, der inzwischen schon ein wichtiger Teil in unserem Plan geworden war, seit er uns bei Craddock angezeigt hatte. Damit war er aus der Schusslinie und wir hatten einen Trumpf in der Hand.

Alles war für heute Abend organisiert und selbst die Zukunft in dieser Branche schien wie ein Spaziergang auf grünen Dollarscheinwiesen.

Leider mußte ich lernen, dass ich neu in dem Geschäft war. Denn ein gewichtiges Detail hatte ich vergessen - Craddock machte das nicht alleine! Wir starteten um 9 Uhr abends von meiner Werkstatt.

Jas, Jay, Crow und ich.

Die Cops hatten Ned am Nachmittag zu Hause abgeholt. Der erste Rückschlag für meinen Plan. Ich hoffte nur, dass sie ihn nicht für diese ganze Nummer wegsperren würden.

Wir rollten entspannt über die Bay Bridge Richtung City. Wir wollten vor den anderen da sein um die Location zu sichern. Und wir hatten noch genug Zeit.

Als wir um 9:30 Uhr unter die Brücke bogen, war es dunkel. Nur die riesige Strassenlaterne, die Junkies und Homeless fern halten sollte, tauchte die Szene in ein grelles Licht. Es gab genug Schatten um sich zu verstecken - gut so!

Deswegen sahen wir auch nur einen Polizeiwagen, als wir ankamen. Die anderen parkten im Dunkeln.

Zweiter Rückschlag!

Da es eine San Francisco Streife war und kein Oakland Wagen, dachte ich schon daran alles abzublasen und das Weite zu suchen. Aber dann sah ich Craddock aussteigen und wir verteilten uns. Er trug immer noch seine Uniform, war das erste, was mir auffiel. Obwohl das hier nicht sein Zuständigkeitsbereich war - aber das waren illegale Drogengeschäfte auch nicht.

„Du bist zu früh." - eröffnete ich die Partie. Ich musste Zeit schinden. Nicht nur weil Miguel noch nicht da war, sondern weil ich auch den Reporter noch nicht gesehen und eingeweiht hatte. Meine Gangsterkarriere fing ja nicht so toll an!

„Du auch. Und hast die ganze Bande Taugenichtse mitgebracht. Wo ist der Truck?" - Craddock war ganz ruhig.

„Wo ist die Kohle?" - er hatte mir wirklich heute Mittag, von dem Jungen, der uns immer die Tageszeitung vor die Tür stellt, einen Postsack zukommen lassen. Mit 100.000 $ drin.

Ich pokerte hoch. Zu hoch, Bruder.

Wie ich schon ahnte: Craddock war gefährlich.

„Frag ihn!" - damit drehte er sich um und im Schatten, den die Brücke warf, flammten die Scheinwerfer von zwei weiteren Polizeiautos auf.

Ich drehte mich zu den anderen um, aber sie waren zu weit weg und zum Abhauen war es zu spät. Jay und Crow standen mit verschränkten Armen vor ihren Maschinen, Jas stand hinter ihrer - sicherlich um den Baseballschläger zu verbergen.

Ich hörte, wie die Tür des einen Wagen aufging und ein Frisco-Cop schob den gefesselten Miguel ins Licht. Dritter Rückschlag.

Es lief etwas holperig.

Miguel hatte was abbekommen, seine Lippe war dick und seine Nase blutete. Er schaute auf den Boden, als Craddock ihn wie einen Zuchtbullen auf der Auktion präsentierte.

„Dein dummer Homobruder hier ist wohl eingenickt. Jedenfalls war er sehr überrascht uns hier zu sehen. Du mußt noch viel lernen, Jeffrey, bevor du mit den Großen spielen kannst. Leider war der Truck leer. Und mein `Freund´ will sein Geld zurückhaben. Und zwar alles und das genau jetzt!" - er steigerte die Lautstärke bis zum Ende des Satzes, als ob er das vor dem Spiegel geübt hätte.

Miguel war schon sehr früh aus LA angekommen und hatte den Truck gleich hier geparkt und ein Nickerchen darin gemacht - Anfängerfehler!

„Nur wenn ihr meinen Bruder gehen lasst!" - rief von hinten Jas auf einmal.

Das brachte die Verhandlungen etwas in Schieflage, aber es konnte eigentlich nur besser werden.

„Vergiss es! Jemand muß den Truck ja fahren, Schätzchen. Und wenn du ihn wiedersehen willst, solltest du in das Geschäft einsteigen, du machst bestimmt einige Scheinchen mit deiner Figur." - auch der dritte Cops stand jetzt im Licht, er hatte eine Redwood City Marke, also waren hier die Vertriebsmitarbeiter der gesamten Bay Area vertreten. Interessant. Ich fragte mich, ob es noch mehr, als diese drei gab - sicherlich.

„Wie viel würde denn für mich rausspringen, wenn ich für Sie arbeite, Inspector Craddock?" - Jas war jetzt an Mitch herangetreten, ohne Baseballschläger.

„Na, laß mal sehen…" - damit drehte er sie im Licht und begutachtete sie, was mich an einen Sklavenmarkt aus längst vergangenen Zeiten erinnerte.

„Muß ich nur mit den Typen schlafen, oder soll ich denen auch was verkaufen, Officer?"

- sie schenkte ihm ihren unschuldigsten Augenaufschlag, den sie drauf hatte.

„Jas! Komm da weg! Was soll denn das, verdammt?"

- Old Crow schob seine ganzen 1,95 Meter zwischen sie und den Cop.

„Crow, wir haben verloren! Also, lass hören, was wir für Möglichkeiten haben, hier rauszukommen." - wieder blickte sie verführerisch zu Craddock.

Ich hielt Crow zurück und wollte sehen, wie es hier weitergehen würde.

„Du könntest die Clubs in San Mateo beliefern. Du bekommst zehn Prozent von allem, was du verkaufst. Und für deinen Körper kannst du behalten, was dir der Freier bezahlt. Hundert Prozent für dich."
- Craddock hatte angebissen.
„Was genau soll ich denn verkaufen, Chef?" - wollte Jas wissen.
„Koks, Baby. Heroin, Valium, alles was wir dir geben. Und natürlich bekommst du den Einkaufspreis für den Eigenbedarf."
- jetzt grinste Mitch mich mit einem schmierigen Seitenblick an.
„Falls du auch einsteigen willst, wäre jetzt der Zeitpunkt, Jeff. Ihr Jungs kommt doch viel rum und habt auch Zugang zu weißen Clubs, hm? Wir könnten da was Großes aufziehen…"
„Wir wissen, dass ihr beschlagnahmte Drogen aus der Zollhalle entfernt und wie ihr sie rausschmuggelt. Da muß mehr für uns drin sein. Fünfzig Prozent!"
- Crow machte einen auf Bad Boy.
„100 Kilo habt ihr schon. Leider habt ihr gute Drogen im Wert von 200.000 $ verloren, also müßt ihr die erst einmal abarbeiten und wenn wir zufrieden sind, können wir ja noch mal reden. Strengt euch an, Jungs!"
„Wie kommen wir an die Drogen, Boss?"
- war das erste, was Jay jetzt von hinten in den Ring warf.
„Mein Freund wird euch die Tage besuchen. Hol, den Nigger her, Frank!"
- das sagte er zu dem San Mateo Cop, der kurz verschwand und mit Ned zurück ins Licht trat.
„Überraschung! Ich denke, ihr kennt euch schon. Also, wenn mein kleiner Freund bei euch was abliefert, habt ihr eine Woche Zeit, das Zeug zu Geld zu machen. Danach kommt er wieder und holt das Geld ab - verstanden? Sieht aus wie eine normale Postlieferung und…"- weiter kam Craddock nicht, denn Ned rannte zu seiner Schwester und rief:
„Tut das nicht! Er will uns alle mit diesen Drogen fertig machen und dann wegsperren, wenn er uns nicht mehr braucht…!"
„Halt die Schnauze, Nigger, und fahr den Truck ins Lager. Jetzt!"
- befahl ihm Mitch, seinen Schlagstock streichelnd, und Ned spielte mit.
Er spielte sehr gut mit. Ich war zufrieden.
Aber verdammt! Die Kohle aus LA mußte noch irgendwo sein. Im Truck?
Dann hatten sie jetzt die Cops. Denn Miguel stand nur in Hemd und Hose da und konnte sicherlich nicht soviel Geld in seinen Stiefeln versteckt haben.
„Mach ihn los, Mitch." - fiel mir bei dem Gedanken ein.
„Ich wußte, dass du vernünftig bist, Jeff"
- grinste er mich an, als er die Handschellen löste.

„Wir sehen uns." - er gab seinen Kollegen ein Zeichen und alle fuhren in eine andere Richtung. Wir packten den angeschlagenen Miguel auf die BSA und tuckerten heimwärts.

Die ganze Aktion hatte keine halbe Stunde gedauert und ich hatte dem Reporter gesagt um 10 Uhr. Jetzt war es 10 Uhr und die Partie war vorbei. Und verloren.

DER BLAUE FORD

„Was machen wir denn jetzt?"
- fragte Jas, als wir in meiner Garage ankamen. Alle schauten zu mir.
Ich hatte keine Ahnung, mein Freund.
„Wir bleiben erst mal cool und warten ab. Jas, ich begleite dich nach Hause und wir sehen, ob Ned da ist und ob die Bullen das Geld gefunden haben, ok?"
- das widerspruchslose Nicken aller zeigte, dass sie auch keinen Plan hatten und bestätigte mich irgendwie als Häuptling.

Wir kamen vor das schäbige Haus, das Ned sich mit seiner Schwester teilte, seit ihr Vater vor 6 Jahren Opfer eines Überfalls geworden war. Dass die `Räuber´ die Leiche an einem Baum aufgehängt hatten und daneben ein brennendes Kreuz stand, als er gefunden wurde, war für die Polizei natürlich kein Grund an der These: Raubüberfall mit Todesfolge, zu zweifeln.
Ihre Mutter hatte dieser Vorfall in die Irrenanstalt gebracht.
Vor diesem einfachen Ambiente wirkte der Cadillac etwas protzig.
Aber keine Spur vom Truck und das Haus war dunkel.
Also setzten wir uns auf die Veranda, die hier die alten Häuser noch haben, in die Hollywood Schaukel und warteten.
„Das lief ja nicht so gut..." - sagte Jasmine nach einer Ewigkeit, aber sehr sanft.
„Ja. Leider. Ich hoffe, wir finden das Geld noch, dann könnten wir Craddock ausbezahlen." - ihr Haar hatte wieder den Geruch von frischem Sommerwind.
Sie trug heute ein hellblaues Stirnband und ihr langes Haar war zu einem Zopf geflochten.
„Glaubst du wirklich, der läßt dich vom Haken? Der will dich doch zum Drogendealer Nummer 1 hier in der Bay machen."
- sollte ich meinen Arm um sie legen und ihr so näher kommen?

„Besser mich, als Ned. Ich werde mit dem Typen schon klar kommen."
- ich tat es - den Arm um sie legen.
Sie drehte ihren Kopf stumm in die andere Richtung. Ich war wohl nicht ihr
Typ. Damned! Trotzdem ließ ich den Arm erstmal wo er war.
„Aber ich will auch nicht, dass dir etwas passiert." - sagte sie das wirklich?
Ich glaube schon, denn dabei sah sie mich ganz liebevoll an und ich konnte
ihre warme Haut riechen.
„Achja? Warum denn? Etwa, weil ich dir die Zündung eingestellt habe?"
- ich grinste wie ein Vollidiot und kam mir auch so vor. Dass ich nicht zum
Gangster tauge, wußte ich ja schon, aber anscheinend war ich auch als Gigolo
ein Versager.
*„Na, die habe ich ja wohl selbst eingestellt. Aber ich mag, wie du tanzt. Das
würde ich sehr vermissen…"*
- sie grinste mich jetzt auch frech an, tippte mir mit dem Finger an die Nase
und zwinkerte mir zu.
Ich konnte den Schweiß auf meiner Stirn spüren.
Jetzt wäre der Moment, denn sie machte eine erwartungsvolle Pause und
schaute mir tief ins Herz, mit ihren warmen braunen Augen. Ich wußte zu gut,
was jetzt kommen würde…
Als ich mich zu ihr beugte um sie zu küssen, widerstand ich krampfhaft dem
Wunsch meine Augen zu schliessen - aber es half nichts.
Wie erwartet, verwandelten sich ihre Mandelaugen in glühende Smaragde und
ihr sanftes Parfüm in den Gestank von kaltem Blut und Öl. Ihr junges weiches
Gesicht wurde zu der tumben Fratze von Hans, der mich emotionslos an-
starrte.
*„Was ist, Jeff? Du schwitzt und bist ganz blaß? Du hast doch schon einmal ein
Mädchen geküßt, oder?"* - Hans lächelte nicht, sondern starrte kalt in meine
Seele.
„Jeff? Jeff!!! Laß mich los! Du tust mir weh!"
- ich spürte, wie Hans mich auf den Boden der Veranda stieß und sich langsam
verzog, als der Geruch von altem Holz zu mir durchdrang.
„Was ist mit dir, Baby?"
- flüsterte jetzt wieder Jasmine, die sich neben mich gekniet hatte. Dabei
tupfte sie mir mit ihrem Stirnband den Schweiß aus dem Gesicht.
*„Hey, Big Boy, was war los? Du bist zu jung, um wegen einem Mädchen einen
Herzinfarkt zu bekommen. Bist du krank?"*
- sie war besorgt, aber ich konnte wieder ihre Haare riechen.

Sollte ich ihr erklären, dass ich seit Jahren von einem halbtoten SS-Kinderzombie heimgesucht werde? Welche Frau würde da nicht Reißaus nehmen?

Jas!

„Vergiss nicht, was du dem weißen Cop im Ballroom gesagt hast, als du mich vor ihm beschützt hast. Und wie soll eine Frau ihren Mann beschützen, wenn sie nicht sein Geheimnis kennt? Was ist dein `weißer Cop´, hm? Du kannst es mir sagen, Darling.“- sie war großartig.

Also erzählte ich ihr, auf dem harten Holzboden der Veranda von Hans.

„Denkst du, es wäre besser gewesen ihn auch zu erschiessen?“

- jetzt berührte ihre Hand sanft meine linke Wange.

„Nein. Es war ein Gefühl, das mich noch nie getäuscht hat. Der Junge war anders. Er war wie ich. Es klingt verrückt und ich kann es nicht logisch erklären…“

- ich fühlte mich matt.

„Das hast du richtig gemacht. Wir haben Zeit.“ - sie setzte sich wieder auf die Schaukel und ich legte meinen Kopf in ihren Schoß. Und dort schlief ich ein. Und ich schlief gut!

„Hey, wach auf! Mein Bein ist eingeschlafen und dort kommt Ned.“

„Wie lange war ich weg?“

„Lange, Big Boy. Es ist nach Mitternacht.“

Ned war nicht überrascht uns zu sehen, aber er war erschöpft.

„Ich mußte den Truck in das Lager fahren und dann haben die mich zu Fuß nach Hause laufen lassen, diese…“

- er ging rein und kam mit drei Dosen Bier zurück.

„Craddock ist richtig sauer auf dich, Mann. Aber er hat schon alles geplant, dass du und deine Jungs die Bay mit richtig viel Stoff versorgen. Die nächste Ladung kommt wahrscheinlich am Mittwoch. Dann habt ihr eine Woche, das zu Geld zu machen. Was ist mit deinem Plan?“

Verdammt gute Frage!

„Sag mal, hast du zufällig etwas in dem Truck gefunden?“

- ich wollte nicht direkt nach dem Geld fragen.

„Was zum Beispiel? Der war leer! Wo habt ihr das ganze Drogenzeug versteckt?“

Ich erzählte ihm von Miguels Trip nach Bell Gardens in LA und wie viel er uns gebracht hatte. Hätte! - wenn wir den Truck vor den Cops gefunden hätten.

„Warum hast du nicht Miguel gefragt, wo er die Kohle versteckt hat?"

- gute Frage! Nächste Frage...

Das hatte ich völlig vergessen. Falls sie noch irgendwo im Truck war, hatten die Cops heute Abend 300.000 $ gemacht.

„OK, wir machen es so: Du, Jeff, fragst morgen Miguel wo das Geld ist, und du Ned, untersuchst den Truck noch mal von oben bis unten, wenn du nächste Woche zum Hafen fährst. Alles klar? Und ich gehe jetzt ins Bett - war ein langer Tag. Gute Nacht."

- die Bosslady gab mir schnell einen Kuss auf die Wange, so dass Hans keine Zeit hatte uns zu nerven und verschwand einfach.

Ned und ich tranken noch schweigend das Bier aus. Wir liessen diesen unsinnigen Abend noch einmal Revue passieren - jeder für sich.

„Was denkst du, Jeff? Soll ich mir nicht auch eine Harley zulegen? Was kostet so ein Ding? Und welche würdest du empfehlen?"

- fragte er unvermittelt, mich aus dem Irrgarten meiner Gedanken rettend.

„Kann man die eigentlich auch schick anmalen? Ich mein; mit roten Streifen auf weißem Hintergrund über den Tank, zum Beispiel? Und viel Chrom dran, oder gibt es die nur in der Militärversion, wie die von Crow?"

„Ich würde mit einer Shovel Head anfangen. 750 ccm, nicht zu schwer und für den Anfang das Beste. Die kannste auch heißer machen und natürlich können wir das Ding richtig schnieke lackieren. Die Scrambler von Jas hat ja auch Style! Und ne Shovel ist nicht so teuer. Warum willst du den Caddy verkaufen?"

„Will ich ja gar nicht! Aber es läuft ganz gut zur Zeit und ich könnte den Caddy weiterhin als `Geschäftswagen´ nutzen und die Harley fürs Wochenende."

Solange schwarze Jungs in fetten Cadillacs vor den Clubs auf dicke Hose machten, waren die weißen Hintermänner aus dem Schneider. Ned dachte praktisch.

Aber er brachte sich damit selbst in Gefahr.

War ihm das klar?

„Ach, hör auf! Das Gesetz ist auf unserer Seite. Wenn wir die Bay kontrollieren, wie Craddock das plant, wer soll uns da in die Quere kommen, hä?"

Andere `Geschäftsmänner´, die auch ein Stück vom Kuchen wollten, vielleicht?

„Mann, Jeff, sei nicht so ein Schisser! Wir räumen ganz groß ab! Das ist eine todsichere Nummer! Denk´ doch mal einfach ein bißchen größer. Wir bauen einen ganzen Ring auf. Wir brauchen nur noch mehr Jungs mit Motorrädern, ich organisiere die Autoversorgung in den schwarzen Clubs und wir können Millionen machen! Falls Craddock uns die 50% gibt, sind das zwei Millionen in einem Jahr! Gib dir das!“

Er steigerte sich regelrecht in seine goldene Zukunft, bestehend aus koksbeschichteten Cadillacs, mit heroinfarbenen Sitzen und diamantenen Felgen, hinein.

Ich war müde und wollte los. Da sah ich zum ersten Mal, wie Ned sich mit dem Fingernagel weißes Pulver in die Nase zog. Das erklärte seine Euphorie. Und Jasmines Sorgen.

Die Strassen waren leer um diese Uhrzeit und ich hundemüde.
Trotzdem spürte ich den Schatten, der mich verfolgte. War das Hans aus
Crow´s Trip?
Auch ich drehte mich um, aber nur um eine leere Strasse hinter mir zu sehen.
Aber irgendetwas bewegte sich da hinten im Halbschatten der Strassenlaternen. Langsam, schleichend.
Ich stellte den Motor aus und rollte leise auf meinen Garagenhof hinter die Tanksäule und wartete.
Und es dauerte fast fünf Minuten, bis ganz langsam ein unbeleuchteter Ford, mit zwei weißen Gesichtern darin vorbeirollte. Er bog um die Ecke und hielt an.
Türenschlagen.
Ich blieb in Deckung, hörte mein Herz rasen und die Grillen in der heißen Sommernacht zirpen.
Wo waren die Typen?
Waren es Craddocks Bluthunde?
Sollte ich Jay und Miguel wecken?
Waren die überhaupt da?
Es passierte nichts!
Aber die Typen waren doch ausgestiegen! Verdammt!
Ich sah mich hinter der Zapfsäule kauernd nach einem Gegenstand, einem Werkzeug, das ich als Waffe benutzen könnte, um. Dabei reflektierte mein

Gesicht im matten Licht auf dem Glas der Literanzeige der Säule und ich erschrak. Meine Wangen waren hohl, meine Augen weit aufgerissen. Ich sah aus wie ein Totenschädel.

Das war die Müdigkeit, die meinem Gehirn etwas vorgaukelte, dachte ich und blieb an dem Bild hängen. Bis sich meine Augen in grüne Smaragde und mein hageres Gesicht in das ölverschmierte Kindergesicht, des ewigen Kriegers verwandelten. Hans hatte wieder diesen kalten Vaterblick, wie damals, als er abgeführt wurde, der sagte:

`Hör auf zu heulen, Sohn, und leb damit, dass du verloren hast.´

FIRMA JONES & SMITH

Die Grillen schwiegen jetzt. Nur das pumpende Blut in meinen Schläfen machte einen Höllenlärm, als ich aufstand und auf die Strasse ging. Ich stellte mich in die Einfahrt zu unserem Shop, steckte mir eine Kippe in den Mund und wartete.

Ich konnte den Ford an der Ecke in der Dunkelheit erkennen. Aber keine Personen. Hatte ich mir das alles nur eingebildet?

„Es gibt wohl ein Gewitter. Ist ein sicheres Zeichen, wenn die Grillen schweigen." - der Typ stand plötzlich neben mir, aber auf der falschen Seite. Er musste um den ganzen Block gelaufen sein.

„Oder wenn Gefahr in Verzug ist."

- antwortete ich, während er mir die Zigarette anzündete.

Wo war der andere?

„Arbeiten Sie hier, Mister?"

- fragte mich jetzt der Mann. Er hatte einen dunklen Anzug, weißes Hemd, Krawatte und einen Hut an. Standardgarderobe des FBI. Aber keine Ausbuchtung unter dem Sakko - also keine Waffe. Warum bemerkte ich so etwas?

„Ja. Ich repariere Autos. Und Sie? Sie sind nicht von hier, hm?"

„Nein. Ich bin aus New York. Jazz. Wissen Sie?"

„Jazz? Sie sind Musiker?"

„Well, ich war es. Jetzt möchte ich einen Club für junge Talente eröffnen und suche eine Location hier in Oakland. Musik, Tanz und alles was die Jugend von heute so verlangt. Sie verstehen?"

- jetzt sah ich den zweiten Mann, an der Laterne an der Ecke stehen. Selbes Outfit. Er tat unbeteiligt und rauchte.

„Hm…verstehe." - `komm zur Sache!´*, schrie es in mir.
Aber er schwieg. Als ob es nichts Normaleres gäbe, als um 2 Uhr nachts in einer Tankstellenauffahrt zu stehen und zu rauchen.
Ich warf meine Kippe auf den Boden und verabschiedete mich.
„Na, dann. Viel Glück, man sieht sich."
Während ich die BSA in die Garage schob, standen die beiden da und unterhielten sich leise über meinen Laden.
„Mister. Haben Sie schon mal etwas von den BOFOOs gehört?"
- fragte der erste, als ich gerade die Garagentür abschloß und im Haus verschwinden wollte.
„Nein. Warum? Eine Jazzband aus New York? Ich steh mehr auf Rhythm and Blues…"
„Motorradfahrer. Rocker, hier aus der Gegend. Man hat uns gesagt, diese BOFOO´s würden Clubs mit allem versorgen, was die so brauchen. Sie verstehen?"
- er machte einen Schritt auf mich zu, um nicht zu laut sprechen zu müssen.
„Wer sagt das? Noch nie von denen gehört und ich bin hier groß geworden, Mister."
- innerlich mußte ich lächeln. Wie schnell doch dumme Gerüchte ein Eigenleben entwickeln. Äußerlich gab ich den unbedarften Automechaniker.
„Naja, wir haben uns umgehört. Und diese Leute sind uns empfohlen worden. Sie fahren doch auch Motorrad, nicht wahr? Da kennt man sich doch, oder?"
- der zweite Mann hielt sich schweigend im Hintergrund.
Agent A sah mich an. Augenduell! Ich hielt stand und er blinzelte zuerst.
„Das wissen Sie ja schon, Mister…? Wie war Ihr Name?"
„Jones." - was Besseres fällt diesen Typen nicht ein? Oder glauben die wirklich der Rest der Menschheit ist so doof?

„Mister Jones. Ja, Sir, ich fahre Motorrad und kenne hier in Oakland fast alle Motorradfahrer, aber diesen Club, von dem Sie sprechen, von dem habe ich noch nie gehört. Aber falls die mal bei mir antanzen, geb ich denen gerne Ihre Nummer. Haben Sie eine Karte?"
Er gab vor eine Visitenkarte in seinem Jacket zu suchen und lächelte erwartungsgemäß, entschuldigend, als er sagte:
„Tja, tut mir leid. Ich hab keine mehr, aber wir schauen die Tage einfach nochmal vorbei, wenn es recht ist?"
„Ist recht. Gute Nacht." - Abgang! Ich war müde.
Also das FBI!

Waren die schon hinter uns her oder hinter Craddock?
Das war mir jetzt egal - ich wollte nur schlafen.
Selbst Hans konnte mich heute mal.

DOT

Am nächsten Morgen weckte mich Miguel. Er war die ganze Nacht bei mir in der Garage gewesen und hatte sich ausgeschlafen. Sein Gesicht war noch geschwollen, aber er war gut drauf.
Ich nicht.
Auch der Kaffee, den mir Miguel hinhielt, half nicht wirklich.
„Hey, Loverboy. Die Sonne lacht und der Tag erwartet dich. Also raus aus den Federn. Another day - another dollar!"
- er zog die Vorhänge auf und ich ahnte, dass es fast Mittag sein mußte.
„Wo ist Jay?"
- grummelte ich, meine Lebensgeister suchend.
„Na, bei der Arbeit. Der Pickup muß ja heute fertig werden, oder? Wir müssen nur noch den Getriebeöldeckel montieren und die Kiste kann rausgehen. Aber dusch´ dich erst, OK?"
Langsam tat der Kaffee seinen Job und die kalte Dusche weckte den restlichen Teil meiner Gehirnwindungen auf.
Der Truck! Die Kohle!
Ich rannte runter in die Werkstatt, meine Hose im Laufen anziehend.
„Miguel! Wo ist…" - da standen ein junger Mann im Anzug und eine äusserst adrette junge Dame in der Werkstatt, also schluckte ich den Satz runter und machte kehrt.
Nachdem ich ein T-Shirt und auch meine Stiefel angezogen hatte, kam ich zurück.
„Jeff, das sind Mister und Misses Lee. Sie interessieren sich für einen Wartungsvertrag für ihre LKW-Flotte. Machen wir sowas?"
- anscheinend hatte Jay die beiden schon etwas länger belabert um sich das Geschäft nicht entgehen zu lassen. Die beiden lächelten freundlich, als ich sie in mein Büro bat und ihnen einen Platz anbot. Ich mußte mich sammeln.
„Also…..Hi. Ich bin Jeff und leite diese Werkstatt. Mein Angestellter sagte, Sie haben Probleme mit ihren Trucks? Habe ich das richtig verstanden?"
„Nicht wirklich Probleme. Aber wir beliefern die ganze Bay Area mit Waren und suchen daher auf dieser Seite der Bay einen verlässlichen Partner, der die

Wartung an den Trucks vornehmen kann. Also, regelmäßige Ölwechsel, Zündkerzen kontrollieren, Luftfilter reinigen, austauschen...und so etwas. Ich glaube, ich muß Ihnen nicht Ihre Arbeit erklären? "
- damit reichte mir der Mann eine Visitenkarte. Und ich bemerkte seine manikürten Fingernägel.
Da stand: Ihuan Lee Enterprises - North Beach, San Francisco, CA, Dock 57. Und eine Telefonnummer.

„Natürlich machen wir so etwas. Um was für Fabrikate handelt es sich bei den Trucks? Sind die alle von einer Marke, oder sind das verschiedene? Wegen der Ersatzteile, wissen Sie? Wenn ich Ersatzteile nur von einer Marke bestellen muss, wird das billiger für Sie und geht schneller. "
„Der Preis spielt keine Rolle, Mister Jeff. "
- die Dame beugte sich dabei leicht vor und gab mir einen Augenaufschlag wie einen Grand Slam.
„Um wie viele Trucks handelt es sich ungefähr? "
„Auf dieser Seite der Bay benutzen wir zur Zeit drei Fahrzeuge, aber das Geschäft läuft gut, so dass es also mehr werden könnten. Wir würden mit Ihnen eine Pauschale für die Wartung vereinbaren, wenn das OK ist? Reparaturen bezahlen wir natürlich extra. "
Das klingt gut.
„Wäre es möglich, die Wartung abends durchzuführen? So könnten die Fahrer ihre Schicht beenden und den Wagen am nächsten Morgen wieder abholen. "
- hauchte Misses Lee von rechts, mit einem sanften Lächeln.
„Wie ich sehe, gibt es hier ja auch genug Platz um einen oder zwei Trucks zu parken. Das ist gut. Was halten Sie von 1500.-$ monatlich? "
- Mister Lee war freundlich, aber auch ein Geschäftsmann. Soviel war klar.
„Für drei Trucks? OK. Falls es mehr werden, müssen wir noch einmal reden, da ich ja auch andere Kunden habe. "
Wir einigten uns mit einem Handschlag und mir entging nicht, dass die Dame beim Hinausgehen meiner Werkstatt noch einen beeindruckten Rundumblick gönnte.

Aber jetzt zu Miguel.
„Jay! Wo ist Miguel? "
„Na, zur Arbeit gefahren. Wo denn sonst? "
Shit! Natürlich war Miguel zum Hafen gefahren.
„Ich muß zu ihm! Kommst du hier heute alleine klar? "

- es gab eigentlich nicht viel zu tun, aber Craddock war hinter Jay her und lauerte vielleicht irgendwo.

„Yes, Sir. Was hast du mit den Diplomaten vereinbart?"

„Diplomaten?"

„Ja, das Ehepaar, gerade. Haben sie dir nicht gesagt, dass sie Diplomaten sind? Hast du nicht deren edles Tuch gesehen? Und wie Madame geduftet hat!"

- schwärmte Jay.

„Nein. Er hat mir nur eine Karte von seinem Shop am Dock gegeben. Hier…"

- verblüfft nahm er die Visitenkarte und kratzte sich am Kopf.

„Warum sollten Diplomaten ein LKW-Unternehmen haben?"

„Es gibt immer mehr Asiaten hier in der Gegend und die Leute haben wohl auch Appetit auf heimische Küche. Was weiß ich… sie bringen 3 Trucks zur Wartung und wir verdienen Geld. That´s it."

- antwortete ich, während ich die BSA aus der Garage holte.

Jay stand immer noch neben dem Werkstatttor und hypnotisierte die Karte, als ich schon um die Ecke Richtung North Beach bog.

Der Ford vom FBI war weg.

Ich kam flott voran, auch wenn es viel Verkehr um diese Zeit gab.

Als ich auf dem Embarcadero in Höhe von Pier 27 an einer Ampel stoppen mußte, schlich sich von hinten eine Harley an. Sie schlängelte sich durch die stehenden Autos, ganz nach vorne, wie wir das alle machen, und stand plötzlich neben mir.

Ich setzte einen gelangweilten Blick auf, um dem Fahrer klar zu machen, dass er sich besser nicht mit meiner BSA in einem Rennen messen will, als es mich wie ein Blitz traf.

Nicht nur glänzte diese Harley, wie frisch aus dem Laden. Sie hatte eine nagelneue Auspuffanlage, mit Fishtailschalldämpfern aus purem Chrom. Der Sattel war aus dunkelrotem Leder mit einer weißen Sternenumrandung, Silberknöpfen und weiß-roten Fransen, was aussah wie ein echter Roy Rodgers Sattel im Western. Der aufpolierte Chrom der Felgen reflektierte die Sonne, dass du fast blind wurdest und auch sonst hatte man hier nicht mit feinen Anbauteilen aus Chrom gespart. Aber das war alles gar nicht das Aufsehenerregende. Es war die Fahrerin!

Sie sah aus wie ein Filmstar!

Hochtoupierte dunkelbraune Haare, mit einer strahlend weißen Schleife zusammengehalten. Make-up, das ihre Wangen und Augen extrem positiv betonte und blutroter Lippenstift. Sie trug ein rot-weiß-schwarzes Western-hemd, weiße Handschuhe mit roten Sternen darauf, schwarze Reiterhosen mit Sternen an der Seite und schwarze Stiefel, die ihr bis zu den Knien hoch reichten.

Ich dachte, ich wäre irgendwie in eine Filmszene geraten, aber sie lächelte zu mir rüber und sagte nur: *„Hi."*

Ich dachte immer noch, ich träume und überlegte, was Roy Rodgers jetzt wohl sagen würde, als sie losfuhr. Sanft abhebend, wie auf Engelsflügeln.

An der nächsten Ampel stellte ich mich wieder neben sie.

„Hi."

- grinste ich jetzt etwas idiotisch zu ihr rüber.

„Ist das die neue A10 Gold Star? 47 PS? Kann die was?"

- fragte mich die Fahrerin.

„Ja. Ist sie. Und sie kann was, Ma´am."

- die Dame schien Ahnung zu haben.

„Die ölt ja gar nicht."

- hörte ich sie noch mir zurufen, als die Ampel auf Grün sprang und sie gepflegt, aber sportlich davonzog. Für meine BSA war es kein Problem mit der Harley mitzuhalten und so standen wir an der nächsten roten Ampel wieder nebeneinander.

„Silikondichtungen. Die originalen Papierdichtungen taugen nichts."

- wollte ich sie mit meinem Fachwissen beeindrucken.

„Die Doppelvergaser sind aber auch nicht Standard, hm? Wo ist dein Luftfilter?"

- beeindruckte sie mich stattdessen und war weg.

Nächste Ampel - selbes Spiel.

„Rennvergaser, ohne Luftfilter, bringen nochmal 10 PS mehr."

- prahlte ich und sie drehte sich leicht zu mir und ich konnte über ihrer linken Brusttasche den Namen Dot eingestickt lesen.

„Deine Trommelbremse sieht aus wie von einer Tiger, belüftete Rennversion, richtig? Habe nur Gutes darüber gehört. Passt aber leider nicht für meine Harley."

- damit drehte sie ihren Gashahn auf, an dem auch diese rot-weißen Cowboyfransen hingen.

Auf zur nächsten Ampel.

Jetzt ich: *„Bist du Schauspielerin?"*

„Ich bin eine Lady, honey. Wir sehen uns."

- sie zwinkerte mir zu und bog links in die Hyde Street Richtung Süden ab. Auf dem Rücken ihrer Jacke war `Motor Maids´ eingestickt.

Eine Schwester.

Dieses kleine Ampelhopping hatte mich weit von den Docks weggeführt, also drehte ich um und raste den ganzen Weg zurück.

An den Docks gab es ein Häuschen für die Einfahrt und ein zweites, das die Ausgänge kontrollierte.

Dort saß Miguel. Aber jetzt tigerte er gerade um einen Pickup herum, der mit mindestens 5000 Melonen beladen war, und wedelte wild mit Papieren.

„Die haben doch ne Macke! Wie soll ich denn die Dinger alle zählen?"

- fragte er den Fahrer. Der saß hoch zu Roß hinter seinem Steuer und rauchte.

„Ich sag doch: es sind 573 Wassermelonen."

- er wirkte ungeduldig.

„Hier steht aber 753 Melonen. Und gerade hast du gesagt, es wären 500 Melonen. Also, was jetzt?"

- Miguel war genervt.

„Dann zähl sie halt!"

- damit schaltete der Fahrer den Motor aus und fügte sich in sein Schicksal. Nur genau in diesem Moment sah Miguel mich antanzen, unterschrieb die Papiere und schickte den fluchenden Fahrer weg.

„Kannst du Pause machen?"

- fragte ich ihn direkt.

„Nein. Zu viel zu tun. Was gibt es?"

- er deutete auf die fünf LKWs, die noch warteten.

„Das Geld! Aus LA! Ist das noch in dem Truck, den die Bullen haben? Oder hast du es versteckt?"

- in dem lauten Hin und Her der LKWs musste ich richtig brüllen.

„Beides! Es ist noch in dem Truck bei den Bullen, aber gut versteckt"

- brüllte Miguel zurück, den nächsten Truck heranwinkend.

„Craddock hat ihn untersucht und gesagt, er sei leer!"

„Craddock ist ein Idiot! Es ist im Ersatzreifen. Trick von meinem Cousin. Also, entspann´ dich."

- Miguel bekam neue Papiere von einem Fahrer gereicht und ging sie durch.

„Das ist doch keine Milch! Mann, verarsch mich nicht. Das ist Bier! Hier steht aber, 300 Liter Milch! Was soll das?"

- wütend gab er dem Fahrer die Kladde mit den Frachtpapieren zurück. Der gab vor sie zu studieren, während er einen 50 Dollarschein dahinter klemmte und das Ganze Miguel zurückgab.

„Stimmt. Da war ein Fehler. Ich hab´s korrigiert. Sorry dafür."
- grinste der Fahrer und Miguel winkte ihn durch.

Sofort röhrte der nächste Truck an die Schranke, weswegen ich mich erst einmal in den Schatten des Pförtnerhäuschens verzog und eine Zigarette anzündete.

Heute war Montag.

Ned würde spätestens am Mittwoch mit dem Truck unterwegs sein und wahrscheinlich bei mir auftauchen. Bis dahin musste ich die Füße stillhalten und hoffen, dass Craddock unsere kleine Show gekauft hatte. Oder sollten wir in ein Polizeilagerhaus einbrechen und das Geld heute schon holen? Keine gute Idee.

Wenn nur dieser Reporter aufgetaucht wäre, verdammt!

Der Reporter!

Na klar!

Der arbeitet doch hier in der City. Und ich habe gerade auch nichts zu tun. Vielleicht sollte ich ihn einfach mal besuchen? Wie war nochmal sein Name? Ray?

Wie hieß die Zeitung? San Francisco…..? Chronicle?

„Rumlungern ist hier verboten! Zieh´ Leine, Junge!"
- neben mir stand ein Mann in Uniform. Tief in Gedanken schaute ich ihn nur an, was er wohl als Provokation auffasste.

„Bist du taub? Schieb´ ab! Und zwar jetzt!"
- er wollte mich gerade am Arm packen, als Miguel brüllte.

„Der gehört zu mir, Steve!"

„Wenn er keinen Ausweis hat, darf er hier nicht sein. Das weißt du, Miguel. Wenn Mister Watson ihn hier sieht, dreht er durch und glaubt, dass hier illegale Sachen laufen!"
- brüllte Steve zurück.

„Und das wollen wir ja alle nicht, oder?"
- ich mußte lachen und trottete zu meiner Maschine.

„Ich komme heute Abend vorbei, Jeff, OK?"
- verabschiedete mich Miguel.

Auf zur Zeitung.

FILM AB

Während ich entspannt die Mission Street runter cruiste, ertappte ich mich dabei, dass ich nach der Motorradlady Ausschau hielt, anstatt mir zu überlegen, was ich zu dem Schreiberling eigentlich sagen wollte. Bei dem markanten Gebäude des San Francisco Chronicle angekommen, parkte ich die BSA direkt am Haupteingang. Ich war unentschlossen und fühlte mich hier völlig fehl am Platze. Trotzdem trat ich nervös durch die Drehtür an den marmorglänzenden Empfangstresen, hinter dem mich ein lächelnder Sonnenschein in Blond begrüßte.

„Willkommen beim San Francisco Chronicle. Mein Name ist Linda. Wie kann ich Ihnen helfen?"

„Well… ich suche einen Mann… einen Journalisten." - guter Anfang! Ging ganz ohne Stottern.

„Natürlich. Für welches Ressort arbeitet dieser Mann denn? Haben Sie zufällig seinen Namen?"

- strahlte Linda, also ob sie ihr gerade einen Diamantring geschenkt hätte.

„Äh… Ray… er schreibt über Motorradfahrer und sowas…"

- langsam kam ich rein.

„Wunderbar. Ray, also. Schreibt Ray für das Ressort `Freizeit und Garten´ oder eher für `Fragen der Haustechnik´?"

- ohne jede Spur von Ironie strahlte sie weiterhin wie eine Lehrerin, deren zurückgebliebener Schüler es endlich geschafft hat bis Drei zu zählen.

„Freizeit und Garten." - riet ich ins Blaue hinein.

„Einen Moment, bitte. Ich rufe ihn an. Wen darf ich ankündigen?"

- Ankündigen? Wow!

„Äh… sagen Sie ihm Jeff, von den BOFOO´s aus Oakland wäre hier. Er weiß dann schon."

- na also, geht doch! Das war doch schon eine amtliche Rede!

Linda telefonierte kurz, ohne mit dem Lächeln aufzuhören. War das vielleicht gar eine Gesichtslähmung? - schoß es mir durch den Kopf.

Anscheinend hatte ich ins Schwarze getroffen. Sie nickte mir jetzt freundlich zu und bat mich Platz zu nehmen. Während ich da also saß und mir die ganzen Krawattenträger, die emsig hin und her flitzten, zu Gemüte führte, kam ich mir in meinen Botten, meiner Jeans und meinem T- Shirt ein bißchen schäbig vor. Aber Linda sandte mir ab und an einen Sonnenstrahl aus perlweißen Zahnreihen rüber und ich fühlte mich wieder gut.

„Mister Jeff! Mister Jeff!" - zwitscherte die hohe Stimme Rays aufgeregt aus einem verschwitztem Hemd, eine graue Akte in der Hand. Er musste den ganzen Weg gerannt sein. Auch sein Gesicht war rot und schweißnass.
„Kommen Sie. Wir trinken da drüben einen Kaffee, oder wollen Sie Bier? Schnaps? Whiskey? ... Kommen Sie... Kommen Sie."
- er schob mich zur Tür raus, weg von Lindas hypnotischem Lächeln, an das ich mich gerade zu gewöhnen begann.
„Was ist denn los, Mann? Ich war gerade in der Gegend und wollte Ihnen erklären, dass am Samstag etwas schief gegangen ist und wir deswegen früher abhauen mussten. Waren Sie um 10 Uhr am Treffpunkt?"
- ich befreite mich von seiner weichen, schwitzenden Hand. Trotzdem legte er ein Tempo vor und wir rannten beinahe um die nächste Ecke.
„Nein, nicht um 10 Uhr. Aber ich muß Ihnen was zeigen. Das glauben Sie nicht." - hechelte er wie ein Hund.
Endlich schob er mich durch die kleine Tür einer mexikanischen Churrosbar und wir setzten uns an einen klebrigen Tisch.
„Hören Sie, Ray. Wir versuchen noch ein anderes Treffen zu organisieren. Nur müssen wir vorsichtig sein, der Gegner ist gefährlich und..."
„Ich habe alles auf Film, Jeff. Und Fotos! Aber ich wollte erst mit Ihnen sprechen, bevor ich irgendetwas davon veröffentliche."
- obwohl er mich unterbrach, fiel mir die Kinnlade runter. Hatte ich richtig gehört?

„Ich komme immer früher zu solchen Terminen. Man weiß ja nie. Ausserdem kann ich mir dann den besten Platz aussuchen, um zu filmen und zu fotografieren."
„Ich habe Sie nicht gesehen. Und keine Kamera."
„Das ist gut so. Dann haben mich die anderen auch nicht gesehen. Ich arbeite mit einer extrem kleinen, handlichen Arriflex. Deutsches Produkt. Nicht größer als eine Damenhandtasche und sie hat ein eingebautes Mikrofon, das jeden Ton mitnimmt. Ich habe alles, Jeff!"
- dann hatte er allen Grund stolz zu sein. Nur machte ich mir ein wenig Sorgen um sein Herz - so wie er schwitzte und schnaufte.
Während diesem hektischen Gespräch hatte er die graue Akte geöffnet und einige Bilder auf den Tisch gelegt.
Ich war baff!
Auf den Fotos sah man die ganze Szenerie, mit uns und den Motorrädern im Vordergrund, den drei Cops im Hintergrund, aber aus einer erhöhten

Perspektive. Ray musste auf einen der Brückenpfeiler gestiegen sein, um so alles einblicken zu können, und hatte dort fast zwei Stunden ausgeharrt. Ich war beeindruckt.

Aber es sollte noch besser kommen.

„Ich habe einige Bilder vergrößert. Hier, schau mal..." - jetzt schob er mir ein Bild rüber, auf dem Craddock gerade Jas begutachtete. Dessen, vor Geilheit sabberndes, Gesicht war gestochen scharf und selbst die beiden anderen Cops waren klar zu erkennen. Der zweite Ausschnitt, zeigte Ned bei Jas und Craddock, der mit einer Fratze voll Wut den armen Ned zum Truck schickte. Ausschnitt Nummer drei, zeigte Frank, den San Mateo Cop, wie er mit Ned am Truck stand und auf Foto Nummer vier waren Crow und ich, in dem Moment, in dem Craddock uns die Bay verkaufte. Man konnte die Gier und das Feuer in seinen Augen förmlich auf den Bildern fühlen. Großartig!

„Du hast auch gefilmt, sagst du?"

- fragte ich, ehrlich neugierig auf dieses Material.

„Ja! Ja! Super Qualität! Ich ließ die Arri einfach mitlaufen und habe so das Gesamtbild. Aber mit Ton! Jeff, das ist heißer Stoff! Cops aus drei Distrikten erpressen ein paar Rocker Drogen für sie zu verkaufen. Das ist eine Bombe! Wann sollen wir das bringen? Heute ist Montag, da sind die Leute immer heiß auf einen Knaller, damit sie die ganze Woche lang etwas zu diskutieren haben. Soll ich dem Redakteur Bescheid sagen? Dann haben wir morgen eine Schlagzeile."

„Hey, hey, hey, schön langsam mit den jungen Pferden, hörst du? Ich muß erst einmal darüber nachdenken, denn schließlich kann das Ganze uns ja auch auf die Füße fallen, nicht wahr?"

„Ja aber... die Story!..."

- er hatte seinen Job gut gemacht und wollte jetzt den verdienten Lohn einfahren, das war klar. Aber nicht auf unsere Kosten, Kumpel.

„Ray, ich dachte, du wärest gar nicht dort gewesen, deswegen hat sich jetzt eine andere Situation ergeben, aber wenn du noch ein paar Tage cool bleibst, kann ich dir vielleicht sogar eine Atombombe liefern."

„Was? Noch mehr? Erzähl! Hängen da auch Politiker mit drinnen, Stars? Wer noch?" - ich hatte ihn. Gut so.

„Naja, es ist größer, als du dir vorstellen kannst, soviel ist klar, aber ich brauche ein bißchen Zeit die neue Lage einzuordnen, verstehst du?"

- log ich.

„Klar, klar versteh ich das."

- kam es etwas resigniert.

„Wann kann ich den Film sehen? Geht das bei dir im Büro?"

„Nein. Da haben die Wände Ohren. Und das SFPD hat sicher auch den einen oder anderen Spitzel bei uns. Das wäre zu riskant. Ich könnte nach Oakland kommen. Wann es dir passt."

„Heute. Hast du den Film im Büro? Dann holen wir ihn und fahren rüber, ok?"

- das ging ihm dann doch zu schnell.

Er hatte den Film zu Hause. Wäre sicherer; womit er wohl Recht hatte.

Wir einigten uns darauf, dass er heute Abend mit seinem Projektor in meine Werkstatt kommen sollte. So hatte ich noch Zeit die Jungs und Jas zusammenzutrommeln.

Auf dem Heimweg überdachte ich noch einmal genau, was diese neue Situation für uns bedeutete und wie wir weiterhin vorgehen sollten.

Ray hatte die Kamera nicht nur `mitlaufen´ lassen, wie er sagte. Es gab Schwenks und Zooms auf verschiedene Personen und die Polizeiautos. Alles war gestochen scharf und Dank Mitch´ aufgeblasenem Gehabe war auch jedes Wort problemlos zu verstehen.

Die Jungs waren sprachlos.

„Jas, du solltest zum Film gehen. Schaut euch diesen Augenaufschlag an! Wie Lauren Bacall." - scherzte Miguel.

„Die ist aber weiß. Crow kommt auch gut rüber." - war Jas´ Antwort.

„Ja, wie das haarige Monster aus der Bay!!!"

Crow gab ihm einen Rippenstoß.

„Meine Haare sind Kultur, Bruder. Deine dagegen sehen aus, wie ne geschmolzene Schallplatte mit Bart."

„Bart macht interkulturell" - grinste Miguel zurück.

„Intellektuell, wenn dann. Aber dafür braucht es mehr als einen Bart, du Beatnik."

- ärgerte jetzt Jas den armen Miguel.

„Jungs, wißt ihr eigentlich, was ihr da habt? Wir müssen das veröffentlichen! Das ist heiß und wird wie ein Erdbeben einschlagen!"

- versuchte Ray etwas mehr Ernsthaftigkeit in unseren Kinoabend zu bringen.

„Ja… das ist das Problem… was machen wir mit dem Material?"

- ich versuchte schon den ganzen Nachmittag erfolglos diese Frage zu beantworten.

„Wir machen Craddock fertig! Wir nehmen nicht fünfzig Prozent, sondern neunzig. Was meint ihr?" - Jay hatte da noch eine Rechnung offen.

„Ich will aber nicht der Drogendealer der ganzen Bay Area werden, verstehst du? Das geht niemals gut. Und vor allem nicht, wenn da die Cops mit drinstecken."
- ich konnte bei so etwas immer meinem Gefühl trauen.
„Du glaubst doch nicht, dass Craddock uns vom Haken läßt. Nicht nachdem du ihm 100 Kilo abgenommen hast und ihm nochmal 100 schuldest."
- bemerkte Jay sehr realistisch.
„Aber er muß wissen, dass wir ihn fertig machen können. Wir sollten wenigstens ein Foto veröffentlichen und sehen ob er dann immer noch so dicke Eier hat."
- auch Miguel hätte nichts gegen eine direkte Konfrontation mit der Polizei gehabt.
„Dann steht euer Wort gegen seins. Und wem glaubt man eher? Drei weißen Cops oder einem Haufen Rocker?" - quietschte Ray von links.
„Und wenn wir Craddock eins der Fotos anonym per Post zukommen lassen? Dann weiß er, dass er nicht machen kann, was er will. Vielleicht macht er dann einen Fehler." - warf Jas in den Ring.
„Leute. Wir sitzen an der Geldquelle! Laßt uns zwei bis drei Touren mit ihm machen und dann hauen wir hier ab. Und ich kaufe mir meine Insel." - war Crows Vorschlag.

Alles das führte zu nichts - ich hatte ein schlechtes Gefühl dabei.
So beschlossen wir den Abend, indem wir nichts beschlossen. Ich wollte nachdenken und bot an, Ray mitsamt seinem Projektor, der nicht größer als die Kamera war, rüber in die City zu fahren.
Endlich eine Idee, die alle gut fanden. Also eskortierten wir den aufgeregten Ray mit aller Klasse zu fünft über die Bay Bridge in das bebende Lichtermeer San Franciscos in Richtung salzige Brise des ewigen Pazifiks. Seine Jungfernfahrt auf einem Motorrad - man muß sich ja um den Nachwuchs kümmern.

PLAN B

Auf dem Heimweg durch eine weitere schwüle Sommernacht, fiel bei mir der Groschen, wie es eigentlich immer sehr zuverlässig passiert, wenn ich über den Lenker die Wärme der Strasse einatmend, einfach lange genug vor mich hinfahre.

Zu Hause angekommen, hatte ich einen neuen Plan.
Mal sehen, ob der besser funktioniert, Al Capone!

„Hast du den Ford bemerkt, Jeff?" - fragte mich Crow leise, über seine Harley gebeugt, als er gerade seinen Benzinhahn zudrehte.
„Nein. Mit zwei weißen Männern?"
„Yep. Sie waren hinter uns auf dem Hin- und dem Rückweg."
Verdammt! Ob Ray in Gefahr war? Oder wir?
„Hey, Jas Baby, holst du uns ein paar Bierchen? Cruisen macht durstig."
- Miguel hatte die Shadow in die Garage geschoben und zündete sich gerade eine Zigarette an.
„Hol sie dir selber, Mike! Ich bin nicht deine Mama. Und bring mir auch eins mit, aber ein kaltes, hörst du?"
- Jas ließ sich nichts gefallen. Ich merkte, dass sie mit mir ungestört reden wollte.
Und ich mit ihr.
Nur rollte genau jetzt der Ford vorbei. Genauso wie gestern. Ohne Licht, ganz langsam. Doch heute hielt er nicht an und niemand stieg aus.
„FBI. Die waren gestern schon hier." - raunte ich zu Crow, der am nächsten stand.
„Shiiiiit."
Miguel brachte die Biere und wir standen noch vor der Garage, rauchten und quatschten. Eigentlich erklärte ich den Jungs und Jas, dass jeder von uns morgen durch die Bay tuckern sollte, um ein paar geeignete Clubs, Bars und Cafés ausfindig zu machen, die potentielle Kunden werden könnten. Denn Craddock würde ganz sicher jeden Schritt von uns verfolgen und so glauben, wir seien im Geschäft. Ausserdem konnte ich so Agent Jones etwas ablenken.
Als ich die zweite Runde Bier holte, stand Jas neben mir:

„Wir sollten Ned nichts von dem Film sagen. Ich glaube, es ist besser, wenn er nicht soviel weiß. Er könnte uns verraten... unabsichtlich, ... du weißt, was ich meine."
- sie sah unsicher auf den Boden. Und obwohl mich die Klarheit, mit der sie ihren Bruder betrachtete, erschrak, wußte ich doch, dass sie Recht hatte.
„Wie schlimm ist sein Drogenkonsum?" - fragte ich.
„Ich weiß es nicht. Aber ohne Pulver in der Nase steht er in der Früh gar nicht mehr auf."
- ihr Blick suchte nach Hilfe.

„OK. Trotzdem müssen wir ihn da raus holen. Laß ihn erstmal machen, was er macht. Wir ziehen unsere Show durch und wenn alles klappt, werfen wir ihn in den Caddy und hauen ab. Du darfst ihn fahren." - mein hilfloser Versuch die Situation zu entspannen, entlockte ihr wenigstens ein kleines Lächeln.

„Eher bringt Ned mich um, als mich seinen Caddy fahren zu lassen haha.."
- ich nahm sie in den Arm und wir gingen zu den Jungs zurück.

Der Ford tauchte nicht mehr auf und auch keine suspekten Männer, die einen friedlichen Feierabend störten.

Mittwoch.

Da war noch ein ganzer langer Dienstag dazwischen. Aber alle meine mentale Kraft fokussierte sich schon auf den großen Plan und nicht auf das ausgeleierte Türschloss des Dodges, den ich heute noch zu reparieren hatte.

Ich war nervös und hätte gerne die Zeit vorgespult. Aber wie es so ist. Du schaust hoffnungsvoll auf die Uhr und eine Stunde später, wenn du wieder hinschaust, sind nur 5 Minuten vergangen.

Während ich darüber nachdachte, wie subjektiv Zeit eigentlich ist und ob Jay, der neben mir an einem Chrysler das Zündschloss kontrollierte, sie auch so zäh fliessend empfand, rollte Craddock auf den Hof.

Er setzte wieder sehr theatralisch seine Sonnenbrille auf, als ob darin die magische Superkraft der staatlichen Polizeimacht gespeichert wäre, und stolzierte, wie ein Westernheld zum Showdown, in die Werkstatt. Da Jay auf der Sitzbank des Chryslers lag, um unter das Zündschloss zu gelangen, sah Craddock ihn nicht sofort. Was wohl auch die Sonnenbrille begünstigte.

Also nickte er mir wortlos zu in mein Büro zu kommen.

„Morgen bekommst du eine Lieferung. Hier ist die Liste mit den Kunden, die auf das Zeug warten. Falls jemand fragt, sagst du ihm, Big C schickt dich, klar? Das klärt alles." - eröffnete er das Spiel. Unwillkürlich musste ich daran denken, dass er mit seiner Sonnenbrille hier drinnen eigentlich fast blind sein müßte. Hier war es dunkel. War ihm dieses Theater nicht selbst peinlich?

„Big C? War das dein Einfall?" - warum mußte ich immer grinsen, wenn ich mit ihm zu tun hatte?

Weil ich immer noch den verklemmten Rotzlöffel aus der Grundschule vor mir sah!

„Klingt schwarz! Oder? Aber vergiss nicht, das Geld mitzunehmen. Wir geben keinen Kredit! Damit das klar ist. Und weil du neu in dem Geschäft bist, werden die Typen ihre Spielchen mit dir spielen wollen. Du mußt knallhart sein, verstehst du? Und vergiss nicht, das Geld bei mir abzuliefern." - er legte

jetzt seine Füße auf meinen Schreibtisch. Die Gefahr, die schlechte Westernfilme für schlichte Gemüter darstellen, war hier klar sichtbar geworden.

„Hast du eine Waffe? Könnte hilfreich sein. Und vergiss nicht, die neue Bestellung aufzunehmen. Ausserdem gibst du den drei Clubs unten in San Jose, diese Dosen mit unserem neuesten Stoff gratis, verstehst du?" - John Wayne spielt den Paten.

„Ich habe keine Waffe, das weißt du. Was ist mit dem neuen Club hier in Oakland? Zwei Männer aus New York. Haben mich vor zwei Tagen angesprochen."

- der Samen muss gepflanzt werden, um aufgehen zu können.

„Wie heißen die? Wo ist ihr Club?" - Big C nahm die Füße vom Tisch.

„Jones und Smith. Dunkle Anzüge, Hut, weißes Hemd und Krawatte, in einem Ford... klingelts?"

- ich fragte mich unwillkürlich, wie man so einen Idioten, wie Craddock es war, ernst nehmen konnte. Der Typ war eigentlich nur dafür gemacht die Einkäufe alter Damen im Supermarkt in Tüten zu packen und diese für ein Trinkgeld in das Auto selbiger Damen zu laden. Aber ein Stern, eine Uniform, eine Waffe und eine dumme Sonnenbrille wirkten Wunder. Wahrscheinlich weil der Rest der Welt noch viel idiotischer war.

„Häh? Was soll da klingeln? Ich kenne keinen Jones und Smith aus New York. Wie heißt der Club?" - er hatte schon die Hand an der Sonnenbrille um sie abzusetzen, erinnerte sich aber im letzten Moment an Seite 1, Polizeihandbuch, § 1, Absatz 3: ein seriöser Polizist verleiht seiner Position umso mehr Seriosität, je länger er die Sonnenbrille aufbehalten kann.

Oder so ähnlich.

„FBI." - jetzt nahm er sie ab.

Der Samen ging ganz, ganz langsam auf. Es war wunderbar jedem einzelnen der zwei Gedankengänge in diesem Einbahnstrassengehirn, beim Entstehen zusehen zu dürfen.

„Du meinst...? Hier? In Oakland?" - aus Big C war Little C geworden und der stand jetzt auf und schwitzte.

„Sie haben mir sogar ein Foto dagelassen. Schau." - nebenbei legte ich ihm das Foto von Ray vor, auf dem man uns und die Cops aus drei Bay Distrikten im familiären Plausch unter der Brücke sehen konnte.

Little Big C japste.

„Haben die Namen genannt? Eine Spur? Zu mir?" - weg war der Supercop. Hier kommt der kleine Mitch, der immer von seinem Vater verprügelt wurde. *„Nein. Nur, dass sie hier einen Club aufmachen wollen, und jemanden suchen, der sie versorgt. Was meinst du? Ich, als Anfänger, weiß nicht, ob das so eine gute Idee ist. Hm?"* *„Laß die Finger von denen, hörst du? Bezahl erst einmal deine Schulden bei mir. Und wenn du dann noch im Geschäft bist, kannst du dich gerne mit dem FBI einlassen."* - damit stiefelte er aus dem Büro, nicht ohne den magischen Sichtschutz wieder auf die Nase zu pflanzen. Durch diese Selbstblendung rannte er frontal gegen Jay, der seine Arbeit beendet hatte und sehen wollte mit wem ich im Büro sprach.

„Pass doch auf, du…..hey, das ist doch der Japse. Du kommst jetzt mal mit auf das Revier. Wir beide haben noch ein Hühnchen zu rupfen."- leider war noch nicht genug Officer Craddock zurück in Mitch, so dass ihn Jay´s Griff an die Gurgel völlig überraschte. *„Nenn´ mich noch einmal Japse und ich schlag dir deinen hohlen Schweine-schädel von den Schultern, Bulle!"* - Jay hatte Craddock an die Wand gedrückt und sich einen Schraubenschlüssel, zur Unterstützung seiner Argumente gegriffen, der groß genug war seinen Worten Taten folgen zu lassen. Wahrscheinlich, weil dabei die Sonnenbrille ihre vorschriftsmäßige Position verließ, indem sie verrutschte, sagte Craddock gar nichts, sondern starrte nur ängstlich in Jay´s wütendes Gesicht. Als Eigentümer und Besitzer dieses kundenorientierten Betriebs, oblag es mir nun den Frieden im Sinne eines verständnisvollen und respektvollen Zusammenlebens wieder herzustellen.. *„Laß ihn los, Jay. Und du, Mitch, verpiß dich."* Kurz bevor Mitch an seinem Wagen ankam, setzte er noch einmal die Sonnenbrille mit großem Tamtam auf und drehte sich zu uns um, als wollte er der Welt sagen: `So! Denen habe ich es aber gezeigt.´

Trotz dieses Intermezzos, war es immer noch erst Mittag. Die Zeit stand still und Jay und ich waren mit unsrer Arbeit fertig.

Wir saßen bei meiner Mutter in der Küche, aßen ein delikates Sandwich und überlegten, ob das Geld wohl immer noch dort war, wo Miguel es versteckt hatte.

„Ich denke schon. Sonst wäre Craddock hier anders aufgetreten."
- meinte Jay, zwischen zwei Bissen.
Er hatte wohl recht. Ich mußte einfach cooler werden.
„Schau mal, da kommt ein Truck. Ist der schon von den Diplomaten?"
- neugierig sah er aus dem Fenster. Und Tatsache, da fuhr ein Chevrolet Delivery Truck auf den Hof. Auf der Seite war das Firmenlogo in grün und gelb nicht nur gut lesbar, sondern auch durchaus ansprechend gestaltet: The Lee Experience - Foods & Goods.
Jay und ich gingen runter und sprachen mit dem Fahrer.

„Wolltest du nicht erst am Abend kommen?" - fragte ich.
„Jaja, wollte nur mal sehen, wo ich hin muss. Habe noch einige Touren heute. Ist es gegen 18:00 ok für euch? Bis dahin sollte ich fertig sein."
- fragte der Fahrer, nicht unsympathisch.
„Klar. Was lieferst du denn? Was ist denn die Lee Experience, haha..?"
- Jay war sehr neugierig.
„Willste mal sehen? Hauptsächlich Saucen. Reis, Currypaste, Mango Chutney, Vandaloo Creme, Mehl für Dim Sum, dafür brauchen die Jungs ihr eigenes Mehl. Unseres hat nicht den richtigen Geschmack, sagen sie."
- er öffnete die Türen zum Laderaum und wir sahen Kisten mit Dosen und Gläsern, Kisten mit Flaschen, die rote, gelbe und braune Flüssigkeiten enthielten und einige Säcke voller Mehl oder Reis. Alle mit fremdartigen Schriftzeichen versehen.
„Und woher weißt du, wer was bekommt? Sieht doch alles gleich aus? Oder kannst du chinesisch?" - Jay wollte schon eine der Flaschen aufmachen und probieren.
„Ich bin Italiener, Bruder. Aber das ist ganz leicht. Es gibt immer verschieden-farbige Bänder an den Kisten und Gläsern. Siehst du? Die gelben Bänder sind für die Bars in Fremont. Früchte in Dosen. Die roten Bänder für die chines-ischen Restaurants, die blauen Bänder für indische Restaurants und die schwarzen Bänder sind für die reichen Leute, die sich privat bekochen lassen. Gib das her."
- damit nahm er Jay das Glas aus der Hand.

„Was hat der Truck für Macken? Sollen wir etwas Bestimmtes überprüfen? Wie alt sind die Zündkerzen?" - ich musste ungefähr die Arbeitszeit kalkulieren.

„Er läuft eigentlich rund. Wird aber schnell heiß. Ich habe zwar keine Ahnung, aber vielleicht das Thermostat? Hast du so etwas da?"

„Ist ein Chevy. Sollte ich da haben. Wann holst du ihn wieder ab?"

„Donnerstagfrüh. Gegen 9:00? Passt das?"

„Klar! Aber wenn ein Sack Reis fehlt - wundere dich nicht, ok? Hehehe..." - jetzt schloß Jay die Tür zum Laderaum. Der Fahrer grinste nur und verabschiedete sich.

Als wir dem Truck nachsahen, trafen sich unsere Blicke.

Wir brauchten keine Worte um zu wissen was der Andere dachte.

Es gab nichts mehr zu tun und wir waren nervös - also warum drehen wir nicht ne Runde?

„Wir schauen uns mal die Clubs auf der Liste an." - schlug ich vor. Das würde uns quer durch die East Bay bringen und vielleicht ein paar Fragen beantworten.

Als wir den Hof verliessen und gerade auf die Strasse bogen, meinte ich den Ford zu sehen. Egal.

Der erste Club auf der Liste hieß `The Pidgeon´. Ein Tanzclub in San Leandro. Obwohl dort jetzt nichts los war, konnte ich sehen, dass hier ein gehobenes Publikum verkehrte. Daher kam der engagierte Angestellte im weißen Hemd, schwarzer Weste und Fliege auch schon angerannt, bevor wir unsere Motoren aus hatten.

„Sie können hier nicht parken, Gentlemen. Da ist ein Parkplatz um die Ecke, bitte."

- also Motorradfahrer gingen hier offensichtlich nicht tanzen.

„Big C schickt uns. Bist du der Boss hier? Luke?" - fragte ich ihn direkt.

„Oh. Big C. Natürlich. Kommen Sie bitte mit. Aber beim nächsten Mal vielleicht hinter dem Haus?" - er sah sich nervös um und überlegte sich sichtlich, ob er wohl Ärger bekommen würde, wenn er unsere Maschinen einfach umplatzieren würde.

Würde er.

Vom hellen Sonnenlicht in den schummerigen Tanzschuppen, machte mich erst einmal blind. Aber dann sah ich einen kleinen Mann um die 40, der rauchend mit einem Musiker sprach.

Da hier alles sehr geleckt wirkte, fielen Jay und ich sofort als fremd auf.

„Gentlemen. Was kann ich für Sie tun? Wir haben leider noch geschlossen."
- kam er auf uns zu und ich spürte, dass seine Hände schwitzten - selbst auf 10
Meter Entfernung.

„Big C schickt uns. Sind Sie Luke?" - wiederholte ich meine Begrüßung.

*„Oh. Kommen Sie bitte in mein Büro, Gentlemen. Ja? Ralf! Wir wollen nicht
gestört werden, klar?"* - und so geleitete er uns hinter den Vorhang der Bühne
in ein kleines Büro.

Hier erfuhren wir, dass das Ausbleiben der letzten Lieferung, die wir ja
gewinnbringend nach LA verschoben hatten, seine darbende Kundschaft
nervös gemacht hatte. Deswegen brauchte er für kommendes Wochenende
mehr Stoff, oder die Kunden würden woanders hingehen.

„Wieviel mehr?" - fragte Jay so cool, als ob er nie etwas Anderes gemacht
hätte.

*„Das Doppelte mindestens. Dieses neue Pulver aus China kommt sehr gut
an."*

- rieb er sich die schwitzenden Hände. Wahrscheinlich ging die Hälfte dieses
Pulvers allein durch seine Nase.

Wir notierten die Bestellung und fuhren zum zweiten Club auf der Liste, wo
das Gespräch ähnlich ablief. Auch hier wollten sie das Doppelte, um den
letzten Ausfall ausgleichen zu können.

Das rechnete sich.

Unser Ausflug brachte uns über Castro Valley, Hayward nach Fremont und
von dort nach Alamitos, Los Gatos, Saratoga bis Cupertino. Wo wir uns gegen
Abend endlich ein Bier und einen Hamburger gönnten.

Die Sonne senkte sich gerade orangerot hinter den Hügeln, die uns noch vom
Pazifik trennten.

„Haben wir etwas in Santa Cruz?" - fragte Jay, in der Hoffnung noch ein Bad
im Sonnenuntergang nehmen zu können.

Wir hatten.

Es war ein Rummelplatz, der dort das ganze Jahr über aufgebaut ist. Also
legten wir noch diese Extrameile zurück und sollten es nicht bereuen.

Nicht nur gleicht die sich windende Strasse über die Hügel bei Sonnenuntergang, einem Gemälde aus vergangenen Zeiten, auch war dort an einem
Dienstagabend so wenig los, dass wir den Strand für uns hatten.

„Wen treffen wir hier, Jeff?" - fragte mich Jay, als er sich mit seinem T-Shirt
abtrocknete.

Ein Blick auf die Liste, ließ mein Blut für einen Moment gefrieren.

„Hans!" - las ich vor, ohne mich selbst zu hören.

„Doch nicht unseren Hans?" - auch Jay glaubte es nicht.

SCHATTEN

Der Rummel fing gerade an seine Stände und sein kleines Riesenrad zu öffnen, aber es gab so gut wie keine Kundschaft. Also machten wir uns an die Kasse des Riesenrads ran, wo jemand sass, und fragten nach Hans.
„Der ist bei der Stuntshow. Seht ihr? Dort drüben bauen sie gerade eine Holzwand für die Steilwandfahrer auf, dort muss er sein. Ihr erkennt ihn leicht, er hat grüne Augen und strohblonde Haare. Ist Deutscher."

Das war jetzt mal keine Überraschung für uns. Oder doch?
Denn wir schwiegen beide auf dem Weg zu Hans, jeder in seiner eigenen nagenden Paranoia gefangen.
Die Wand war ein zehn Meter hoher Holzkessel, den man von unten betreten konnte. Dort arbeiteten fünf Männer. Sie waren alle blond! Wahrscheinlich gingen die Jungs tagsüber surfen und das Paraffin der Surfbretter färbte ihre Haare strohblond. Sie hatten blaue und braune Augen, aber keiner hatte den lodernden Smaragdblick unseres SS-Zombies.
„Hey, wir suchen Hans!" - rief ich mutig. Bereit meinem Schicksal entgegen zu treten.
„Der hat sich in die Hand gebohrt und ist zum Arzt gegangen. Der kommt heute nicht mehr. Worum geht es?" - fragte ein Surfertyp, mit bestem San Diego Akzent. Der war sicher kein Deutscher. Und mein Schicksal mußte warten.
„Big C schickt uns. Wir sollen mit Hans reden."
- ich hatte mich an die Macht dieser vier Worte schon gewöhnt.
„Scheiße! Wo wart ihr letzte Woche, Jungs? Die Leute sind hier fast durchgedreht! Aber laßt dieses neue Pulver beim nächsten Mal weg, hört ihr? Das killt!"
- der Junge war höchstens zwanzig. Und anscheinend gab es hier nichts zu verstecken.
„Aber könnt ihr mehr von diesen Paradise Drops liefern? Das Zeug schickt dich auf einen Trip, man…" - kam es jetzt von Blondie Nummer 2.
„Welche Paradise Drops waren das?" - fragte Jay, und tat so, als ob er die Bestellung professionell in die Liste eintrug.

„Keine Ahnung, Mann. LSD halt. Diese Tropfen auf farbigem Zucker, die will ich haben."

Auch hier wurde das Doppelte geordert, da man hier am Wochenende eine Stuntshow mit Motorrädern präsentierte und doppelt soviel Publikum erwartete. Vor allem sehr viele Motorradfahrer, die sich gerne zudröhnten.

Blondie Nummer 1 gab mir beim Rausgehen noch einen Flyer in die Hand.

„Würde mich freuen euch hier zu sehen. Vielleicht geht ein Bier?" - die Jungs waren cool.

Ein Blick auf den Flyer versetzte mir den zweiten Stoß in Santa Cruz. Auf dem Foto prangte Dot in vollem Kostüm! Das Cowgirl aus SF! Sie war Stuntfahrerin und die `Motor Maids´, das war ihr Team. Also war der Samstag schon verbucht - denn da mußten wir hin!

Unser Job war für heute getan - wir hatten einiges gelernt.

Und so kamen wir müde und gut gelüftet in meiner Werkstatt an.

Crow und Miguel saßen auf ihren Maschinen davor und rauchten.

Es war schon weit nach 18:00 Uhr, aber von dem Truck der Lee Experience war nichts zu sehen. Pech für Jay, der jetzt doch Sandwich statt Reis essen musste.

Wir erzählten den Jungs von unserem Trip und sprachen darüber, was das für unseren Plan bedeutet.

„Kennst du einen Mister Jones aus New York? Einen Jazzmusiker?" - fragte Miguel zum Schluß.

„Warum? Was wollte er denn?" - als ob ich das nicht ahnte!

„Er stellte mir komische Fragen darüber, wem der Laden hier denn gehöre, ob ich nicht jemanden kenne, der ihm Drogen besorgen könne und wer denn diese geheimnisvollen BOFOOs wären, haha..." - Miguel freute sich diebisch darüber, dieses Gespenst in der Motorradszene von Oakland selbst kreiert zu haben.

Crows Blick durchbohrte mich wie zehn glühende Dolche.

„Hört zu, Jungs. Hier hängt das FBI rum. Zwei Männer in Anzügen in einem dunklen Ford. Ich weiß nicht, ob sie an uns dran sind, oder an Craddock. Laßt euch auf nichts mit denen ein, ok?"

„Ich hau mich auf´s Ohr. Gute Nacht." - gähnend zog Jay einfach ab.

Auch wir anderen beendeten den Abend und verabredeten uns für morgen, wenn Ned hoffentlich das Geld und die neue `Ware´ mitbringen würde.

Als alle weg waren, schlenderte ich noch an die Ecke um zu sehen ob der Ford da stand. Stand er nicht - gut.

Der harzige Geruch des hölzernen Laternenpfahls kroch in meine Nase.

Ich dachte an Jas.

Ich vermisste sie.

Aber nach unserem letzten Date war ich unsicher. Würde sich so eine schöne und smarte junge Frau nicht einen Typen suchen, der nicht so eine ausgeprägte Macke hatte wie ich? Mit dem sie einen romantischen Abend auch romantisch zu Ende bringen könnte? Sie war gebildet - ich war Mechaniker.

Auch wenn sie Motorrad fuhr, so würde sie doch spätestens nach ihrem Studium nur noch mit anderen Lehrern, Professoren und Intellektuellen rumhängen, und das Abenteuer mit dem `Rocker´ würde höchstens noch als abschreckendes Beispiel für ihre Kinder dienen. Laß uns realistisch sein, mein Freund.

Während ich nach oben und das letzte Orange des Tages verblühen sah und die Fliegen und Mücken das helle Licht der Lampe umkreisten, fühlte ich, wie friedlich dieser Abend war. Es lag etwas Ruhiges in der Luft. Etwas Beruhigendes.

Ich hatte Lust spazieren zu gehen. Also lief ich um unseren Block.

Ich ließ mich von meinen melancholischen Gedanken über eine farblose Zukunft ohne Jas führen, während ich gedankenverloren die Blätter der Sträucher auf dem Weg abzupfte.

Auf einmal stand ich wieder vor meiner Werkstatt. Und die Lampe leuchtete immer noch, die Fliegen kreisten auch noch und die Ruhe ruhte noch. Nur das abendliche Orange war einem warmen nächtlichen Dunkelblau gewichen.

Weil sie mich so brüderlich anlächelte, stieg ich also auf die BSA um eine Runde zu drehen, wohl wissend, dass mich die Maschine zwangsläufig, aber ganz zufällig bei Jas´ Haus vorbeiführen würde.

Ich war unruhig - das spürte ich.

Und obwohl ich den ganzen Tag schon auf der Mühle gesessen hatte und mir ganz ehrlich schon der Hintern wehtat, beruhigte mich dieser Ride. Ich zog meine Kreise durch leere Strassen und redete mir ein, dieses Mal nicht zu versagen und Hans in seine Schranken zu weisen, wie es ein Mann, der das erlebt hat, was ich schon auf dem Buckel hatte, zu tun hatte. Ich war schließlich im Krieg gewesen! Ich hatte getötet! Ich habe gehungert und gefroren und trotzdem mich und meine Jungs sicher nach Hause gebracht! Da lass ich mich doch nicht von so einem Nazibengel, der sich wahrscheinlich eh nicht mehr an mich erinnert, ins Bockshorn jagen!

Ich würde Hans heute mit keinem Wort erwähnen!
Würde widerstehen!
Aber was, wenn Jas gar nicht zu Hause war?
Wenn sie Besuch hatte? Von einem anderen Mann?
Es war zu spät! Dieses hinterhältige Motorrad, in das ich all mein Wissen und alle meine Liebe investiert hatte, fuhr schon durch ihre Strasse.
Ganz langsam ...
Der Caddy stand davor. Aber ich konnte ihr Motorrad nicht sehen. Also war sie bei einem Date! Klar!
Na, dann könnte ich mir ja Ned mal vorknöpfen, redete ich mir ein, als ich die BSA abstellte. Wir mussten sowieso besprechen, wie dieser blöde Drogendeal morgen ablaufen sollte und falls er noch ein paar Infos zu Jas hätte....
Ich wollte gerade an die Tür klopfen, hinter der Licht brannte, als ich jemanden flüstern hörte:
„Geh da nicht rein. Er ist voll drauf. Er erkennt niemanden in diesem Zustand."
- Jas lag auf der Hollywoodschaukel und sah verdammt verführerisch aus, nur mit einer Jeans und einem weißen T-Shirt bekleidet. Barfuss. Ihre Haare waren wild!
Aber sie hatte geweint. Ihr Make-up war zerflossen.
„Hey, bist du OK?" - fragte ich vorsichtig. Glücklich, dass sie kein Date hatte!
Alles andere konnte nicht so schlimm sein!

„Fuck, nein! Ned dreht völlig durch. Wir haben uns gestritten, weil ich lernen muß und er wie ein Irrer durch das Haus rennt, mit irgendwelchen Leuten spricht, die nicht da sind und sofort ausrastet, wenn ich etwas sage. Er wollte mich schlagen!"
- sie war aufgestanden. Also konnte ich sie in den Arm nehmen. Und so hielt ich sie einfach fest, bis sie sich beruhigt hatte.
„Gehen wir ein Stück?" - fragte ich irgendwann und sie sah mich dankbar an.
Wortlos lief sie neben mir - barfuß.
Nach einer Weile nahm sie meine Hand!

„Gut, dass du da bist, Großer. Du tust mir gut." - beruhigt lächelte sie mich von unten herauf an und ich war Schmelzkäse.
„Wo ist die BSA?"
- verfluchter Mechaniker! Kein Wunder, wenn Jas sich einen Mann sucht, der sich für sie interessiert und nicht nur für Motorräder.

„Ich habe sie hinter das Haus gestellt. Nicht, dass Ned in seinem Wahn drüber fährt. Jetzt, wo sie so gut läuft." - sie grinste mich an.

„Wenn du einen Ort zum Lernen brauchst, kannst du gerne zu mir kommen. Meine Mutter würde sich freuen." - bot ich ihr das wirklich gerade an?

„Nur deine Mutter?" - sie blieb stehen und baute sich vor mir auf.

Ich mußte grinsen und merkte, dass ich rot wurde!

Was für ne coole Socke ich doch war! Loser!

„Äh... Nein... natürlich nicht..." - stotterte da jemand.

„Wie geht es Hans?" - kalte Dusche.

„Wir treffen ihn am Wochenende in Santa Cruz. Du kommst doch mit, oder?" - obwohl ich genau wußte, dass ihre Frage ganz anders gemeint war, rettete sich der Feigling, der meinen Namen trug, an den etwas sichereren Strand. Ich erzählte ihr von unserem Trip heute und von Dot, der Stuntfrau.

„Jeff, der Hans deiner Träume, ist ganz sicher nicht der Typ in Santa Cruz. Du hast deinem Gespenst diesen Namen gegeben, richtig? Du kennst seinen richtigen Namen gar nicht." - daran hatte ich noch gar nicht gedacht. Sie hatte Recht.

„Aber vielleicht hilft dir ja so ein Treffen, dein Gespenst los zu werden. Ich komme mit. Nicht, dass du dann vor lauter Glück eine andere küßt!" - damit drehte sie sich weg und spazierte weiter.

Wir drehten eine Runde um den Block und als wir wieder vor ihrem Haus standen, war der Caddy weg und die Lichter aus.

„Ich muß schlafen gehen, Jeff. Morgen habe ich eine Präsentation über den 30jährigen Krieg. Wann sehen wir uns?"

Sie stand auf der oberen Verandastufe und ich unten, so waren unsere Gesichter auf gleicher Höhe - und ganz nah.

„Komm vorbei, wann immer du willst. Ich werde da sein. Sonst komme ich rum, OK?"

Sie näherte sich mir und ich begann zuverlässig zu schwitzen.

„Du mußt diesen Idioten loswerden, Großer." - flüsterte sie in mein Ohr, tätschelte meine Wange und gab mir einen schnellen Kuss, bevor sie sich wegdrehte.

Ich trollte mich zu meiner Maschine.

„Jeff." - rief sie noch, als der Motor schon lief.

„Was?"

„Danke!"

THE LEE EXPERIENCE

Auf Engelsflügeln gelangte ich vor meine Werkstatt und landete dort ziemlich hart. Denn dort stand jetzt der Truck von Lee Experience.

Der Fahrer war längst weg und hatte, wie es so üblich ist, den Schlüssel auf dem linken Vorderrad hinterlassen.

Und einen Zettel auf dem Fahrersitz.

`War spät heute. Komme Donnerstag gegen 9:00. Bitte check Thermostat. Danke. Johnny.´*

Alles klar.

Am nächsten Morgen weckte mich der Lärm eines weiteren LKW-Motors. Ned fuhr schon um 7:30 Uhr auf den Hof und klopfte an alle Türen. Jay war als Erster auf den Beinen und redete auf den aufgeregten Ned ein. Ich beobachtete durch mein Schlafzimmerfenster, dass Miguel schon in den Laderaum stieg.

„Leute, beeilt euch, verdammt. Ich muss weiter!"

- kam es heißer aus Ned´s übermüdeter Kehle. Er sah fertig aus. Rote, wilde Augen, die aus dem Kopf zu platzen schienen. Er schwitzte und war bleich.

„Guten Morgen, Ned. Miguel fährt die Kiste kurz rein und checkt deinen Luftdruck, ok? Inzwischen spendiere ich dir ein gutes Frühstück. So viel Zeit muß sein. Wann hast du das letzte Mal echte Blaubeermuffins gehabt, he?"

- ich hatte mir schnell was übergeworfen und führte Ned weg von der Action. Rein in die kühle Garage, hoffend meine Mam hätte Blaubeermuffins gebacken.

Es funktionierte. Vor Ned´s geistigem Auge poppte die Süße hausgemachter Blaubeermuffins seiner Kindheit auf und er kam auf andere Gedanken, als nur an weißes Pulver.

Aber Mam hatte keine Blaubeermuffins gemacht!

So bat ich sie uns schnell ein paar Pancakes mit Sirup zu organisieren und kochte inzwischen einen frischen Kaffee, um Miguel und Jay die Zeit zu geben, den Ersatzreifen zu plündern.

„Ihr müßt das Zeug ausladen. Ich habe noch eine andere Fuhre heute. Die Liste hast du ja, oder?" - fragte mich jetzt der rotäugige Ned, der sich zum Glück hingesetzt hatte und durch den Duft frischer Pancakes ruhiger wurde.

„Oh. Ich dachte, wir kriegen den Truck. Aber kein Problem. Wir liefern pünktlich. Was macht deine Harley? Schon eine gefunden?" - ich wollte ablenken.

„Harley? Was meinst du? Ich soll den Caddy verkaufen? Niemals!"

- die Drogen zerfressen dein Gehirn, wusstest du das, Bruder?
„Du hast mir erzählt, dass du zum Caddy dazu eine Harley kaufen möchtest. Ich kann mich mal umhören, wenn du willst."

Er starrte mich an. Es schien, als ob er in den Tiefen seiner Gehirnwindungen überlegte, wer ich eigentlich sei.
„Wie gesagt, wir können die auch richtig schnieke aufbauen, mit coolen Farben, wie rot und weiß. Viel Chrom. das kommt immer gut. Ich habe vor kurzem eine Lady in der City gesehen, deren Harley hat wie ein Weihnachtsbaum geleuchtet, soviel Chrom hatte die dran. Und weißt du was? Am Wochenende macht die Dame eine Stuntshow in Santa Cruz. Kommst du mit? Die ganze Bande fährt runter und wir finden vielleicht dort ne Maschine für dich. Was denkst du? Hast du was vor am Wochenende?"
- plapperte ich, wie im Kindergarten.
Anscheinend hatte er mich noch nicht in seinem Gehirn gefunden, denn er sagte abweisend:
„Ich muß im Ballroom arbeiten."
Mam brachte Pancakes. Ned besah sie erst ungläubig. Ist er noch nie bekocht worden? Aber der erste Biss ließ ihn dankbar meine Mutter anlächeln.
„Die sind der Hammer, Ma'am! Ich werd verrückt, sind die gut!"
- er grinste und kaute und kaute und grinste.
„Wie lange hast du denn nichts mehr gegessen, Junge?"
- fragte die alte Dame, besorgt.
Jetzt sah er wieder mich an, als ob ich ihm diese Frage beantworten könnte.
„Mam, Ned muß immer sehr früh raus. Deswegen schafft er es nicht immer zu frühstücken, nicht wahr?" - sprang ich in die Bresche.
„Na, dann soll dein Freund doch zu mir kommen. Hier bekommst du immer was, mein Lieber." - sie tätschelte ihm jetzt tatsächlich die Wange!
Ned's rote Augen sahen sie nur dankbar an. Ich glaube, er dachte, er sei im Himmel - denn ich hatte nicht das Gefühl, dass er wusste wo er war und was er tat.
Egal. Miguel klopfte jetzt kurz ans Fenster und zeigte mir den erhobenen Daumen.
Ich goß Ned noch Kaffee nach.

„Oh; Ned, die Kunden haben alle nachbestellt. Sie wollen noch mehr von dem guten Zeug haben. Kannst du uns heute nochmal eine Lieferung bringen?"
- fragte ich beiläufig.

Wieder schien die Information in Zeitlupe in seiner Wahrnehmung anzukommen.

„Klar... klar... kein Problem. Muß nur rüber ins Lager in der City. Aber erst nach dem Frühstück." - selig lächelte er meine Mutter an und sie lächelte selig zurück. Endlich mal jemand, der ihre Künste zu schätzen wusste.

„Was liefern Sie denn, Mister Ned?" - kam es jetzt von Muttern - Auweia!!!

„Asiatische Lebensmittel für die Polizei, Ma´am." - das kam so schnell, das hatte er auswendig gelernt.

Mam war zufrieden. Und ich auch.

„Jeff, kommst du mal kurz?" - fragte jetzt Jay, seinen Kopf durch die Tür steckend.

„Wo sollen wir die ganze Kohle verstauen?" - grinste er mich draussen an.

„Neben deinem Bett, da stehen zwei alte Armykisten, mit meinen alten Uniformen und so Zeug drin. Da kannst du sie erst einmal hinpacken und leg ein paar alte Lappen drüber, ok?" - Jay grinste nur und salutierte.

„Miguel, wir müssen Ned´s Truck umladen. Schau mal nach, ob der von Mister Lee leer ist, dann kannst du das da rein tun." - auch Miguel salutierte lächelnd.

„Wir sollten schnell das Thermostat wechseln und die Tachowelle aushängen, dann kannst du dich wieder auf den Weg nach LA machen. Du mußt aber morgen vor 9 Uhr in der Früh zurück sein, hörst du? Also fahr bloß vorsichtig."

- wenn man einen Plan hat, geht alles viel einfacher. Oder?

„Ich habe ja genug Wachmacher im Auto, haha!" - konterte Miguel, als er den Transporter von Mister Lee öffnete.

Zurück in der Küche, legte Mam gerade eine Decke über Ned, der eingeschlafen war. Den Kopf auf den verschränkten Armen, schlief er tief und fest auf dem Tisch.

„Der arme Junge. Er sollte nicht soviel arbeiten, das ist doch nicht gesund."

Mam war glücklich sich endlich mal wieder um jemanden sorgen zu können.

So hatten wir Zeit unser Ding durchzuziehen. Ich half den Jungs beim Umladen und stellte fest, dass es die selben Waren waren, wie die, die ich gestern in Mister Lee´s Truck gesehen hatte. Nur hatten hier alle Waren schwarze Bänder.

Das war also der Code.

Während Jay und ich das Thermostat wechselten, hing Miguel die Tachowelle aus, damit die 1200 Meilen nach LA und zurück nicht auffielen. Schließlich hatte meine Werkstatt den Ruf, sauber zu arbeiten.
Die ganze Aktion hatte nur etwas mehr als eine Stunde gedauert.
Es war noch früh.
Ich rief Old Crow an, um Miguels Fehlen heute bei der Arbeit zu entschuldigen und fragte ihn nach seinem Seitenwagen.
„Der steht bei mir in der Garage. Ich bringe ihn dir, bevor ich in die Arbeit fahre. Kriegst du da alles rein?" - gute Frage. Ich musste warten, ob und was Ned mir heute noch beschaffen konnte.
„Warum? Hättest du noch einen?"
„Nein, aber ein Deliverytrike. Ist ein bißchen in die Jahre gekommen, aber läuft noch. Vielleicht neue Kerzen und ein Ölwechsel, dann kann man es auf jeden Fall noch benutzen."

Ein Deliverytrike! Das war eine Harley auf drei Rädern, mit einem Koffer auf der Hinterachse um auch größere Sachen transportieren zu können. Genau was wir brauchten und nicht zu auffällig für ein paar Motorradfahrer.
Also schickte ich Jay zu Crow´s Haus das Trike zu begutachten und zu uns zu bringen.
Und während wir Ned den Schlaf der Gerechten nachholen liessen, peppten wir das Trike wieder auf und ich stellte fest, dass ungefähr die Hälfte, der Waren aus dem Truck hier reinpassen würden. Crow´s Seitenwagen schraubten wir an Jay´s Harley und waren startklar für ein neues Leben im Lieferdienst.
Ich weckte Ned.
„Ned, du mußt los und uns nochmal die selbe Menge bringen, hörst du?"
- ich mußte ihn lang und stark schütteln, damit das Leben in ihn zurückkehrte.
„Jeff?" - anscheinend ließ die Wirkung des Pulvers nach und der Nebel in seinem Gehirn lichtete sich. Erstaunt sah er sich um und noch erstaunter sah er meine lächelnde Mutter neben sich sitzen, die nicht von seiner Seite gewichen war.
„Du hast drei Stunden geschlafen. Bist du wieder einigermaßen fit? Kannst du fahren?"
„Ich muß auf die Toilette." - ich wußte zu gut warum.
Als er zurück kam, war er wach! Meine Mutter merkte nicht, dass sich ihr neuer Schützling noch den Rest des weißen Pulvers von der Nase wischte.

„Na also! Was so ein richtiges Frühstück ausmachen kann, nicht wahr, Mister Ned? Möchten Sie noch einen Kaffee?" - fragte sie, während sie schon eingoß.
„Wieviel soll ich mitbringen?" - fragte Ned in meine Richtung.
„Die selbe Menge. Wir kriegen das alles los. Geht das? Heute noch?"
„Ich schau mal. Muß rüber in die City. Melde mich dann bevor ich losfahre. Stehst du im Telefonbuch?"
- das Lächeln meiner Mutter schien ihn in Panik zu versetzen. Er wollte los.
Sie tat mir ein bißchen leid, als sie dem Undankbaren, weil Unwissenden, noch ein: `Kommen Sie ruhig immer vorbei, wenn Sie Hunger haben, Mister Ned.´ mit auf den Weg gab.
Er ließ sie einfach stehen, stapfte zu seinem Truck und nickte uns auch nur zum Abschied zu.
Miguel rief seinen `Cousin´ in Bell Gardens an, damit der alles vorbereiten konnte und bereicherte die Mister Lee Experience um eine weitere Erfahrung, als er sich wieder auf den Weg nach Süden, in Richtung neuen Reichtums, machte.

BOFOOs

Während Crow, Jay und ich auf die Rückkehr von Ned warteten, meinte Crow, dass wir auch ein Firmenlogo bräuchten. Und so alberten wir ein bisschen rum.
Crow skizzierte eine fussballgroße Rosenblüte hinter der sich zwei Lilienstangen mit hängenden Blütenköpfen kreuzten. Was eine Imitation der üblichen Rockerlogos sein sollte, die oft einen Totenkopf, oder einen Motor zeigten, hinter denen sich entweder Knochen oder Pleuel und Kolben kreuzten.
„Was soll das denn darstellen, man?" - fragte ein phantasieloser Jay.
„Na, das ist doch klar! A bunch of flowers! Wir können in die Rose noch andere Blumen malen, die dort herauswachsen. Schau mal… so, in etwa…"
Crow hatte Phantasie und setzte diese kreativ um. Das karmisin-farbene Rot der Rosenblüte mit schwarzen Outlines, wurde von einer vanille-farbenen Schriftrollenschleife umrangt, auf der stand: **Bunch Of Flowers - Oakland.**
Die Großbuchstaben setzte er graphisch so ab, dass sie hervortraten. Der Mann hatte echt Talent. Ich fand die Idee nicht schlecht, aber irgendetwas fehlte mir noch.
„Eine Telefonnummer? Oder sollten wir Goods & Drugs drüber schreiben?"

- Jay gefiel das Design auch sehr, also wollte er etwas beisteuern.
Wir wurden durch das Geräusch eines vorfahrenden Wagens in unseren Kinderphantasien gestört.
Es war der Ford.

Agent Jones stieg umgehend aus und kam in die Werkstatt, was ich vermeiden wollte, denn dort hätte er das magische Wort BOFOO lesen können und das hätte sicher lästige Konsequenzen für uns gehabt. Ich eilte ihm entgegen, während Agent Smith auf der Beifahrerseite des Wagens ausstieg und den Rückzug zu sichern vorgab.

„Mister Jones, richtig? Was gibt es? Probleme mit dem Ford? Ist nicht das zuverlässigste Model, was?"
- ich hätte Schauspieler werden sollen.
„Yeah, Jones, richtig. Der Ford läuft gut, keine Bange. Ich wollte nur mal vorbeischauen und sehen, ob es etwas Neues gibt, bezüglich unseres kleinen Gesprächs vor ein paar Tagen?" - obwohl ich ihm den Weg und damit die Sicht verstellte, machte er keinen Hehl daraus in meiner Werkstatt rumschnüffeln zu wollen.
„Äh, Sie fragten, glaube ich, nach einem Lieferanten für Ihren neuen Jazzclub, wenn ich mich nicht täusche? Wasser?"
- ich geleitete ihn zu dem Wasserspender, der am Ausgang stand.
„Ja, so ungefähr. Wir haben von diesen Motorradfahrern gehört, einem Club, oder so ähnlich. Der ist Ihnen immer noch nicht bekannt?"
- während er trank, behielt er Jay und Crow fest im misstrauischen Blick.
Ich schüttelte nur den Kopf.
„Schon mal den Namen Big C gehört?" - das galt direkt mir. Achtung Minenfeld!
„Big C? Ein Musiker von hier? Oder ein Clubbesitzer?"
- ich trank auch und tat desinteressiert. Er fixierte mich.
„Zigarette?" - ich bejahte sein Angebot und hatte endlich die Chance ihn ganz aus der Werkstatt zu bekommen.
„Ist wenig los heute, hm?" - damit steckte er das Feuerzeug in die Hose und behielt seine Hände darin, wohl um eine Sicherheit, eine Überlegenheit auszustrahlen.
„Ja, wir hatten heute Früh schon Arbeit. Achja, das könnte etwas für Sie sein, aber die Firma sitzt in Frisco. Die beliefern Clubs auch in der East Bay. Aber ich glaube nicht, dass es dort einen Big C gibt."

- warum nicht sein Interesse auf Mister Lee lenken? Dann würde er hoffentlich seine Nase nicht zu tief in unsere Geschäfte stecken.

„The Lee Experience? Nie gehört. Aber wir suchen keine Saucen und Reis, sondern eher das exklusive Zeug, weswegen junge Leute in Clubs gehen, verstehen Sie, Jeff?"
- er fixierte mich immer noch, also gab ich ihm was er wollte.
„Sie meinen doch nicht etwa Drogen? Also ist dieser ominöse Big C ein Drogendealer? Du liebe Güte!"
- tat ich entsetzt und meine Theatralik entlockte ihm ein Schmunzeln.
„Lassen wir die Spielchen, ok? Können Sie uns liefern, was wir wollen? Wir zahlen gut."- er machte auf cool.
Ich war cooler.
„Ja, lassen wir die Spielchen. Ich verkaufe keine Drogen an niemanden. Auch nicht an das FBI. Ich kenne keinen Big C und bin dieser auch nicht. Und da Sie hier eh´ ständig rumschleichen, wissen Sie, dass hier nichts Illegales läuft. Und falls Ihr Ford nicht doch neue Scheibenwischer braucht, betrachte ich unser Gespräch hiermit als beendet."
- eigentlich wollte ich ihn damit cool abserviert stehen lassen, aber zum Glück fiel mir im letzten Moment ein, dass er mir dann eventuell in die Werkstatt hinterherläuft, wo mein kleiner Bluff krachend aufgeflogen wäre. Also blieb ich stehen und fixierte ihn möglichst bedrohlich.
„Verstanden. Dann freuen wir uns auf eine Zusammenarbeit mit Ihnen. Und falls diese zur Ergreifung dieses Big C führen sollte, würde sich meine Firma das etwas kosten lassen. Danke für das Wasser."
- er drückte mir den Pappbecher in die Hand und ließ mich stehen.
Ok, das war auch ganz schön cool.

Ned kam am frühen Nachmittag zurück. Er schwitzte wieder und hatte wahrscheinlich schon die Hälfte seiner Lieferung durch die eigene Nase gezogen.
Wir liessen ihn direkt in die Werkstatt fahren - nur für den Fall, dass Agent Jones doch noch hier rumhängt.
Auch wenn er nicht mehr soviel brachte wie bei der Morgenlieferung, luden wir das Trike und den Seitenwagen randvoll.
„Wenn du Craddock siehst, sag ihm, er kann die fehlenden 100 Kilo bei uns abholen. Und sag ihm, wir brauchen bis morgen noch einmal eine ganze Lieferung, verstanden?"

Ned nickte nur stumpf und ich war nicht sicher, ob er mich verstanden hatte. Als er einstieg und zurücksetzte, rief ich ihm noch hinterher: *„Und falls du morgen wieder frühstücken willst, macht meine Mutter dieses Mal Blaubeermuffins!"* - er zeigte mir nur mit einem erhobenen Daumen und einem müden Grinsen, dass er mich gehört hatte.

Da Crow schon zum Hafen gefahren war und arbeitete, machten sich Jay und ich auf den Weg den BOFOO-Lieferservice bekannt zu machen.
Die erste Station war wieder `The Pidgeon´ in San Leandro.
Dieses Mal parkten wir hinter dem Haus - musste ja nicht jeder sehen, was wir hier reintrugen. Ich ließ meine Sonnenbrille auf und testete die Big C-Experience.
Der Chef schwitzte uns auch sofort wieder an, während er die Bestellung begutachtete.

„Da fehlt die Hälfte! Ich hatte doch gesagt, ich brauche mindestens doppelt soviel. Das hier reicht höchstens bis zum Wochenende."- sein rotes Gesicht glühte vor Panik.
Wir waren in den Club getreten und ich war plötzlich blind! Wenn ich jetzt aber die Sonnenbrille absetzen würde, wäre der Bedrohlichkeitsfaktor futsch. Ließe ich sie aber auf, würde ich ziemlich sicher über den nächsten Stuhl, oder eine Stufe stolpern, was dem Bedrohlichkeitsfaktor genauso abträglich gewesen wäre.
Ich saß in der Falle!
Also blieb ich in der Tür stehen, ertastete den Türrahmen, lehnte mich mit verschränkten Armen daran und sprach in die Richtung, in der ich Luke vermutete:

„Darüber müssen wir eh´ noch reden. Luke? Richtig? Es ist nämlich so: Big C hat gerade etwas Probleme mit den Port Authorities. Er kann im Moment nicht soviel durch den Zoll bringen, wie er absetzen könnte. Deswegen hat er beschlossen, dass derjenige, der mehr bezahlt auch mehr bekommen soll. Verstehen Sie, Luke? Also muß ich auch für diese Lieferung schon wissen, wie weit Sie gehen möchten. Finanziell, natürlich."
Langsam begann der Maulwurf wieder zu sehen.
Mister Panik starrte mich an. Aber er begriff schnell.
„Dieser Erpresser! Aber gut, ich bin ein Gentlemen. Ich kann Ihnen heute das Doppelte bezahlen, aber nur wenn Sie morgen mehr bringen. Das Wochenende

steht an... Wie lange soll dieser Engpass denn dauern? Ich muss ja schließlich dann auch meine Preise anpassen."
Sein Gehirn rechnete schon auf Hochtouren.
"Ich schätze, nicht länger als eine oder zwei Wochen. Aber falls es länger dauern sollte, kann ich Ihnen vielleicht behilflich sein, einen alternativen Lieferanten zu finden." - ich pokerte wieder sehr hoch.
"Das können Sie?! Wenn die Qualität die gleiche ist, her mit dem Zeug."
"Natürlich ist die Qualität genauso gut, aber der Lieferant bedient nur ausgewählte Kundschaft mit Ansprüchen und das schlägt sich logischerweise im Preis nieder. Das heißt für Sie: nicht das Doppelte, aber ein Drittel mehr. Wäre das OK?"
- grinsend, hinter der Sonnenbrille kam ich mir so richtig schmierig vor.
Jay, mein `Assistent´ nahm die neue Bestellung auf und ich betete, dass ich nicht den Überblick über dieses neue Unternehmen verlieren würde. Und, dass Mister Lee diese Woche noch einen Truck zur Inspektion vorbeibringen möge. Diese Nummer zogen Jay und ich auch mit den restlichen Clubs auf der Liste ab, bis wir nichts mehr hatten.
Die Hälfte verkauft - das Doppelte verdient.
Und alles cash!

Wir informierten noch die Clubs, die wir nicht mehr zufrieden stellen konnten, über die neuen Geschäftsbedingungen und beendeten diesen anstrengenden Arbeitstag wieder mit unserer Sonnenuntergangsschwimmgehfahrt nach Santa Cruz.
Nach dem Schwimmen, meinte Jay, dass wir die Surferjungs noch gar nicht informiert hätten. Also auf zum Rummel.
Sie bauten immer noch die Steilwand auf und einer der Jungs erkannte uns sofort.
"Hey, ihr! Hans ist heute da! Ich hole ihn." - was als freundliche Begrüßung gedacht war, hatte den Effekt einer eiskalten Dusche auf uns. Das letzte Gericht erwartend, konnten wir uns nicht einmal ansehen.
Der Surfer kam schnell zurück und hatte neben sich wirklich einen blonden Typen, groß mit grünen Augen. Die Haare waren wild, so wie ich Hans aus Frankreich in Erinnerung hatte, sie waren nur länger. Auch war er älter und sein Gesicht war schmaler. Der Krieg war ja auch schon 10 Jahre her. Der Blick war klar und direkt, aber hatte nichts Manisches. War das unser Hans?

"Hey, ihr sucht mich? Was kann ich für euch tun? Sucht ihr Arbeit?"

Er gab uns freundlich die Hand und schien hilfsbereit.

„Wir kommen von Big C. Du bist Hans? Der Deutsche?" - fragte ich.

„Oh, Big C! Na, dann kommt mal mit. Ja, ja Hans, der bin ich. Da hinten ist es ruhiger, wollt ihr ein Bier?" - er sprach schon diesen kalifornischen Kaugummislang, aber sein harter Akzent war trotzdem noch zu hören.

„Ja, danke. Warst du im Krieg? In Deutschland?"

Wenn Jay nervös war, ging er immer direkt das Problem an.

„Klar! Ihr nicht? Hab sogar was abbekommen, damals in Frankreich. Der übelster Schanker, den man sich vorstellen kann. Durfte fast zwei Jahre lang mit keiner Frau schlafen. Übel."

Er lachte im Rückblick über seine `Kriegsverletzung´.

„Wo warst du in Frankreich? Ardennen? Winter 44?" - Jay liess nicht locker.

„Ja, auch. Das war ein Gemetzel. Aber den Tripper habe ich mir am Atlantikwall geholt. Das Beste war, dass die Krankenschwestern immer die Salbe auf mein bestes Stück auftragen mussten, hahaha."

„Warst du SS? Panzerdivison? In Gefangenschaft?" - bohrte Jay nach.

„SS? Wir haben doch gegen die gekämpft, man. Ich war VI. Infantrie von General Mc Allan. … Achso, du denkst, weil ich Deutscher bin! Nee, nee, nee. Ich habe für Amerika gekämpft. Erst schickten sie mich und meinen Bruder auf die Phillipinen, wegen unserer deutschen Vorfahren, aber dann haben sie Übersetzter in Europa gebraucht. Wo wart ihr?"

Das Ganze hatte etwas sehr Freundliches, gar nichts vom letzten Gericht.

Kriegsveteranen tauschen ihre Abenteuer bei einem Bierchen aus.

Und so mußten wir auch heute Abend mit `unserem Hans´, oder wie auch immer er wirklich hieß, nach Hause rollen.

Aber die Taschen voller Geld!

Schnell verdientes Gangstergeld.

Wie hart das Gangsterleben sein kann, merkten wir als wir nach Hause kamen. Wir waren todmüde. Also verstauten wir die Tagesgage bei den anderen Scheinchen und fielen sofort ins Bett.

TELEFONDIENST

Ich schlief unruhig, weil ich träumte, dass ich mit Jas die Highway Nr.1 an der Küste Richtung Süden fahren würde. Rechts die unendliche Kraft des blauen Pazifiks, links die Steilküste mit ihren uralten Redwoodbäumen. Wegen der vielen Kurven und Biegungen ließ ich Jas vor fahren, als wir zu einer Senke kamen, die überflutet zu sein schien. Überflutet mit giftigem, smaragdgrünem Schleim. Aber Jas ahnte offensichtlich nicht, wie tief und zersetzend dieser Schleim ist und behielt ihre Geschwindigkeit bei. Ich konnte aber sehen, dass die Strasse dahinter weggebrochen war und diese teuflische Wasserpfütze ins Meer fließt. Also rief ich so laut ich konnte um sie zu warnen, aber sie drehte sich nur um und lächelte mich glücklich an. Während ich nur hilflos zusehen musste, wie Jas in dem flüssigen Smaragd versank, hörte ich jemanden stöhnen: `*Mandloi! Mandloi! Mandloi!*´ - das war ich. Ich wachte, wie immer, schweißgebadet auf und murmelte diesen komischen Namen. Danach war an Schlaf nicht mehr zu denken.

Wer oder was war denn jetzt Mandloi, verdammt?!

Ich rollte mich hin und her, bis es 7:00 Uhr war und stand auf.

Kaffee! Verdammt!

Um 8:00 Uhr kam Jay aus den Federn. Er war ausgeschlafen und fit.

„Hat sich Miguel gemeldet? Er müßte längst hier sein, oder?" - er hatte Recht. Johnny, der Fahrer von Mister Lee, wollte gegen 9:00 Uhr seinen Truck abholen, also wäre es besser dann auch einen Truck hier zu haben.

Bevor ich nervös werden konnte, schlug Jay vor die Einnahmen von gestern zu zählen. Also ran an die Buletten!

Wir hatten 100.000 $ Finderlohn von Craddock.

300.000 $ von Miguels mysteriösem Cousin in Los Angeles.

Und noch weitere 125.000 $ von unserem gestrigen Einstand als Lieferservice.

Das war eine halbe Million Dollar! Wow!

„Noch drei solche Wochen und Crow kann sich seine Insel kaufen. Mann-O-Mann…" - Jay saß über den vielen Scheinen und schüttelte ungläubig den Kopf.

Auch ich überlegte mir, was man mit so viel Geld anfangen könnte.

Ein Haus für jeden von uns kaufen?

Eine Weltreise machen?

Ein New Imperial Rennmotorrad?

Eine Schule bauen?

Oder eine Insel kaufen und diese bewirtschaften?

Warum eigentlich nicht?

Denn selbst wenn ich nicht mehr müßte, würde ich doch weiterarbeiten. Irgendetwas gibt es immer zu tun. Und ich arbeitete gerne.

Und genau die klopfte jetzt an die Werkstatttür.

Es war Johnny! Es war 9:00 Uhr!

Nochmal: verdammt!

„Wo ist der Truck? Habt ihr ihn verkauft, oder was?" - fragte er, gutgelaunt, sich in der leeren Werkstatt umsehend.

„Haha... nee, nee, der Kollege macht gerade noch die Probefahrt um zu checken, ob das neue Thermostat auch dicht hält. Er müßte jeden Augenblick wieder da sein. Willst du einen Kaffee solange?"

Anscheinend überspielte ich meine Panik sehr glaubwürdig, denn er nahm nicht nur einen Kaffee, sondern interessierte sich auch sofort für unsere Maschinen.

„Sind diese englischen Motorräder zuverlässig? Ich überlege mir schon lange eine Matchless oder Norton zu kaufen, aber man hört immer solche Geschichten, dass sie lecken, dass die Elektrik spinnt und dass sie unsauber verarbeitet wurden. Stimmt das?" - interessiert kniete er sich vor die BSA.

„Naja. Also, du mußt dich halt schon ein bißchen um sie kümmern. Dann liebt sie dich auch. Bist du nett zu ihr, ist sie nett zu dir." - wo blieb Miguel!?

„Das klingt nach meiner Freundin, haha. Kommt der Kollege bald? Ich müßte langsam mal los."

„Vielleicht steht er im Stau. Um die Uhrzeit, ist das ja gut möglich. Er wird gleich hier sein. Ich hätte noch eine Matchless im Schuppen, falls du sie dir mal ansehen möchtest?" - ich musste Zeit schinden.

„Ein andermal vielleicht. Jetzt..." - er blickte nervös auf seine Uhr und dann zur Einfahrt, wo Miguel gerade den Truck vorfuhr. Dieser war bedeckt mit Sand und Staub und sah runtergekommen aus.

„Und, Kollege? Wie war die Probefahrt? Hält das Thermostat dicht?" - rief ich ihm von Weitem zu, hoffend er würde den Ball aufnehmen.

Miguel zögerte nicht eine Sekunde.

„Jaja, das Thermostat hält, aber wir sollten noch schnell den Ersatzreifen checken, ich hatte da Probleme mit."

Ohne auszusteigen, fuhr er den Truck langsam in die Garage und stellte den Motor ab.

Jay verschwand im Fahrerhaus um die Tachowelle schnell wieder einzu-hängen, während Miguel den Ersatzreifen unter dem Truck hervorholte und nach hinten in die Werkstatt verschwand.

Johnny hatte die Motorhaube geöffnet um unsere Arbeit zu begutachten.

„Der Motor glüht ja! Das war wohl eine ausgiebige Probefahrt, was? Und warum ist die Kiste so schmutzig? So kann ich nicht zu den Kunden fahren."

War da ein leichter Unterton von Kritik in seiner Stimme?

„Jaja, ich weiß. Oben, kurz vor dem Canyon Drive, da wo sie die Interstate bauen, bin ich in einen Stau geraten, deswegen hat es auch solange gedauert. Den solltest du heute meiden. Und der Wind hat den ganzen Sand von der Baustelle über die Strasse getragen. Du solltest mal die anderen Autos sehen. Tut mir leid, Kumpel."

„Aber er wird nicht mehr heiß, schau selbst."- warf jetzt Jay ein, und holte Johnny in das Fahrerhaus um ihm die Temperaturanzeige zu demonstrieren. Johnny klopfte mit dem Finger dagegen und schien zufrieden.

„Ich geb dir noch einen Kaffee aus. Auf Kosten des Hauses! Miguel braucht noch fünf Minuten für den Reifen und dann kannst du los."

Damit lotste ich Johnny weg vom Truck.

„Eine Matchless? Die schau ich mir beim nächsten Mal an, ok? Dann mußt du mir mehr über die Kisten erzählen."

Das Reifenplündern ging schnell und ein kaffeezittriger Johnny machte sich auf in die große Stadt um mit asiatischen Lebensmitteln amerikanische Dollars zu verdienen.

Und wir legten 350.000 $ mehr auf unser Sparkonto. Oder war es unser Inselschatz?

Lange konnte ich so viel Geld nicht mehr einfach im Schuppen in einer alten Armykiste bunkern - das war klar.

Zur Bank gehen konnte ich mit so viel Geld aber auch nicht einfach.

Mom hatte in Erwartung eines ausgehungerten Neds frische Blaubeermuffins gebacken. Und so genossen wir diese, mit jedem Bissen Ned preisend, mit einer weiteren Tasse Kaffee und lauschten dem Reisebericht von Miguel, der tatsächlich durchgefahren war. Vierundzwanzig Stunden hinter dem Lenkrad! Respekt!

Wir erfuhren, dass sein Cousin mehr von dem guten Zeug haben möchte und er uns gerne einmal kennenlernen würde. Was wir denn von einem Trip nach LA hielten?

Sofort fiel mir mein Traum wieder ein, aber ich behielt meine Angst für mich. War der Traum ein Omen?

Was, wenn wir durch die Hills fahren würden? Nicht an der Küste entlang.

Miguel gähnte und nahm die selbe Haltung ein, wie Ned gestern.

Es war, als ob der Schlaf ihn regelrecht einsaugte.

Meine Mom schaute mich kritisch an und schüttelte missbilligend den Kopf.

„Was machen deine Freunde denn immer nachts? Denn schlafen tun sie offensichtlich nicht."

Sie zog den Teller, auf dem er eingeschlafen war, unter Miguels Armen hervor.
„Wir sind fast an der Million dran, Jeff. Das ist höllisch viel Geld.“
- sagte ein nachdenklicher Jay, leise, als wir wieder in der Werkstatt waren.
„Aber es gehört nicht uns, Jay. Und es ist schmutziges Geld.“
Doch auch ich ertappte mich beim Tagträumen, was so viel Geld alles möglich machen würde.
„Du willst das Geld doch nicht etwa diesen korrupten Cops zurückgeben?“
Nein, das wollte ich auf gar keinen Fall und arbeitete schon an einem Plan genau das nicht zu tun. Ein riskanter Plan - zugegeben.

„Laß uns heute Abend mit den Jungs darüber reden, ok? Komm, bis dahin können wir die Werkstatt aufräumen.“ - ich mußte uns ablenken.
Zum Glück fuhr gegen Mittag ein dicker Cadillac auf den Hof und ein genauso dicker Mann stieg aus. Als er nach dem Chef fragte, wurde ich sofort misstrauisch und musste über die Tatsache lachen, dass eine kleine illegale Tour mich schon wie einen Verbrecher denken ließ.
Der Mann war ein alter Kunde meines Vaters und sein Caddy brauchte neue Radlager und Bremsen, vielleicht auch einen neuen Bremszylinder. Er wollte den Wagen bis Samstag zurückhaben.
Also erzählte ich ihm, dass wir auch die Lenkung nachstellen müssten und seine Reifen soweit runtergefahren wären, dass es sicherer sei sie auszutauschen und die Felgen neu gewuchtet werden müssten - Kundenservice, versteht sich. Aber leider wäre das nicht vor Montag zu machen.
Wir mussten schließlich ja nach Santa Cruz. Was der Gentleman sicher nicht verstanden hätte.
Das brachte seine Wochenendplanung sichtlich durcheinander.
Doch der Gedanke an vier neue Reifen für umsonst, war Grund genug seiner Frau einen gemütlichen Fernsehabend zu zweit zu spendieren.
Jay und ich machten uns sofort an die Arbeit. Den Wagen auf die Hebebühne, alle vier Reifen runter, Bremsflüssigkeit abgelassen.
Da klingelte das Telefon. Old Crow, informierte uns, dass Ned vor 20 Minuten die Docks mit einer neuen Ladung verlassen hatte und fragte, wann denn Miguel zu kommen gedenke.
„Der schläft! Und hat in vierundzwanzig Stunden mehr Geld gemacht, als wir alle zusammen im ganzen Jahr! Laß ihn schlafen. Kannst du heute Abend in die Werkstatt kommen? Wir müssen reden.“
„Ich bin heute mit Miriam verabredet. Kann ich sie mitbringen?“

„Klar, aber dann treffen wir uns oben am Sound River. An dem Burger Joint, ok? 8:00 Uhr? Bis dahin ist Miguel auch wieder fit."

Ich wollte auch Jas dabei haben, aber wie konnte ich sie erreichen?

Das Telefon klingelte sofort wieder.

„Jeff? Ich bin´s Ned. Ich habe ein Problem."

Als ob ich das nicht wüßte.

„Wo bist du?" - fragte ich ihn, denn er klang eigenartig vernünftig.

„Zwei Blocks von dir, in Wilsons Bar, die haben ein Telefon. Ich glaube, ich werde verfolgt. Du mußt dir was einfallen lassen, ich habe den Truck voll mit Goodies, man!" - er sagte das alles sehr ruhig.

„Ein blauer Ford mit zwei Weißen drinnen?" - ich ahnte es.

„Hängen mir seit den Docks an den Fersen. Was soll ich machen? Die ziehen mich hundertprozentig raus, wenn ich bei dir vorfahre."

„Bestell´ dir noch einen Kaffee und warte bis ich dich zurückrufe, ok? Ist die Musik bei Wilsons gut? Steht der auf unserer Liste? Dann mach einen neuen Kontakt." - scherzte ich.

„Ich muss weg von dem Scheiß, man. Das Zeug bringt mich um. Meine Nase…"

Er sprach nicht weiter und ich hatte das Gefühl, er würde weinen.

„Bruder. Bleib cool. Ich haue dich da raus."

Ich hing ein.

Der Plan war einfach.

Ich weckte Miguel und setzte ihn auf das Trike, das schon den Schriftzug BOFOOs trug. Damit sollte er neben Jones & Smith stoppen und wenn sie ihn damit sehen, würden sie ihm ziemlich sicher hinterherfahren. Falls sie ihn stoppen sollten, mußten sie ihn gehen lassen. Denn Miguel brachten sie noch nicht mit uns in Verbindung.

Das würde Ned genug Zeit geben, den Truck in meine Garage zu fahren. So der Plan!

Wie gesagt: mach einen Plan und du bist aufgeschmissen!

Nur heute funktionierte er!

Ich war platt. Denn ich mag es, wenn Sachen funktionieren. Vor allem, wenn es einfach ist.

Ned rollte direkt in die Werkstatt, neben den Caddy und ich lud mit Jay sofort alles ab, während Ned den Caddy nachdenklich begutachtete.

„Ned. Kannst du Jasmine eine Nachricht von mir geben? Es wäre wichtig."

Alles schien auf einmal zu funktionieren. Ich gab ihm den Zettel mit dem Treffpunkt und hoffte sie würde kommen.

Ohne ihn.

„So ein Caddy ist schon etwas Besonderes, was? Habe ich dir erzählt, dass ich mir eine Harley zulegen möchte? Zu meinem Caddy dazu.“ - Ja! Das hattest du!

„Oh? Cool! Ich kann dir helfen eine zu suchen. Wir cruisen am Samstag nach Santa Cruz. Komm doch mit.“

Ist das so, wenn man Kinder hat? Du spielst immer dasselbe Lied?

„Ich muß im Ballroom arbeiten.“ - dasselbe Lied!

„Dort verkaufst du doch eh´ nur Drogen. Craddock kann auf diese Einnahme auch mal einen Tag verzichten, oder? Und die bessere Droge ist ganz klar Motorradfahren, Kumpel. In Santa Cruz ist ein Rummel. Mit Achterbahn und so.“

Geduld, Papa, Geduld.

Er sah mir eigenartig klar in die Augen. Sein Blick war weich und unsicher.

„Kann ich bei dir mitfahren? Oder lieber mit dem Caddy?“ - gut gemacht, Daddy-O.

„Klar. Bei mir, oder bei Jas. Wir machen um 10:00 Uhr los. Also, besser keine Party morgen Abend.“ - Ich war versucht noch ein `Sohn´ dranzuhängen, aber ließ es zum Glück.

„Craddock will sein Geld, Jeff. Du sollst es ihm morgen Abend auf dem Parkplatz des Horseshoe Trails in Seqouyah geben. Um 9:00, abends. Alleine.“

Deswegen sah er mich also so traurig an. Er wußte, genauso gut wie ich, dass das eine Falle war.

Dieser Parkplatz war mitten im Nirgendwo in den Hills. Und um diese Zeit war dort ganz sicher nicht eine lebende Seele. Naja, ich hatte noch bis morgen Zeit mir einen Plan auszudenken. Oder abzuhauen.

„Ich hab´ ne Kanone, wenn du willst.“ - flüsterte er noch.

„Laß mal, Ned. Muß auch ohne gehen.“ - Denn Craddock war sicher auch bewaffnet und besser im Schiessen als ich. Das war ja wohl mal klar.

Wieder klingelte das Telefon. War Vollmond, oder was war heute los?

„Ist Ned weg? Kann ich kommen?“ - fragte Miguel.

Firma Jones & Smith war wirklich der BOFOOs Spur gefolgt und hatte Miguel bei der 59th Street gestellt. Aber was sollten sie tun? Ein unbescholtener Arbeiter auf dem Weg von der Arbeit nach Hause auf einem

Motorrad, das er sich von einem, imaginären, Freund geliehen hatte. Keine Drogen darin und auch kein Geld - nicht mal genug Benzin.

Also schickten wir Ned mit dem leeren Truck vom Hof nach Hause. Obwohl ich mir sicher war, dass mein renitenter Sohnersatz ganz bestimmt etwas Unvernünftiges tun würde.

„Sollen wir heute noch eine Kneipentour machen, Jungs? Wir haben hier Waren, auf die die ganze Bay wartet." - fragte Jay, als Miguel zurück war.

„Es ist zu spät. Wir schaffen es dann nicht mehr zum Sound River. Wir machen das morgen, ganz entspannt, dann haben wir auch ein bißchen Kleingeld fürs Wochenende."

Ich versuchte witzig zu sein, machte mir aber echte Sorgen über das Craddocktreffen morgen. Einfach das Geld in meinen Seesack laden und dann nichts wie weg hier. Runter nach Mexiko! Oder in die Rockies, in eine alte Holzhütte. Aber wie weit würde ich wohl kommen, mit der halben Polizeimacht der Bay Area auf den Fersen?

Höchstens bis zur nächsten Tankstelle!

„Gut. Dann mache ich das Logo fertig. Denn das geht so gar nicht." - hörte ich Miguel durch mein Gedankengefängnis dringen.

Miguel setzte sich im Schneidersitz hinter das Trike und fing an einen typisch mexikanischen Totenkopf, einen sogenannten Sugar Skull, in die Rosenblüte von Crow zu pinseln. Diese Sugar Skulls sind sehr bunt und freundlich und so waren die Augenhöhlen zwei Hyazinthen, die orange und weiß strahlten. Die Nase, oder besser das Nasenloch, ersetzte er durch eine Glockenblume, die von Weiß in Grün überging.

Miguel krönte den fertigen Kopf noch mit einem grünen Blätterkranz, welcher mit gelbweißen Jasmineblüten durchwirkt war.

Das Ganze sah verdammt cool aus.

Damit hatten die BOFOOs ein Gesicht bekommen.

Nur, was würde das bedeuten?

„Ein Cousin von mir in Anaheim kann uns das Logo auf die Jacken sticken. Er hat da unten eine professionelle Stickerei und macht das für viele Autoclubs in der Region."

- bot ein stolzer Miguel an, als er auch Jay´s bewundernden Blick sah.

Ich war nicht sicher, ob ich es gut finden sollte, als Club aufzutreten. Oder gar als Gang?

Das Telefon klingelte schon wieder. Normalerweise klingelt das Ding viermal pro Woche, aber nicht viermal pro Tag!

Ich war mir sicher, dass heute Vollmond seien musste.

„Jeff! Sie haben mich! Komm her, und sag denen, dass ich nicht dieser Big C bin. Ich darf nur diesen einen Anruf machen und weil ich keinen Anwalt kenne…" - Ned.

Auf seinem Nachhauseweg hatten ihn Jones & Smith abgefangen.

„Gib mir einen der Agenten und sag´ nichts mehr, OK?"

„Jones." - hörte ich.

„Mister Jones, was hat der Mann getan? Ist er zu schnell gefahren?"

„Jeff! Ich wußte doch, dass Sie da mit drinhängen. Wir haben den begründeten Verdacht, dass dieser Mann der gesuchte Drogendealer Big C ist."

„Was für Beweise haben Sie gegen ihn? Hatte er Drogen dabei? Geld? Waffen?"

„Er ist schwarz und wir beobachten ihn schon seit einer Weile, wie er von den Docks in North Beach die Region um Oakland beliefert."

„Und ich nehme an, Sie haben ihn beobachtet, wie er Drogen an einschlägige Bars verkauft?"

„Noch nicht. Er behauptet Autoersatzteile auszuliefern, aber sein Truck ist leer."

„Ist auch klar, denn er hat die Teile bei mir abgeliefert. Aber das wissen Sie ja bestimmt, wenn Sie ihn verfolgt haben, oder?"

Jetzt entstand eine Pause.

„Wenn Sie Big C wollen, sollten Sie sich von der Idee verabschieden einen Schwarzen zu suchen." - Wow, konnte ich gebildet quatschen.

„Was wissen Sie, Jeff?"

Ich konnte hören, wie er die Muschel zu hielt und Ned wegschickte.

„Das hängt davon ab, wie viel Ihnen Big C wert ist, Mister Jones."

- sollte ich ihm von dem Treffen mit Craddock morgen Abend erzählen? Oder könnte ich noch mehr rausholen?

Er bot mir 10.000 $ an.

Das schnelle Drogengeld hatte mich schon übermütig werden lassen, so dass ich lachen mußte.

OK, es war ein aufgesetztes, ein gekünsteltes Lachen, aber es unterstrich meine sich entwickelnde Gangsterattitüde.

"*Mr. Jones. Für diesen Preis kann ich Ihnen nur mitteilen, dass Big C einen gutorganisierten Drogenring betreibt, der in der gesamten Bay, von Palo Alto über San Jose, Fremont und rauf bis Oakland, operiert.*"

„*Das wissen wir auch, Mann! Wir brauchen mehr! Sie sagen, er ist kein Neger? Was wissen Sie?*"

Er reagierte gereizt.

„*Ich weiß, dass Ihr Boss noch zwei Nullen an den Preis hängen sollte. Denn wer immer diesen Ring auffliegen läßt, braucht sich in Nordkalifornien nicht mehr blicken lassen.*" - ach, tat das gut!

„*Und Sie können den Ring auffliegen lassen?*"

Jones war am Haken.

„*Yep.*"

„*Liefern Sie mir Beweise.*"- ich spürte, dass er verhandlungsbereit war.

„*Liefern Sie mir zwei Nullen, dann gibt´s Beweise.*"- damit hing ich ein und fühlte mich wie ein echter Gangster.

Jay und Miguel, die zugehört hatten, grinsten sich einen und wir verbrachten den Rest des Nachmittags damit die vielen Scheine sicher zu verstecken.

Das Telefon hing ich zur Sicherheit aus.

Als wir uns zu dritt auf den Weg nach Sound River machten, leuchtete uns ein dicker runder Vollmond den Weg.

SEQOUYAH

Das Treffen dort ging lang. Nicht nur, weil wir die schöne Nacht geniessen wollten, sondern auch, weil es ein bißchen dauerte bis Miriam und Jas begriffen, dass wir innerhalb einer Woche mehr Geld verdient hatten, als alle unsere Vorfahren zusammen.

Leider war diese Unsumme auch wie ein Klotz am Bein.

Stell dir mal vor, eine Geschichtslehrerin, eine Büroangestellte oder der Hilfsarbeiter einer Sicherheitsfirma würde zur Bank gehen und 200.000 $ cash einbezahlen. No way!

„*Können wir nicht eine Firma gründen und das Geld als Startkapital deklarieren?*"

- dachte Miriam laut nach.

"In welchem Bereich soll die Firma denn tätig sein? Drogenhandel, wie Mister Lee? Mit Craddock als Vorstand?" - erweiterte Crow die Ideenpalette.

„Autoteile." - warf Jay dazu.

„Ach, der Markt ist so verteilt, da werden uns die großen Firmen auf die Füße treten. Es müßte schon etwas ganz Neues sein. Metalflakes, zum Beispiel. Die Jungs in SoCal malen alle ihre Kisten gerade mit Glitter an."

Miguel liebte es bunt. Ich fand die Idee gar nicht so schlecht.

„Leute, vergesst nicht, dass das Geld nicht uns gehört - noch nicht. Und Craddock seinen Teil davon haben will." - zügelte ich die Euphorie.

„BOFO´S GOODS AND MOTORCYCLES, wäre das nicht eine Idee?" - fragte Miriam.

"Es wäre ein Traum. Hey, Jas. Wovon träumst du?" - holte Crow sie ins Boot.

„Mein Traum? Eine eigene Schule!"

Sie war den ganzen Abend schon still und abwesend. Also fragte ich sie nach dem Grund, und sie erzählte uns, dass sie erfahren hatte, nach ihrem Abschluss als Lehrerin nicht an einer der großen Universitäten unterrichten zu dürfen, sondern nur an Grundschulen in Problemnachbarschaften, wo sie auf `ihresgleichen´, also Schwarze, traf.

Es entstand ein Schweigen und jeder von uns dachte dasselbe.

„Santa Catalina."

- flüsterte Crow auf einmal langsam und es klang wie eine Beschwörung.

Auch als wir ihn jetzt alle ansahen, merkte ich, dass wir alle wieder dasselbe dachten.

Ich hatte wieder dieses Gefühl.

„Die Insel ist noch zu haben. Und wenn wir cash bezahlen, geben sie uns bestimmt einen Rabatt." - Miriam sprach als Erste.

„Aber nicht einem Haufen drogenverkaufender Rocker, Sweetie." - bremste sie Crow.

„Es muß gemeinnützig sein, richtig? Dann gründen wir eine Stiftung: THE BOFOOS - BRAINS & BIKES !"

Miriam dachte durchaus praktisch.

„Wie gründet man eine Stiftung?" - fragte jetzt Miguel genauso praktisch.

Keiner wußte es.

„Ich kann ja mal Ray fragen, den Schreiberling. Ich rufe ihn morgen mal an." - war das Beste, was mir dazu einfiel. Die anderen hatten dazu wesentlich

mehr Einfälle und so brabbelten sie über eine goldene Zukunft, wie kleine Kinder - nur ich war nicht bei der Sache.

Der Gedanke an das Treffen morgen Abend machte mir Angst. Hatte ich zu hoch gepokert? Konnte mein riskanter Plan überhaupt aufgehen? War ich nicht viel zu naiv, mich mit so einem rücksichtslosen Angeber, wie Craddock, anzulegen?

„Jeff. Je-eff! Hallo! Wenn du morgen Ray anrufst, frag ihn doch, ob er nicht mit nach Santa Cruz kommen will. Da können wir ihn dann richtig in die Mangel nehmen."
Jay hatte mich angestoßen.

Ray! Na klar! Ich war ja so doof! Das war die Lösung. Ich nehme Ray und seine Arriflex mit zu dem Treffen!

Als ich ihn anrief, mußte ich nur erwähnen, dass es wieder um diese Polizei-Drogen-Nummer ging und er war sofort dabei.
„Ich werde da sein, versprochen." - quietschte er mit seiner Vogelstimme.
„Wir müssen hinterher noch etwas besprechen, OK? Wir treffen uns am Oakland Hills Tennis Club, Redwood Boulevard. Kennst du den?"
„Natürlich. Worum geht es denn? Eine neue heiße Story?"
Die hungrige Journalistenseele immer auf der Jagd.
„Ich sag mal: um eine Investition. Wir sehen uns morgen. Ich verlass mich auf dich."
Auch wenn ich mich besser fühlte, hatte ich noch weiche Knie. Was, wenn Ray dieses Mal nicht kommt, oder den Platz nicht findet?
Wir verbrachten den Freitag damit, schon früh unsere neuen Kunden zufrieden zustellen und schwärmten mehrmals aus. Aber Hauptsache, die Drogen lagen nicht in meiner Werkstatt rum. Wer weiß, wozu Jones & Smith fähig waren?
Wir beendeten unsere Runde, wie gewohnt in Santa Cruz.
Hans und seine Surfercrew hatten ihre Arbeit beendet und freuten sich über das viele schöne Marihuana und die bunten LSD Zuckerbonbons zum Feierabend. Und so begleiteten sie Jay und mich an den Strand um den Arbeitstag gebührend ausklingen zu lassen. Ich saß trotz des Joints, den wir uns teilten, wie auf heißen Kohlen.
„Ich mag euer Logo. Ist schön bunt, und ich liebe Blumen"- kommentierte der eine Surfer unser Trike.

Er versuchte mich auf einen dieser LSD Trips einzuladen um die Wirkung unseres Logos noch intensiver zu erfahren.

Da ich noch nie so etwas genommen hatte, die Wirkung aber sehr entspannend zu sein schien, schaute ich mir so ein Zuckerstück mal an. Doch Jay nahm es mir aus der Hand und schüttelte nur den Kopf.

„Laß das. Fang gar nicht erst mit dem Zeug an, Bruder."

Er gab das Ding dem Surfer zurück, der es gleichgültig entgegen nahm.

Jay kiffte nicht einmal mehr, um nicht wieder von unserem SS-Zombie besucht zu werden. Aber ich gönnte mir noch ein paar Züge von dem Joint, um meine Nervosität im Zaum zu halten. Die Zeit konnte ich trotzdem nicht anhalten und mußte mich auf den Weg machen, Craddock gegenüber zu treten.

Jay und ich verabschiedeten uns kurz hinter Fremont und ich merkte auf einmal wie stoned ich eigentlich war. Der warme Fahrtwind, die trockene Luft des Abends und die Bäume, die an mir vorbeiflogen - das war Leben, Kumpel! Das Redwood Blvd zog sich kurvig durch den dunklen Wald und ich fühlte mich mit jedem Meter besser und sicherer. Was sollte schon groß passieren? Mitch würde ich schon zeigen, wo der Hammer hängt.

Und so bog ich irgendwann siegessicher in den Parkplatz ein. Es war kein Auto weit und breit. Nur eine schummrige Laterne sollte verhindern, dass sich hier minderjährige Liebespaare des nachts in ihren Autos fortpflanzten.

Ich parkte die BSA mit dem Rücken zum Wald, so dass ich die Ausfahrt im Blick hatte.

Dieses Mal war ich vor ihm da. Ob Ray auch da war?

Nachdem keiner kam, zündete ich mir noch einen Joint an.

Läßt mich Craddock sitzen?

Wollte er mich nur weg locken?

Egal. Er konnte mir nichts.

Dachte ich, in meinem Wattehirn.

Nach einer gefühlten Ewigkeit rollte ein Auto langsam auf den Parkplatz und blieb direkt so vor mir stehen, dass ich geblendet wurde. Deshalb sah ich auch nur schemenhaft, wie zwei weitere Autos langsam auf den Platz rollten und sich links und rechts neben das erste stellten. Ich wurde angestrahlt, wie ein Schauspieler auf einer Bühne.

„Wo ist mein Geld, Jeff?"

Das war Craddocks bellende Stimme durch den Lichtvorhang.

„Wir haben noch nicht alles zusammen, Mitch. Weißt du…"

„Halt die Schnauze! Du hast Drogen im Wert von einer halben Million Dollar von uns bekommen. Wo ist unser Geld?"

„Mitch, du hattest gesagt, dass ich eine Woche Zeit habe die Drogen loszuwerden und dir dann das Geld bringen soll… Oh! Tschuldigung. Ich wollte sagen: Big C. Die Jungs sind noch unterwegs und haben noch nicht alles abgeliefert, aber…"
Er kam schemenhaft aus der Deckung und stand direkt vor mir.
„Erzähl mir keinen Scheiß! Du lieferst das Zeug nur mit diesem Schlitzauge aus. Wir kennen jede deiner Bewegungen. Vergiss nicht, wir sind überall in der Bay. Also, zum letzten Mal: Wo ist unser Geld!"
Wieder hatte Craddock diese Theatralik, aber als Schauspieler wäre er zu unsympathisch, kroch es mir durch meine wabernden Gedanken.

„Dann sollten deine Polizeikollegen weniger von ihren eigenen Drogen nehmen. Du glaubst doch nicht, dass nur zwei Leute die ganze East Bay versorgen können? Natürlich habe ich mehr Jungs am Laufen. Gib mir noch bis Mittwoch, dann haben wir alles zusammen und gezählt, wie abgemacht. Wir müssen ja auch noch unsere 50 Prozent abziehen."
„Hast du ne Meise!? Der Deal war, zehn Prozent der Einnahmen für euch Homos. Nicht fünfzig Prozent. Ich hatte gesagt, dass deine Mietze hundert Prozent von dem behalten kann, was sie als Hure bekommt, obwohl ich glaube dass so eine schwarze Schlampe das am liebsten eh für umsonst macht…"
Dummerweise mußte ich genau jetzt zuschlagen. Deswegen war ich mir nicht sicher, ob ich seine Kollegen, die sich bis jetzt im Hintergrund hielten, wirklich lachen hörte.
Sicher war ich aber, dass sie mich sofort mit ihren Stöcken attackierten und ich unter ihren Schlägen auf die Knie ging. Wenigstens konnte ich sie jetzt sehen. Es waren, ausser Craddock, noch vier andere Cops. Alle schön brav in ihren gebügelten Uniformen. Ich hatte Craddock leider nur knapp unter seinem rechten Auge getroffen, weswegen er sich lediglich das Blut abwischte und seinen Jungs ein Zeichen gab, mich wieder auf die Beine zustellen.
Indem sie mir die Arme auf den Rücken drehten, hoben sie mich hoch und ich spürte einen stechenden Schmerz im rechten Schultergelenk, als dieses auskugelte.
Der Bulle war brutal.
„Schau dich an, Jeff. Wie du, liebestoller Idiot, jetzt da stehst. Im Geschäftsleben sollte man die Gefühle rauslassen. Deswegen ist das auch nicht persönlich gemeint."
- blitzschnell hieb er mir mit der Faust in den Bauch. Was mir einen zweiten Stich in meiner Schulter verursachte.

„Dabei ist es doch gar nicht so schwer, oder? Wir kümmern uns darum die schönen Drogen aus dem Hafen zu bekommen und du musst sie nur verkaufen. Und weil ich kein Unmensch bin, bekommst du für deinen Aufwand ja auch etwas. Schau, doch mal, Jeff. Der Bruder deiner Niggerfreundin,...wie heißt der ....?"

„Ned" - grunzte jetzt der Brutalo, der mir meine Schulter ruiniert hatte.

„Jaja, genau der. Bei dem mußten wir ein bißchen nachhelfen, bis er kooperiert hat und jetzt hält ihn jeder für den ominösen Big C. Den Mann in der Bay! Und was bekommt Ned dafür? Das sag ich dir: einen Tritt in den Arsch! Aber bei dir ist das anders. Du bekommst zehn Prozent, dich brauchen wir noch. Also, komm mir nicht blöd. Verstanden!?"

Er stand jetzt ganz nah vor mir und ich erwartete den zweiten Hieb.

„Das FBI weiß, dass du Big C bist. Die suchen keinen Schwarzen."

- jetzt kam der Hieb. Und ich sackte zusammen. Zum Glück liessen mich meine Bewacher los und ich konnte mich, relativ schmerzfrei, auf dem staubigen Boden zusammenkrümmen.

„Na und? Du hast niemandem erzählt, dass ich Big C bin. Denn dann würdest du und deine Homos in den Knast wandern, nicht wir. Du brauchst Beweise um uns dranzukriegen und die hast du nicht. Aber wir brauchen nur mal bei dir vorbeikommen und das viele schöne Geld finden, oder vielleicht sogar ein paar Drogen und du bist weg, Kleiner!"

Die fünf Cops besprachen sich kurz und bildeten dann einen Halbkreis um mich herum, um mir Zutritt zu ihrer Gedankenwelt zu gewähren.

„Du bringst uns am Mittwoch um 9:00 Uhr abends 500.000 $ hierher oder dein Laden geht in Flammen auf. Ist das klar?"

Das war nicht Craddock. Das war Frank, der San Mateo Cop.

„Hey, Franky. Schön dich zu sehen, wie geht es deiner Mutti?"

Frank zog mich an meinem T-Shirt hoch und wollte bestimmt etwas Überflüssiges aus seinem hasserfüllten Mund loswerden. Stattdessen gab er mir einen Stoß mit seiner Stirn genau auf meine Nase, die auch pflichtgemäß sofort zu bluten anfing. Glücklicherweise, wollte er sich seine saubere Uniform nicht versauen und stieß mich auf den Boden zurück, wo mir die anderen noch ein paar dankbare Fußtritte mitgaben, bevor sie in einer Staubwolke verschwanden. Ich sah noch, wie einer meine BSA umwarf und wurde dann ohnmächtig.

Das Erste, was ich wahrnahm, war SS-Hans, der auf mich zu schwankte. Er hielt seine Waffe in der Rechten und schien angeschossen zu sein. Langsam beugte er sich mit flackernden Smaragdaugen über mich und reichte mir seine schmutzige Hand. Er legte meinen linken Arm um seine Schulter und half mir auf. Während er mein Motorrad wieder aufstellte, konnte ich seinen Öl- und Benzingeruch riechen. Er drehte sich diabolisch grinsend zu mir um und sagte etwas auf Deutsch, das klang wie: `*Jetzt haben wir dich, Jeff! Jetzt haben wir dich!´* - aber ich sprach kein Deutsch.

Er half mir noch auf die Maschine, und ich wollte gerade den Lenker greifen, als mir wieder ein brennender Stich durch die rechte Schulter schoß. Wieder sagte Hans etwas und setzte sich vor mich auf die BSA und fuhr los. Auf der ganzen Fahrt durch den dunklen Wald vernahm ich nur den Geruch von Blut, Benzin und Öl. Und einen riesigen Schatten, der über uns schwebend, uns zu folgen schien. Kein gutes Omen.

Brachte Hans mich jetzt direkt in die Hölle?

Alles war mir komischerweise egal. Ich versuchte nur die Brise des Fahrtwinds in meine Nase zu bekommen, aber das gelang nicht.

Irgendwann sah ich am Ende der schwarzen Strasse rot-orange Flammen züngeln und glühen. Also doch direkt in die Hölle. Hatte ich wohl verdient. Und diese kam rasant näher!

Doch als Hans anhielt, sah ich, dass es die Lichter des Tennis Clubs waren, die Palmen von unten nach oben anstrahlten.

Fieser Trick!

Hans schulterte mich wieder und brachte mich nach innen, wo unser Auftreten einen ziemlichen Radau bei den weißbekleideten Schönen, dieses Landes auslöste. Klar, ein staubiger Rocker und ein Zombie in SS-Uniform mit einer Waffe in der Hand. Das klingt nach Spaß.

Der Zombie ließ mich los und verschwand, und ein besonders weißer Weißer legte mich auf ein Sofa.

„Das tut jetzt ein bißchen weh, ja?" - entschlossen nahm er meinen rechten Arm, machte damit eine ruckartige Bewegung und riß ihn einfach aus.

Also doch in der Hölle. Damned!

Ich schrie noch, als Ray aus der Richtung kam, in die Hans verschwunden war. Machen die beiden etwa gemeinsame Sache?

„Und jetzt zu Ihrer Nase, Mister. Die sollten Sie von einem Arzt anschauen lassen, kann sein, dass die gebrochen ist, bei dem vielen Blut. Was ist denn überhaupt passiert? Sie sehen ja fürchterlich aus. Jetzt sehen Sie, wie

gefährlich Motorradfahren ist! Sie hatten Glück, dass sonst nichts ernsthaft gebrochen ist. "

Der weiße Folterknecht des Teufels wischte mir mein glühendes Gesicht mit feuchten Tüchern ab und ich sah, dass sie alle tiefrot waren.

„Jeff! Wie geht es deinem Arm? Ist er wieder drin? " - hörte ich das vertraute Quietschen von Ray.

„Wo ist Hans? "

Mein Gehirn arbeitete immer noch zu langsam.

„Wer ist Hans? Da war niemand, ausser uns. Aber jetzt haben wir sie, Jeff! "

Dabei bewegte er meinen rechten Arm vorsichtig hin und her. Und ich musste feststellen, dass er nicht nur noch an meiner Schulter befestigt war, sondern auch nicht mehr weh tat.

`*Jetzt haben wir sie, Jeff*` - hatte Hans das nicht auch gesagt? Konnte ich doch Deutsch?

Auf dem Weg zurück, zu Ray´s Auto, erzählte er mir, dass er wieder alles gefilmt hatte. Er war ganz aufgeregt, was verständlich war, aber mir brummte der Schädel und ich hielt auf der Strecke Ausschau nach Hans, der hier ganz sicher irgendwo im Busch lauerte.

Heute nicht.

Irgendwie schaffte ich es nach Hause.

Und irgendwie hatte sich Ray mit mir morgen in Santa Cruz verabredet - glaube ich.

SANTA CRUZ

Jedenfalls war das Hallo groß, als mich Jay, Miguel, Old Crow und Miriam am nächsten Morgen aus der Küche treten sahen. Mein Gesicht sah aus wie ein schimmliger Pflaumenkuchen, in den jemand einen aufgequollenen Maiskolben gesteckt hatte.

Ich putzte noch schnell die BSA, deren Benzin- und Öltanks gestern ausgelaufen waren - was auch den Geruch von Hans erklärte. Der ganze Sabber klebte jetzt unschön an der Seite.

Pünktlich um 10:00 Uhr kam Jas. Sie hatte Ned dabei. Und sie sah einfach umwerfend aus, in ihrer Lederjacke, den schwarzen Stiefeln und der Schiebermütze, unter der sie ihre Mähne zu bändigen versuchte.

„Oh, mein Gott, Jeff! Was ist passiert? Wer war das? "

Wenigstens wusste sie, dass ich Motorradfahren konnte und keinen Unfall hatte. Als ihre weiche Hand mein geschwollenes Auge berührte, war aller Schmerz wie Zuckerguss.
Eine kurze Erklärung an die Mannschaft und wir flogen los. Es war ein sonniger Vormittag und es versprach ein wunderschöner Tag zu werden. Jay hatte Ned auf den Soziussitz geladen und wir cruisten läßig den International Boulevard Richtung Süden. Erst als sich in Milpitas ein Streifenwagen an uns dranhängte, fiel mir ein, dass ich gar nicht auf den Ford geachtet hatte, oder andere Gesetzeshüter, die uns eventuell verfolgen könnten. Die Milpitas Cops eskortierten uns bis nach San Jose. Von da ging es auf die Bundesstrasse 17 bis nach Santa Cruz. Wahrscheinlich gaben die Jungs eh´ alle Nase lang unsere Position an Craddock durch.

Santa Cruz war knackevoll!
Überall gab es Motorradgruppen, die sich an Tankstellen, vor Lebensmittel- geschäften und vor Bars trafen und redeten, feierten und tranken. Es gab aber auch ebenso viele Familienkutschen und Kinder hier, so dass die ganze Stimmung sehr fröhlich war. Wir fuhren direkt an den Strand, denn ich wollte auf keinen Fall die Steilwandfahrer verpassen. Auch hier gab es jede Menge Motorräder.
Ned, der auf der ganzen Fahrt gegrinst hatte, wie ein Honigkuchenpferd, ließ sich gleich sämtliche Typen der Maschinen von Jay und Miguel erklären. Der Junge war heiß auf ein eigenes Motorrad. Und sie machten ihn noch heißer, indem sie die individuellen Fähigkeiten jeder Maschine priesen.
Ich spazierte mit Jas, Miriam und Crow durch diesen Vergnügungspark und wir erfreuten uns an rosa Zuckerwatte, Bälle werfen, Hau-den-Lukas und was man halt so auf einem Rummel macht.
„Hey, Jeff! Komm her! Ich zeig dir die Indians! Uh! Hast du dich beim Rasieren geschnitten oder mit einem Hammer geduscht?"
Bevor ich sehen konnte, wer da rief, hatte ich schon Surfer-Hans´ Hand auf meiner Schulter.
Jas stutze für eine Sekunde, als ich sie vorstellte. Und als wir Hans folgten, flüsterte sie: *„So sieht dein Hans aus?"*
„Härter, kaputter und gefährlicher - Ja. Aber meiner heißt ja gar nicht Hans, wie ich von meiner Lehrerin gelernt habe."
- zwinkerte ich ihr zu und merkte wie glücklich ich war, den gestrigen Abend überlebt zu haben und mit Jas den Sommer genießen zu können.

Hans führte uns in den fertigen Zylinder aus Holz, den sie Dom nannten, und erklärte mir sehr genau die Indian Motorcycles, die man für diese Steilwandkunst benutzte und wie die Geschwindigkeit Fliehkräfte erzeugte, die die schweren Motorräder nach aussen drückten, so dass die Fahrer nicht runterfallen konnten. Auch Jas war Feuer und Flamme und wollte das gerne mal ausprobieren.

„Hans! Kannst du mir diese Klette vom Hals halten!? Bitte!!! Der rennt mir schon den ganzen Vormittag hinterher und ich weiß echt nicht mehr, was ich ihm noch erzählen kann. Oh! Schau mal einer an. Wir kennen uns doch?"
Dot Richardson stand vor uns. Die Lady im Cowboy-Look.
„Hi, Dot. Ich bin Jeff und das ist meine Freundin Jasmine. Sie fährt auch eine BSA."
Dot war älter, als ich sie in Erinnerung hatte, aber stand da, geschniegelt und gebügelt, wie ein Star aus Hollywood.
„Jetzt weiß ich wieder! Die A 10! Unsere kleine Ampelparty. Aber was ist mit deinem Gesicht passiert? Du hast doch nicht etwa deine kleine Lady hier wütend gemacht, böser Junge?"
„Nein, Ma´am, er hat nur versucht das Gesetzbuch zu lesen. Ist es schwer so eine Indian hier hoch zu bringen?"
- die Liebe meines Lebens interessierte sich mehr für Motorräder, als für mein Seelenheil.
„Du kannst es ja mal versuchen, Hun. Nur nicht heute. Ruf mich mal an, und du kannst uns beim Training besuchen, ok? Aber jetzt muß Hans erstmal diesen Zeitungsfritzen loswerden, sonst drehe ich hier noch durch."
Naja, ich wollte es so. Ich hätte mir ja auch ein Mädchen aus der Highschool nehmen können. Aber nein! Es mußte eine wie Jas sein.
Mann, war ich stolz!
Hans brachte Dot nach draussen und fast im selben Moment rannte ein schwitzender Ray durch die kleine Holztür des Doms.

„Habt ihr sie gesehen? Ich will noch ein Foto mit ihr machen, auf ihrer Maschine. Jetzt ist das Licht gerade so gut..." - ein quietschendes Maschinengewehr.
„Warst du gestern am Parkplatz, Ray? Hast du was filmen können?" - unterbrach ich ihn, als ihm kurz die Munition ausging und er nachladen mußte.

„Klar, war ich da! Ich habe dich doch in den Tennisclub gebracht. Und: Ja. Ich habe alles, aber das hatte ich gestern schon gesagt. Weißt du das nicht mehr, sag mal?....als wir...“
Er hatte neue Munition.
„Wann können wir das sehen? Hast du den Film schon entwickelt? Die Zeit drängt ein bißchen.“ - erwiderte ich tapfer das Feuer, auch wenn mir mein Kopf in diesem hölzernen Zylinder schon wieder dröhnte, wie eine Kirchenglocke um die Mittagszeit.
„Ich werde ihn heute noch entwickeln. Versprochen, Jeff.“
„Komm mal mit. Wir müssen dich etwas Anderes fragen.“
Ich zog ihn nach draussen und wir wanderten zum Pier runter.

Ray wußte, was man braucht um eine Stiftung zu gründen. Und Jas hörte aufmerksam zu - was mir noch schwerfiel.
„Also ist eine Schule gemeinnützig, ja? Brauche ich dafür nicht eine Lizenz, oder kann jeder in diesem Lande einfach eine Schule gründen? Und woher bekomme ich diese? Bekommen die auch Schwarze?“ - bohrte sie jetzt Ray an.
„Die kannst du beim School Council des Districts beantragen. Und wenn du nur Schwarze unterrichtest, können auch Schwarze so eine Lizenz erhalten. Du mußt halt schon Lehrer oder Professor sein, ist ja klar, oder? Und genug Geld vorweisen.“
Er versprach uns, die richtigen Ansprechpartner herauszusuchen und erklärte sich auch bereit als Leiter der Stiftung aufzutreten, falls das notwendig sein würde.

„Ray, gründe diese Stiftung für uns, ok? Sag dem Council: Wir bieten Kindern aus allen Schichten der Gesellschaft, jeglicher Herkunft und aller Religionen eine fundierte Schulausbildung an. Sie können für die Zeit der Ausbildung bei uns schlafen und werden mit allem versorgt, was sie brauchen. Natürlich können die Eltern sie jederzeit besuchen kommen. Wir finanzieren uns durch Spenden und eigene Einnahmen. Die Schule ist für unterprivilegierte Schüler frei. Fragen?“
Jas wird sicherlich eine Lehrerin, die sich Respekt zu verschaffen weiß.
Ray nickte nur und notierte in seinen Handblock.
„Wo soll diese Einrichtung entstehen? In Oakland? Frisco? Berkley?“
„Wir sind noch dran, aber wohl eher im Süden.“ - grinste Jas ihn an.
Mir wurde immer klarer, was ich zu tun hatte, während ich den riesigen Möwen am Pier zu sah, wie sie die schlafenden Seebären nervten.

„Jeff, wann darf ich endlich das Material veröffentlichen? Du hattest gesagt, nur ein paar Tage mehr." - zwitscherte Ray mich von der Seite an. Ich vereinbarte mit Ray ihn morgen an den Docks zu treffen, wo wir den Film ansehen können und wir schlenderten zurück zum Rummel.

Leider hatten wir die erste Show von Dot verpasst, aber Ned hatte tatsächlich ein Motorrad gefunden, das ihm gefiel und der Besitzer war auch bereit es zu verkaufen. Deshalb posierte Ned in den ausgefallensten Positionen auf der geparkten Maschine.

„Du mußt damit schon mal eine Runde drehen und sehen, wie du sie handeln kannst. Und ob sie rund läuft. Komm, wir begleiten dich."

Miguel zeigte Ned noch, wie man so eine Harley ankickt, während wir unsere Maschinen starteten. Der Besitzer sah nur mit offenem Mund zu, als wir sein Eigentum bis zum Leuchtturm runter rasten und dort einige Runden drehten.

Da sah ich den Ford!

Er war leer.

Also schickte ich die Jungs zurück, die Harley zu bezahlen, mir Old Crow zu schicken und wartete auf Jones & Smith, während ich mir eine Kippe anzündete.

Die Meeresbrise war herrlich, der Nachmittag in das typische warme Licht Kaliforniens getaucht, Jasmine blühte neben mir und da wußte ich - alles wird gut.

Auch mein Verstand war jetzt wach und scharf.

„Hans sieht eigentlich sehr gut aus. Das hattest du mir nie gesagt. Diese grünen Augen, sind sehr erotisch."

Ich hatte meinen Arm um sie gelegt und wir blickten auf das Meer.

„Exotisch, Baby. Exotisch. Aber das ist ja gar nicht mein Hans. Dessen Augen sind toxisch. Sie brennen sich mit flammendem Wahnsinn in deine Seele." - versuchte ich ihrer Phantasie eine andere Richtung zu geben.

„Wir sollten deinen Hans vielleicht Sigfried nennen, was meinst du? Oder Karl?"

Sie nahm mir die Zigarette aus dem Mund und gönnte sich einen tiefen Zug.

„Oder Vesta! Er hatte mir bei unseren letzten Treffen gesagt, er hieße Vesta."

Old Crow war hinter uns getreten.

„Das klingt doch eher wie ein Indianername, als wie ein deutscher, oder?" - fragte Jas.

„Er kommt aus dem Hindukush, hat er mir erzählt." - antwortete Crow sehr ernst.

„Seit wann verstehst du Deutsch, Crow? Mit mir hat er auch gesprochen, aber ich habe nichts verstanden." - mischte ich mich jetzt ein.

„Er sprach nicht Deutsch mit mir, sondern Farsi. Ich verstehe auch kein Farsi, aber ihn habe ich verstanden. Irre, oder?"

„Wo ist denn der Hindukush?" - wollte ich wissen.

„Das ist ein Gebirge an der Grenze zu Pakistan. War bis vor kurzem britische Kolonie."- klärte mich meine angehende Lehrerin auf.

„Und warum hatte er dann eine SS Uniform an? Und wie kam er in den deutschen Panzer?" - ich war verwirrt. Von einem Kinder-Hans-Gespenst gejagt zu werden, war schon irritierend, aber ich hatte mich irgendwie daran gewöhnt. Nur jetzt zerbröckelte meine liebgewonnene Paranoia. War der Zombie in Wirklichkeit ein hinduistischer Rachegott? Und gar kein SS-Werwolf, wie ich mir immer einbildete?

Egal ob Vesta, Hans oder Sigfried - ich musste ihn loswerden, sonst würde ich Jasmine bald los sein!

„Das hat er mir nicht gesagt, Jeff. Was willst du von mir? Ich hatte gerade einen Koalabären für Miriam gewonnen und wir wollten uns die Stuntshow ansehen."

Also erklärte ich Crow die Bedeutung des Fords, und dass wir auf Jones & Smith warten sollten.

„Nee, oder? Wer weiß, wann die kommen. Ich will die Show sehen! Die Knaben melden sich schon bei dir, du mußt doch nicht auf die warten. Kommt jetzt! Laß uns ein bißchen Spaß haben!"

Da auch Jas mir diesen Augenaufschlag gab, entließ ich den Gangster Jeff ins Wochenende und der Mechaniker Jeff fuhr mit diesem Tagtraum einer Jasmineblüte zurück in ein sorgloses Leben.

Oder zumindest, in einen sorglosen Nachmittag.

Das war mir genug.

Die Stuntshow war wirklich beeindruckend. Es gab fünf Fahrerinnen. Sie drehten erst unten, am Grund des Kessels, ein paar Runden und zogen dann ziemlich schnell nach oben, wo wir standen. Das Publikum stand am oberen Rand und so wirkte der Dom noch tiefer, steiler und gefährlicher. Alle Fahrerinnen hatten bunte Cowboykostüme an. Das ganze Gestell wackelte, als sie ihre Runden drehten - manchmal freihändig, manchmal rückwärts auf der Maschine sitzend, manchmal zu zweit, wobei eine der Damen einen Hand-stand auf dem Lenker präsentierte. Auch wenn sie nur wenige Zentimeter am oberen Rand des Kessels vorbei donnerten, und man unweigerlich einen Schritt zurücktrat, so war der Höhepunkt der Show, doch ein anderer. Dot kam irgendwann auf einer Indian mit Seitenwagen in den Kessel. Und in diesem Seitenwagen saß ein lebendiger Löwe! Das Vieh war riesig! Aber er saß dort seelenruhig und schaute nur nach links und rechts. Als gäbe es nichts Normaleres, als in einem Seitenwagen im neunzig Gradwinkel im Kreis zu fahren. Ich war baff!

Auch war ich von dem Können dieser Dot Richardson beeindruckt. Mit einem Seitenwagengespann und einem 200 Kilo schweren Löwen darin, nur wenige Zentimeter an der Ewigkeit vorbeizurasen, das verlangte echt Eier, Erfahrung und Geschick.

Beim Rausgehen war Jas so euphorisiert, dass sie ihr Lehramtstudium für eine Stuntfahrerinkarriere aufgeben wollte!

Danke Dot!

Hans und seine Blondinen assistierten den Stuntdamen und so luden sie uns ein, mit ihnen ein Sonnenuntergangsbier am Strand zu trinken, als Jasmine nach einem Autogramm von Dot fragte.

Die Jungs mochten uns - warum nur, fragte ich mich insgeheim.

Jedenfalls saßen wir, Crow, Miriam, Jas und ich, mit ihnen am Strand und sprachen über Motorräder, über das Meer, über Musik und natürlich irgendwann über Drogen.

Sie erzählten, wie sie von Marihuana zu LSD gekommen sind, und warum LSD besser sei.

„Anders als bei Alkohol, oder Dope kannst du dich an die Reise erinnern, man. Du gehst auf die Reise in dein innerstes Selbst. Und siehst auf einmal die Welt wie du sie siehst, nicht so wie sie dir deine Eltern, deine Lehrer, deine Generäle, die Gesellschaft oder wer auch immer erklärt haben. Auf einmal macht alles Sinn. Du siehst einen Baum an und verstehst den Baum. Wie er denkt, wie er fühlt und du kannst dich auch noch Jahre später daran erinnern, was der Baum dir gesagt hat. Wenn du im Meer bist, spürst du, dass es ein lebender Organismus ist, der dich mag, der dich umarmt, bettet. Du fühlst nicht nur die Wellen, die Bewegungen, die Strömungen - du bist diese alle und du verstehst sie. Und auch wenn du nichts genommen hast, bleibt dieses Verständnis für immer."

Die ruhige Art, wie dieser Surferboy uns das erklärte, war überzeugend.

„Versteht man dann auch seine Albträume? Seine Gespenster?"

- fragte ich ihn daher.

„Uh! Das ist gefährlich, Bruder. Aber, wenn jemand bei dir ist, dem du vertraust und der nüchtern bleibt, geht das. Die Eingeborenen in Südamerika machen das seit Jahrhunderten."

- klärte mich der LSD-Prophet auf, während er und zwei weitere Blondies sich ganz entspannt einen dieser LSD-Drops gönnten.
Jasmine sah mich von der Seite an und schüttelte warnend den Kopf.

„Mann! Hier seid ihr! Wir suchen euch überall! Ned hat sich doch tatsächlich diese Harley andrehen lassen, nur hat das Baby kein Licht, also sollten wir uns langsam auf den Rückweg machen, bevor es dunkel wird."
- verhinderte ein aufgeregter Miguel meine Versuchung.
„Ihr wollt den ganzen Weg zurück nach Oakland? Heute noch?"
- fragte Hans, den Joint weiterreichend.
„Nope! Aber wir haben nichts zum Übernachten hier, also ist es wohl Zeit für den Abflug."
Crow nahm einen Zug vom Joint und reichte ihn weiter.
„Wir haben ein Haus, ein paar Meilen südlich. Da gibt es ein Sofa, eine Matratze und eine Hängematte, oder zwei." - bot Hans an.
„Und zwei Bäder." - ergänzte der LSD-Professor.
Ein Blick in die Runde, sagte mir, dass keiner diesen friedlichen Abend jetzt schon beenden wollte und so ließ ich mir von Hans den Weg beschreiben.
Nach dem obligatorischen Sonnenuntergangschwimmen, rauchten und tranken wir noch ein bißchen, bis die Surferboys auf ihrer Reise in ihr inneres Selbst anfingen einzuschlafen.
Wir beschlossen auch schlafen zu gehen, setzten uns mit unseren sechs Motorrädern hinter Hans´ Mercury, in den er seine reisenden Mitarbeiter gepackt hatte, und jagten die nächtliche Strasse runter.
Hans fuhr wie ein Teufel und überholte alles, was jetzt noch unterwegs war.
Wir versuchten ihn nicht aus den Augen zu verlieren und flogen hinterher, als wir den Ford überholten.
Ich signalisierte Jones & Smith rechts ranzufahren und wir bremsten das Rennen runter, bis sie stoppten. Umzingelt von einer Horde Motorradfahrer, mitten in der Nacht, mitten im Nirgendwo machte auch den hartgesottenen Verfassungshütern Angst. Jedenfalls blieben sie sitzen und steckten ihre Hände so unter ihre Sakkos, dass wir es sehen konnten.
Als Jay und ich gerade zu den Agenten stapften, kam Hans zurück. Und zwar mit Volldampf.
Er sah uns mit dem frisch gefangenen Ford und bremste so stark, dass es staubte.
Was die Situation nicht verbesserte.
Jones & Smith stiegen jetzt mit gezogenen Waffen aus.

Den Wagen als Rückendeckung, zielte Jones direkt auf meinen Kopf, während Smith seine Wumme von Einem zum Anderen wandern ließ.

Na klasse!

„Woh!Woh!Woh! Mister Jones! Wir kommen in Frieden. Nehmen Sie die Bleispritzen runter. Wir sind unbewaffnet."

Zur Sicherheit blieb ich stehen.

„Wir sind Staatsangestellte. FBI! Wenn Sie uns angreifen, greifen Sie Amerika an! Also, bleiben Sie auf Abstand und erklären Sie diesen nächtlichen Überfall."

Meine Worte schienen Agent Jones nicht erreicht zu haben.

Sollte ich es mal mit Farsi versuchen?

Hans hatte den Mercury mit einem halben Donut hinter dem Ford geparkt und seine Boys wurden dabei so durchgewirbelt, dass sie sehen wollten, was los ist. Und so sahen sich die Vertreter des rechtschaffenen Amerikas auf einmal von sieben Rockern und vier zugedröhnten Hippies umzingelt.

Und natürlich bedroht.

„Keinen Schritt näher!" - brüllte Agent Jones und schoß damit tatsächlich in die Luft. Dabei hatte sich niemand bewegt.

„Hören Sie, Jones. Ich suche Sie schon den ganzen Tag. Haben Sie mit Ihrem Boss über die zwei Nullen gesprochen?"

Ich versuchte wie ein guter Onkel beruhigend auf ihn einzureden.

„Mein Boss sagt: höchstens eine Null. Und er will Beweise! Lassen Sie die Hände oben, Jeff!" - jetzt stand ich vor ihm, wie damals Hans, mein Panzerzombie, vor mir, und hoffte er möge mich nicht erschiessen.

„Kommen Sie morgen um 12 Uhr, sagen wir 13 Uhr, zum Dock 7 in North Beach. Dann kriegen Sie Beweise. Aber nur Sie und diese Nullnummer neben Ihnen, OK?"

Der hatte das gehört und drehte sich jetzt um, mit seiner Waffe im Anschlag.

Wars das?

Smith erschoß mich nicht und zwängte sich auf Jones´ Geheiß in den Ford, was ihm dieser auch umgehend gleich tat. Da sie sich beide immer noch an ihre Waffen klammerten, hatte ich ein bißchen Angst, dass so ein Ding losgehen könnte und sie sich ins Bein, oder in wichtigere Körperteile schießen könnten.

Wir schafften es alle unverletzt zu dem Haus, in dem Hans und seine Jungs lebten und sinnierten noch beim Gute-Nacht-Bierchen darüber, was an unserem Auftreten so eine überzogene Panikreaktion hervorrufen könnte?

Keiner von uns war irgendwie bewaffnet oder aggressiv, im Gegensatz zu den Jones & Smithklonen. War es die Tatsache, dass wir anders aussahen, als sich die Herrschaften das wünschten? Dass man ihnen eingetrichtert hatte, solche Subjekte wie wir seien von Natur aus als feindlich zu betrachten? Realistisch betrachtet war bis jetzt jede Art Aggression von den beiden ausgegangen, von ihrer Verfolgung mitten in der Nacht, über die klare Ansage uns für die Drogenbarone der Bay zu halten, bis zu der heutigen Wild-West-Einlage.

„Lass bleiben, Jeff. Du kannst nicht immer alles verstehen. Haß ist ihr Job. Laß uns schlafen gehen."

- brachte ein müder Crow es auf den Punkt.

Und so folgten wir seinem Rat.

Ich schlief nicht schlecht auf dem Sofa, auch wenn ich mehrmals darüber nachdachte, in das Zimmer zu gehen, in dem Jas und Miriam nächtigen durften. Es blieb beim Nachdenken.

DOCK 7

Am nächsten Morgen mußten wir uns in Santa Cruz etwas zum Frühstücken holen und machten uns danach direkt auf den Weg in die City.

Ich liebte diesen Weg durch den Duft der morgendlichen Redwoods und Eukalyphtusbäume.

Das Bewusstsein, den mächtigen Pazifik zu meiner Linken zu haben, gab mir immer Kraft.

Crow hatte bei den Docks eine Halle ausfindig gemacht, die im Moment renoviert wurde. Wir beorderten Ray dorthin, um ihn nicht in Gefahr zu bringen. Und weil dort am Sonntag eh´ nichts los sein würde. Hoffentlich kamen die beiden staatlichen Revolverhelden auch.

Der Mann an der Pforte erschrak etwas aus seinem Dämmerzustand, als auf einmal sechs Motorräder an seine Hütte dröhnten, aber als Crow ihm seinen Ausweis zeigte, ließ er uns gelangweilt passieren.

Ray, der alte Profi, war schon in Halle 7 und baute sein Equipment auf.

Ich war gespannt wie ein Flitzebogen, was wir zu sehen bekommen würden.

Denn davon hing das Gelingen meines Planes ab.

Nachdem die Szenen meines physischen Kontaktes mit dem Gesetz überraschte `Ahs´ und `Ohs´ im Publikum hervorriefen und auch dieses Mal

jedes Wort gut zu verstehen war, war ich sicher dem FBI etwas bieten zu können.
Al Capone - zweiter Versuch.
Dass ich insgeheim, aber vergebens, noch auf den Auftritt von SS-Hans wartete, der mich ja dort rausgeholt hatte, behielt ich für mich, als wir alle Ray zu der gelungenen Arbeit gratulierten.
Es war in Wirklichkeit nämlich nicht Hans - es war Ray, der mich dort rettete.
War Hans in Wirklichkeit gar kein Bote der Hölle, oder rachsüchtiger Albtraumzombie, sondern ein Schutzengel? Versuchte er uns allen durch sein Auftreten und Schweigen zu zeigen, dass wir auf dem falschen Weg sind? Und fing er an zu sprechen, da wir uns langsam in die richtige Richtung zu bewegen begannen?
Als Drogendealer?
No way!
Ich werde wohl einmal diese LSD-Kur, von der dieser Surfhippie gesprochen hatte, versuchen. Vielleicht würde ich SS-Hans dann verstehen.

„Jeff! Träumst du? Sie kommen!"
Jas zupfte mich am Arm und ich sah den Ford vor der Halle, neben unseren Maschinen anhalten. Es waren wirklich nur Jones & Smith. Oder hatte sich ihre Nachhut versteckt?
Sie blieben vor der Halle stehen. Also trat ich nach draussen.
„Tachjen, die Herren. Sind Sie bereit für eine kleine Vorschau auf ein großes Abenteuer? Dann treten Sie näher und kommen Sie herein. Bei uns werden Sie nicht enttäuscht werden. Aber die Waffen sind bitte an der Kasse anzugeben."
Sie gaben mir einen bitterbösen Blick, setzten aber, wie guterzogene Jungs ihre Hüte ab, als sie eintraten.
Ray spielte den ersten Film, den er unter der Brücke gemacht hatte, ab. Jones & Smith standen wie zwei Gläubige in der Kirche da, ihre Hüte vor die Brust haltend, und sahen sich gegenseitig, das eine oder andere Mal überrascht an.
„Es sind also lokale Cops, die den Deal hier organisieren. OK. Haben wir verstanden. Aber Sie haben gesagt, sie können uns diesen Big C liefern, Jeff."
- wandte sich Jones an mich, nachdem er kurz mit Smitty geflüstert hatte.
„Setzen Sie Ihre Hüte auf und schnallen Sie sich an! Ray, Bitte!"
Dieses Mal war der Blick skeptisch, aber die Hüte behielten Mama´s Jungs brav in der Hand und drehten sie vor Aufregung.
Der zweite Film lockte sogar bei den beiden, die ganz sicher schon einiges gesehen hatten, gewisse Reaktionen hervor. Emotionen wäre wohl wahrlich

etwas übertrieben, aber sie machten unbewußt einen Schritt nach vorne, als die Szene kam, wo Euer armer Jeff in die Mangel genommen wurde, und blickten sich dann verlegen zu uns um, ob wir diesen Riss in der Professionalität wohl bemerkt hätten.

Hatten wir, Sir.

„Na, dann haben wir den Typen ja jetzt und brauchen Sie gar nicht, Jeff."
- grinste mich Smitty an und tippte dabei an seine Nase. Was wohl eine Provokation sein sollte.

„Natürlich können Sie jetzt losgehen und Officer Craddock seiner gerechten Strafe zuführen, aber was ist mit den anderen? Sie haben keine Namen, wir schon. Sie müßten jetzt alle Polizeidienststellen in der Bay Area infiltrieren, um hoffentlich in ein paar Jahren genug Informationen zu haben, die eventuell einen Teil dieses Ringes aufdecken würden. Bis es zu einer Anklage käme, würden die Drogendeals munter weitergehen und Sie würden, wie der antike Sysyphos, immer wieder von vorne anfangen müssen, die nachwachsenden Arme des Kraken abzuhaken. Oder..."
- man, konnte ich schwafeln. Jas hatte mir einmal die Geschichte des armen Sysyphos erzählt und so konnte ich hier ein bißchen den Gebildeten markieren. Die Hooverklone schienen beeindruckt, denn sie flüsterten erst und fragten dann:

„Oder was?"

„Oder ich erzähle Ihnen, wo Sie am Mittwoch die gesamte Mischpoke, inklusive Drogen, viel Geld und Sheriffsternen einsammeln können. Denn dann wird der nächste Deal über die Bühne gehen. Und Sie könnten die gesamte Bay Area mit einem Wisch säubern. Das macht sich sicherlich gut für Ihre Beförderung, nicht wahr?"
Jetzt verschränkte ich die Arme, in der Hoffnung so eine überlegene und überlegte Überlegenheit zu demonstrieren.

Sie flüsterten jetzt nicht, drehten aber fleißig ihre Kopfbedeckung in ihren Händen, als ob sie damit die Zahnräder in ihren Gehirnen in Bewegung setzen könnten - offensichtlich hatten sie die Grenzen ihrer Kooperation vorher schon abgesprochen.

„Das FBI kann Ihnen aber auf keinen Fall soviel Geld bezahlen, wie Sie fordern, Jeff." - jetzt war wieder Jones dran. Anscheinend war sein Job der eher versöhnliche Agent, während Smitty wohl eher den Harten zu geben pflegte.

„Das ist uns klar. Deswegen haben wir Euch ein Angebot vorbereitet, das Ihr Eurem Bigboss vorlegen könnt. Und wenn Ihr das bis Mittwochmittag unterschrieben in meiner Werkstatt abgegeben habt, dann sage ich Euch, wo Ihr am Abend hin müßt. Deal?"
Damit streckte ich Jones die Hand entgegen, wie ich es in Filmen gesehen hatte, denn meistens griff der Andere automatisch zu. Leider ist die Filmwelt nicht die Realität und Jones schlug nicht ein.
„Was ist das für ein Angebot?" - Smitty.

Jetzt war Ray und Jasmines großer Auftritt und die beiden verklickerten den Staatsrepräsentanten, dass sie eine Stiftung für uns einrichten sollten, eine Genehmigung der Schulbehörde besorgen und mal bei den Verkäufern von Santa Catalina vorsprechen sollten - denn wenn das FBI anfragt, öffnen sich alle Türen von alleine.
Natürlich mußte das alles am Ende auf The BOFOOs - Brains & Bikes laufen. Und allen genannten Mitgliedern dieses Vereins würde Straffreiheit garantiert. Yes, Sir!
Ich konnte an den Blicken, die diese Kameraden austauschten, klar sehen, dass sie noch nie mit einer solchen Situation konfrontiert waren. Bis jetzt.
Aber Ray hatte als Journalist alles so gut vorformuliert und detailliert durchdacht, dass den Bengeln ihr anfängliches Grinsen im Gesicht gefror.
„Geben Sie uns fünf Minuten?"
- fragte jetzt Jones, und sie gingen raus zu ihrer Fordfestung, ihre Hüte synchron aufsetzend, und besprachen sich.
Meine Gedanken schweiften ab und ich mußte daran denken, wie so ein FBI-Agent wohl trainiert wird? Stehen da alle Bewerber vor einem Spiegel und versuchen, wie im Ballett, alle Bewegungen, wie Hut aufsetzen, Jacketknopf lässig lösen, Waffe ziehen und gleichgültig zu schauen, möglichst gleichzeitig zu praktizieren?
Steht der Drillsergeant vor ihnen und macht alles vor?
Und gibt es eine Reihenfolge? Noten?
Kann man diesen nonchalanten Jonesausdruck und diesen nichtssagenden Smithblick auch trainieren, oder sind das Grundvorraussetzungen für den Job?
Sei einer von Millionen.
Sei unsichtbar.
„Also, hören Sie, Jeff. Wir könnten das natürlich unserem Chef vorlegen, aber... mal ganz ehrlich... wollen Sie nicht lieber 300.000 $? Das wäre einfacher. Straffreiheit ist inbegriffen."

Ich hatte gar nicht gemerkt, dass die Jungs zurück waren. Natürlich drehten sie wieder brav ihre Hüte in den Händen.

Disziplin oder Brainwashing?

Irre!

„Nein, Jones. Schaffen Sie das bis Mittwoch? Denn Craddock hat schon Wind bekommen, dass Sie hier sind und wird vorsichtiger. Also, sollten Sie zugreifen so schnell Sie können."

- bluffte ich.

„Gut. Wir versuchen es, aber wir garantieren für nichts. So ein Schwachsinn! Eine Insel, mit einer Schule! Das ist doch lächerlich! Was sind denn das für Gangster, Mann!"

Ganz eindeutig waren wir für Agent Smith nicht hart genug. Denn er stampfte wütend nach draussen und schimpfte noch, als sie schon im Auto sassen und abfuhren.

Wir waren auch nach draussen getreten und winkten diesen tapferen Männern, die ihr Leben unserer Sicherheit verschrieben hatten, freundlich zum Abschied.

Auch wenn wir alle lachen mußten, als der Druck von uns abfiel, streichelte mir Jas fürsorglich die Wange.

„Du Armer. Willst du diesen Drecksack von Craddock wirklich noch einmal alleine treffen? Was, wenn sie dich wieder so zurichten?"

„Dann pflegst du mich mit viel Liebe und Blaubeermuffins, ok?"

Mann, tat das gut. Ein bißchen Zärtlichkeit am Nachmittag.

„Sie hat Recht, Jeff. Wir sollten mitkommen."

- unterstützte Miguel Jas, ohne meine Wange zu streicheln.

„Hört zu, Leute. Wenn da das FBI lauert und Craddocks Leute nervös werden, kann es dort schnell heiß werden. Die haben Waffen. Wenn ich alleine hinfahre, bleiben sie eher cool. Vor mir haben sie keine Angst. Aber Ned. Du mußt Craddock noch Bescheid sagen, dass wir am Mittwoch wieder eine Lieferung brauchen. Verstanden? Falls das FBI nämlich nicht vorbeischaut, können wir wenigstens noch ein paar Dollars machen und dann abhauen."

Wir diskutierten noch ein wenig und machten uns dann Richtung Bay Bridge nach Oakland auf den Heimweg.

Ich fühlte mich jetzt ein bißchen ausgeblutet. Trotzdem ritten wir erst einmal zu meiner Werkstatt, aber ich hatte vor die Bande dort zu verabschieden und ein Nickerchen zu machen.

Doch sahen wir schon von zwei Blocks Entfernung, das Rotlicht von drei Polizeiautos.

Und sie standen vor meiner Werkstatt!

Jetzt fing mein Kopf so richtig an zu schmerzen.

Wir stellten die Mühlen auf die Strasse, wo sich schon einige Nachbarn versammelt hatten und ganz unauffällig zu uns rüber starrten.

Draussen war nur ein Polizist zu sehen, der am Wagen stand und rauchte. Was er schleunigst bleiben ließ, als er uns auf sich zukommen sah.

„Chef! Chef! Kommen Sie mal! Schnell!"

- erschrocken trat er zwei Schritte zurück und wußte nicht so recht, ob er seine Waffe ziehen, oder unter die schützenden Fittiche seines Chefs, der offensichtlich in meiner Werkstatt zu Gange war, flüchten sollte.

Anders als erwartet, trat mir nicht Craddock entgegen, sondern der Cop, der sich für englische Motorräder interessiert hatte.

„Oh, Jeff. Gut, dass Sie kommen. Wir wussten nicht, wann Sie hier seien werden und haben schon angefangen. Ihre Mutter hat uns reingelassen…"

Seine unterwürfige, durchaus freundliche Begrüßung minderte leider nicht meine Kopfschmerzen. Ich brauchte etwas zu trinken!

„Was zur Hölle machen Sie hier? Haben Sie einen Durchsuchungsbefehl? Wie heißen Sie, Mister?"

Ich hatte keine Lust nett zu sein. Und meine BOFOOs strömten jetzt auch an den Autos vorbei, in meine Garage.

Dort waren weitere vier Cops dabei etwas zu suchen und erschraken sichtlich, als wir in der Tür standen.

„Jaja. Hier. Schauen Sie. Ich bin Officer Luso. Es liegt eine Anzeige vor, dass der Verdacht besteht, Ihre Werkstatt sei ein Tarnunternehmen und dient eigentlich dazu Drogen zu verkaufen. Wir mussten dem auf den Grund gehen, verstehen Sie? Anzeige ist Anzeige."

Er tat mir fast leid, wie er mir entschuldigend das Papier unter meine geschwollene Nase hielt, aber bei Kopfschmerzen gibt es kein Mitleid.

„Und? Haben Sie was gefunden? Drogen? Geld? Bin ich verhaftet?"

Kurz dachte ich daran meine Sonnenbrille wieder aufzusetzen und den kleinen Heimvorteil auszunutzen, aber ich fand sie nicht auf Anhieb und sie drückte sowieso schmerzhaft gegen meine übergroße Nase. Also ignorierte ich den Papierträger und sah den anderen Gesetzeshütern bei ihrem Tun zu.

„Äh, Nein. Ich denke, wir werden dann auch die weitere Suche einstellen. FEIERABEND, Männer!" - rief er seinen Jungs zu und die gehorchten artig.

„Wo ist Craddock?" - hielt ich den Mann am Arm fest, als auch er gehen wollte.

„Officer Craddock? Der ist nicht hier. Warum?"

„Na, der hat doch diese Show veranlasst, oder? Hier steht sein Name auf der Anzeige, Mister Luso."

Was hatte man diesen jungen Cops über Motorradfahrer bloß erzählt?

Der Junge hatte Angst!

Vor mir!

Also ließ ich ihn gehen. Vielleicht wird dieser Kerl eines Tages auch einmal auf einem Motorrad sitzen und sich wundern, warum ihn keiner mag.

Ohne seine gebügelte Uniform.

Jas und Miriam waren inzwischen zu meiner Mutter in die Wohnung hoch gegangen. Die Staatsmacht verzog sich langsam von meinem Grundstück und die Nachbarn flüsterten sich enttäuscht in ihre Holzhäuser zurück.

„Miguel. Jay. Schaut mal nach, ob noch alles da ist."

Ich holte mir erst einmal einen Becher Wasser.

„Ja! Scheint alles noch da zu sein. Aber wir müssten es halt zählen. Sollen wir die Reifen des Caddys noch einmal abbauen?" - fragte Jay, unter dem Cadillac des dicken Herren hervor, der immer noch auf der Hebebühne stand.

Auf die Idee, das Geld in den Reifen eines Kundenwagens zu suchen, kamen diese einfältigen Befehlsempfänger nicht. Zum Glück hatten wir alle Drogen schon an den Mann gebracht.

Aber natürlich wußte ich, dass Craddock mich warnen wollte.

Ich war mehr als gewarnt!

ANTIZIPATION

Nachdem wir das Chaos, was die Cops vor allem in Jay´s Schlafgemach hinterlassen hatten, wieder einigermaßen in Ordnung gebracht hatten, schickte ich die Jungs heim. Ich war platt und wollte nur schlafen. Aber erst musste ich mich um meine Mom kümmern.

Die saß, glücklich schwatzend, in der Küche und buk Blaubeermuffins mit Jas und Miriam. Selbst als ich, im wahrsten Sinne des Wortes, zerschlagen dazu trat, freute sie sich: *„Das Rezept von deiner Freundin hier, etwas Vanille in den Teig zu tun ist einfach umwerfend, Jeff. Das mußt du probieren! Hier."*

Sie streckte mir einen Löffel voll Teig in den Mund und wartete gespannt auf meine Reaktion.

Die Mädels standen grinsend hinter Mom und fühlten sich offensichtlich sehr wohl hier.

„Ja. Ist der Hammer. Gibt es noch Kaffee?"

Ich war dankbar, dass Jas und Miriam meine Mutter so gut abgelenkt hatten und wollte sie nicht einfach nach Hause schicken, was sicherlich zu unhöflich gewesen wäre. Also setzte ich mich an den Tisch und versuchte wach zu bleiben.

„Sag mir die Wahrheit, Jeff. Bist du wieder zu schnell gefahren, oder warum waren die Polizisten hier? Sag' mal, haben die hier etwa was gesucht?" - fragte Mom jetzt fürsorglich, während sie mir einen Kaffee eingoß.

„Nein, nein, Mom. Dieser Officer Craddock... erinnerst du dich noch an Mitch? Aus der Highschool? Der ist jetzt Officer. Kannst du das glauben?" - war mein Angebot aus diesem Strudel in ruhiges Fahrwasser zu gelangen.

„Mitch? Craddock? Der kleine Dürre, mit der Zahnlücke, der immer von seinem Dad geschlagen wurde? Daß aus dem einmal was wird, hätte ich nie gedacht. Aber was will der denn von dir? Ihr wart doch nie Freunde, oder?"

„Nein, ganz sicher nicht. Aber er ermittelt gerade gegen einen Drogenring und hatte gedacht, das Auto in meiner Werkstatt gehört einem Verdächtigen. Nichts Besonderes." - log ich.

Ich konnte Jas und Miriam erleichtert aufatmen hören, als meine Mutter meine Geschichte mit einem : *"Naja, dann ist ja alles gut."* zu den Akten legte.

Ob unhöflich oder nicht - ich verabschiedete mich und ließ die Damen beruhigt in ihrem Blaubeervanilleteighimmel zurück.

Die neue Woche startete ruhig. Meine Nase war auf dem Rückweg zu ihrer Normalgröße und ich konnte wieder riechen. Der Kunde holte seinen Caddy, mit den neuen Reifen ab und war zufrieden. Natürlich hatten wir seine alten Reifen mit unserem Ersparten darin getauscht und zu den hundert anderen Altreifen im Lager gelegt.

Es gab zwei, drei kleinere Reparaturen zu erledigen, aber nichts was Jay und mich daran gehindert hätte, dieses verrückte Wochenende noch einmal genuß-voll Revue passieren zu lassen.

Gegen Nachmittag rollte noch ein Lee Experience Truck auf den Hof und fragte, wann er den Wagen hier lassen könne. Es war ein anderer Fahrer, aber auch sympathisch.

Gegen Abend hörte ich dann endlich das kraftvolle beruhigende Hämmern eines englischen Twin Motors und Jas rollte direkt vor meine wartenden Stiefel.

„Na, du Gesichtsruine, bereit loszulegen?" - lächelte sie mich frech an.

„Ich freu mich auch dich zu sehen. Wo soll´s heute hingehen? Ich habe da von einer Bar in Berkley gehört, mit Tanzsaal."

„Doch nicht an einem Montag, Hun. Ich wollte mit einem Probeunterricht loslegen. Deine Mom hat mich eingeladen. Also, ab in die Küche, Jeffrey. Heute wird gelernt."

Hauptsache sie war bei mir!

Dann versuche ich halt den guten Schüler zu mimen.

Sie wußte viel über japanische Geschichte und asiatische Kultur zu erzählen, doch was bei mir hängen blieb, war dieses absurde Detail über Herzinfarkte.

Diese Krankheit war in Japan bis 1945 unbekannt. Aber dann bombten wir uns den Weg in die japanischen Herzen und Mägen, indem wir versuchten die Überlebenden von Hiroshima und Nagasaki langsam durch unsere fetten Hamburger, fettige BBQs und zuckersüßen Coca-Colas zu vergiften. American Life Style, Baby!

Meine Mutter überraschte mich auch mit dem einen oder anderen Kommentar zu geschichtlichen Ereignissen, den ich ihr nie zugetraut hätte.

Aus ihren Erzählungen erfuhr ich, dass mein Dad anscheinend noch wesentlich mehr Interesse besessen hatte, als nur die Funktionsweise von Fahrzeugen. So erzählte sie, dass er jede Gelegenheit nutzte um etwas Neues, Wissenschaftliches zu lesen und sein Interesse so weit gestreut war, dass es bis zu griechischen Philosophen reichte.

Ich erinnerte mich nur an eine schöne Weisheit von ihm:

`Wenn du 15 Jahre alt bist und glaubst Wasserstoff sei der Treibstoff der Zukunft, werden alle lachen und sich über die Phantasie dieses Teenagers freuen.

Wenn du mit 25 immer noch dasselbe glaubst, werden sie dir empfehlen doch Chemie oder so etwas zu studieren, da du ja offensichtlich keine Ahnung hast. Und sie werden weiterhin lachen.

Wenn du mit 35 dein Studium abgeschlossen hast und in deine Idee Zeit und Geld investierst, werden sie deine Verbohrtheit und deinen Dickschädel belächeln.

Mit 45 werden sie anfangen über deine Idee ernsthaft zu diskutieren und nachzudenken, sie werden deine Erfahrungen betrachten und vielleicht in deine Idee Geld investieren.

Mit 55 werden sie sagen, wie weise du doch bist und was für ein einzigartiges Talent du hast.

Und mit 65 wirst du von deinen Patenten und Investitionen leben können und alle Welt wird dich als Genie respektieren.´

Natürlich verstand ich, was er sagen wollte: Glaub an dich und zieh es durch!
Und genau das hatte ich vor.
Die intellektuelle Gegenwart von Jas motivierte meine Mutter ganz offensichtlich, denn sie waren jetzt bei Hearst und Howard Hughes angekommen, große Amerikaner. Danach zerlegten sie noch Teddy Roosevelt Jr und dessen Doppelmoral. Denn anscheinend hatte er zwar viele Gebiete der USA vor der Zerstörung und Ausrottung ihrer Tierpopulation gerettet, in dem er sie zu Nationalparks erklärte. Was ihn aber nicht daran hinderte, selbst noch den letzten großen Grizzly in South Dakota zu erlegen. Und als er nicht mehr Präsident war, schoß er halt auf alles was ihm auf vier Beinen vor seine kurzsichtigen Augen lief, drüben in Afrika. Wo er nicht nur seine üppige Bibliothek und seine Whiskeybar durch die Steppe tragen ließ, sondern sich auch noch selbst, auf einem thronähnlichen Sessel, wie es sich üblicherweise für diese weißen Kulturmissionare der Zeit so gehörte.
Mir war nie klar, dass Unterricht so spannend und mitreissend sein kann. Aber dieser Abend verflog, bevor ich überhaupt wußte, dass er angefangen hatte.
Als ich Jas nach Hause brachte, bemerkte ich, dass der Ford nicht da war. Und auch sonst kein einziges Polizeiauto. War es schon so spät? Oder war da wieder etwas im Busch?
Auch stand nicht nur Ned´s Caddy vor der Tür, sondern auch seine neue Harley.
Alles war ruhig und in Ordnung. Oder?
Auch dieses Mal versuchten Jas und ich einen Abschiedskuss. Nur heute war es nicht SS-Hans, der uns hinderte, sondern meine geschwollene Lippe.
„Ich komme morgen wieder vorbei und dann sehen wir, ob es besser geht, ok?"
„Das ist mein Lieblingsunterricht: Lippenlesen."
- scherzte ich, und hoffte inbrünstig, dass es doch so sein möge.

Während der Dienstag so ruhig ablief, dass ich mich gar nicht mehr daran erinnere, brach am Mittwoch gleich in der Früh die Hölle los.
Ich trank gerade die erste Tasse Kaffee des Tages und rauchte unter dem Vordach meiner Garage, als ich den Streifenwagen vorbeifahren sah. Ich glaube nicht, dass sie vorhatten anzuhalten, aber als Craddock mich da friedlich stehen sah, drehten die beiden Cops um und rollten auf mein Gelände.
„Denk an unseren Termin heute Abend, Jeff." - grüßte mich Craddock ohne auszusteigen. Er hatte doch nicht etwa Angst vor Jay?

„Denk an meine Lieferung heute morgen und unser Termin wird sich für dich rechnen, Officer Craddock."- antwortete ich.

„Du bekommst erst wieder eine Lieferung, wenn wir unser Geld haben. Klar?"

Anscheinend war der fahrende Kollege auch eingeweiht.

„Na, dann mach den Truck mal schön voll. Denn deine Kundschaft wartet sehnlichst auf dein magisches Pulver, das ihnen das Hirn rausbrennt."

Sein nervöses Um-sich-blicken bestätigte mein Gefühl, dass er Angst hatte.

„Verlaß dich darauf. Wenn du heute Abend ein guter Junge bist und uns glücklich machst, dann kannst du gleich mit einem Truck voller Goodies nach Hause fahren."

Der Fahrer lachte. War der bei unserem ersten Treffen auch schon dabei gewesen?

„Und falls nicht, Herr Doktor?" - reizte ich Mitch, nur weil er mich nervte.

„Dann kannst du den Truck als Leichenwagen benutzen. Dann bist du tot!"

Er gab dem Jungen ein Handzeichen und der brannte mit durchdrehenden Reifen von meinem Hof.

Wow! Ich war in keinster Weise beeindruckt.

Es gab zwei Möglichkeiten:

Entweder kam die Post vom FBI noch rechtzeitig und dieser Spuk war Vergangenheit, oder ich mußte Craddock und seinen uniformierten Gangstern das ganze schöne Geld übergeben. Was ich nicht vorhatte!

Wie abgesprochen klingelte jetzt das Telefon und ein sehr aufgeregter Mann erklärte mir, er sei der Fahrer von Lee Experience und sein Truck sei in der Nähe von Lafayette auf der Bundesstrasse 24 liegen geblieben. Seiner Meinung nach die Bremsleitung.

Also weckte ich Jay und schickte ihn dort hoch, denn ich wollte heute die Werkstatt nicht unbewacht lassen. Wer weiß, was Craddock oder das FBI vorhatten. Und Lafayette war gut 45 Minuten von hier.

Jay nahm Werkzeug und eine Ersatzleitung mit und war weg.

Ich rief Ray an.

„Heute Abend wieder an diesem Parkplatz, hörst du? Und sei heute noch vorsichtiger, denn es könnte richtig gefährlich werden."

- aber das mußte ich ihm wahrscheinlich gar nicht sagen. Doch so beruhigte ich meine eigene Angst. Auch wenn ich mir einredete, dass es dafür keinen Grund gibt.

„Hat das FBI angebissen?"

- quiekte er ganz aufgeregt.

„Noch nicht. Aber du mußt trotzdem da sein, hörst du?"
Ich wiederholte mich. Wohl, weil ich mir einreden wollte, es gäbe keinen Grund zur Panik.
„Hast du Angst, Jeff?"
Tja, das mit dem Einreden funktionierte offensichtlich nicht so gut.
„Ach was! Ich? Was soll denn schon passieren, haha...?" - unglaubwürdig.
„Die könnten dich töten, Mann! Ist dir das eigentlich klar?"
Ich konnte ihn durch das Telefon schwitzen sehen.
„Deswegen sollst du ja kommen. Dann musst du meine Leiche da raus holen, klar? Und danach veröffentlichst du alles und verschwindest aus dem Land."
Es auszusprechen zeigte Wirkung. Meine Hände zitterten nicht mehr.
„Worauf du dich verlassen kannst. Das wird wirklich eine Atombomben-nummer! Soll ich vielleicht eine Pistole mitbringen? Ich hab noch eine 22er von meiner Schwester, für den Notfall."
Er machte sich wirklich Sorgen um mich.
„Bloß nicht, Ray. Damit verletzt du dich nur selbst und ich muß dich dann retten. Das würde meinen Plan durcheinander bringen."
Eine 22er!!!! Das ist keine Waffe. Das ist ein dummes Spielzeug.

„Du hast einen Plan? Weih mich ein, verdammt!"
- oh, das hatte ich wohl vergessen. Wäre vielleicht wichtig.
Nur hatte ich in Wahrheit auch keinen. Ich wollte nur aus irgendeinem unerklärlichen, kindischen Grund Craddock nicht davonkommen lassen. Und mit dem Geld, auch wenn es nicht meines war, endlich unseren Traum erfül-len. Nur wie? Das war mir überhaupt nicht klar.
„Also, ich werde wieder da sein, so wie beim letzten Mal. Und wenn das FBI kommt, werden die hoffentlich Craddock und seine Jungs genau dann verhaften, wenn ich ihnen das Geld übergebe. Und wenn das FBI nicht kommt... naja... dann mal schauen was passiert, oder?"
„Toller Plan! Gib ihnen doch einfach das verdammte Geld und sag ihnen, dass du raus bist. Du wirst keine Drogen mehr verkaufen."
„Aber es ist schmutziges Geld und sie sind schlechte Menschen, sie verdienen das nicht und ausserdem wird Craddock uns nicht vom Haken lassen."
Ich wußte, dass meine Argumente schwach waren.
„Ich glaube es nicht! Wie kann man so bescheuert sein?"
Ray wurde richtig laut.
„Bleib cool, Ray Miller. Das wird schon alles klappen. Du kannst ja für mich ignoranten Sünder beten. Vielleicht hilft das und beruhigt dich, ok?"

Vielleicht sollte ich das auch mal versuchen. Aber Jesus würde wohl glatt von seinem Kreuz springen und mich direkt zu SS-Hans in die Hölle stecken. Zum Glück fuhr jetzt Kundschaft vor und ich konnte das Gespräch beenden. Es war dieser Polizist, der am Sonntag meine Werkstatt durchsucht hatte. Mister Loser? Mister Lustig? Irgendwie so…heute hatte er keine Uniform an.

„Ich hoffe, ich störe nicht, Mister Jeff?"
Er war immer noch etwas unterwürfig. Hatte der Mann ein schlechtes Gewissen?
„Was kann ich für Sie tun, Officer?" - ich ließ erst mal den Namen weg.
Vielleicht würde er mir wieder einfallen.
„Luso. Heute kein Officer, ich bin privat hier. Ich hoffe Sie sind nicht sauer, wegen Sonntag?"
Hinter seinem schüchternen Lächeln blitzte ein gewisser Schalk durch.
„Keine Sorge. Sie haben ja auch nur Ihren Job gemacht. Was kann ich für Sie tun?"
„Das war ja das Aufregende! Eigentlich bin ich nur verantwortlich für das Lager und darf mal mit auf Streife fahren, wenn ein Kollege krank ist. Aber das war meine erste Razzia!" - soso, eine offizielle Razzia.
„Leider haben Sie nichts gefunden. War Ihr Boss da nicht enttäuscht?"
- versuchte ich Mister Luso noch mehr Informationen zu entlocken.
„Ha! Den hätten Sie sehen sollen. Der ist im Viereck gehüpft, so wütend war der. Jetzt muß ich wohl den Rest meines Lebens gestohlene Autos bewachen."
Er zuckte mit den Achseln bei der Erkenntnis nicht zum Helden geboren zu sein.
„Ich habe schon gehört, dass dieser Craddock ein harter Hund sein soll."
Der Mann schien es nicht eilig zu haben, mir sein wahres Anliegen zu offenbaren.
"*Ohja! Vor allem in den letzten zwei Wochen dreht er völlig durch. Bei dem hängt wohl der Haussegen so richtig schief, denn so gestresst wir der ist… Unter uns… ich glaube seine Frau ist nach San Mateo abgehauen, denn jedes Mal wenn von dort ein Anruf kommt, verschwindet er in sein Büro. Und kommt völlig fertig wieder raus."*
Hätte ich dem netten Luso sagen sollen, dass Mitch gar nicht verheiratet ist?
„Und jetzt wollen Sie Ihr Auto reparieren lassen, oder was führt Sie her?"
   Für einen Moment kroch der Gedanke, Luso könne von Craddock geschickt worden sein um mich auszuhorchen, in meine doch leicht angespannten Gehirnwindungen.

„Achso, ja. Nein, nein. Ich interessiere mich sehr für englische Motorräder und wollte Sie einfach nur mal darüber etwas ausfragen. Wenn das ok ist?"
Er schien eine ehrliche Haut zu sein.

Also erklärte ich ihm die grundsätzlichen Unterschiede, wie zum Beispiel die Schaltung. Denn bei den meisten Maschinen von der Insel sitzt das Bremspedal dort, wo bei uns der Schalthebel montiert ist und das Pedal zum Schalten ist auf der anderen Seite. Spiegelverkehrt. Ausserdem schaltet man auch spiegelverkehrt, was anfangs immer dazu führt, dass der Fahrer anstatt auf die Bremse zu treten den Schalthebel nach unten tritt und somit einen Gang runter schaltet.

Er wollte das gleich auf meiner BSA bei einer Probefahrt ausprobieren, also mußte ich ihn stoppen.

„Ich habe hinten noch eine Matchless stehen. Die ist etwas kleiner und leichter zu handhaben. Mit der können Sie mal ne Runde drehen." - und ich zog ihn in den Schuppen hinter der Werkstatt.

Augenscheinlich war er kein Spitzel von Craddock, denn alle seine Fragen drehten sich ausschließlich um das Motorrad. Er schaffte die Matchless anzukicken und hatte das mit dem Schalten auch schnell raus. Während Luso auf den Geschmack von Abenteuer und Freiheit im Sattel bei einer ausgiebigen Probefahrt kam, sah ich den Lee Experience Truck um die Ecke biegen.

„Es war die Bremsleitung, Jeff. Und die anderen drei sollten wir auch schnell ersetzen, denn die sind auch bald durch."
- grüßte mich Jay, der mit seiner Harley dem Truck gefolgt war.

Also, den Truck in die Werkstatt und auf die Hebebühne.

„Wann kann ich den Truck wiederhaben?" - fragte ein ermüdeter Fahrer.

„Denke mal, Donnerstagnachmittag. Ist das OK für dich? Ich kann dich anrufen, wenn er fertig ist."

-...falls ich am Donnerstag noch telefonieren kann.

„Hier. Checkt auch bitte noch die Bremsen. Der Truck zieht immer nach links, wenn ich bremse."

Er schrieb mir seine Telefonnummer auf einen Zettel.

Der Truck war zu schwer für die Hebebühne, und als wir ihn zu dritt entluden, erfuhren Jay und ich, dass Mister Lee seinen Geschäftsbereich Richtung Osten ausgeweitet hatte, und die Fahrer jetzt viel längere Touren machen mußten, um viel mehr `Ware´ an den Mann zu bringen.

Da meine Gedanken immer noch bei meinem nicht existierenden, aber wohl überlebenswichtigen, Plan für heute Abend festhingen, überhörte ich die Wichtigkeit dieser Information.

Ausserdem kam jetzt gerade Luso wieder auf den Hof geknattert.

„Die nehm ich! Sofort! Was willst du dafür haben?"

Sein Duzen überzeugte mich vollends, dass er nicht von Craddock geschickt worden war.

„500 $."

Jay sah mich missbilligend von der Seite an. Er hätte das Doppelte genommen, aber ich hatte irgendwie den Bezug zu Geld verloren, obwohl sich heute doch alles genau darum drehte.

„Soviel habe ich jetzt nicht dabei. Aber ich laß euch mein Auto hier und bringe euch das Geld morgen. Wäre das möglich?"

Es war möglich und ein glücklicher Luso knatterte in ein neues Leben.

Mal sehen, wie lange der noch Polizist bleibt.

Jay bot an, den erschöpften Lee Experience Fahrer nach Hause zu bringen und der nahm, dankend auf dem Sozius der Harley Platz.

Jetzt war ich wieder alleine.

Alleine mit meiner Planlosigkeit, die langsam einer echten Verzweiflung wich.

Ich dachte sogar daran, einfach nicht zu diesem Treffen zu gehen. So, als ob das Ignorieren des Problems dieses lösen würde.

Wie damals in der Schule, als ein Test anstand, auf den ich nicht vorbereitet war, weil ich am See fischen war, und ich dann am Morgen meiner Mutter Bauchschmerzen vorspielte, damit sie mich in der Schule entschuldigt.

Hat damals schon nicht funktioniert.

Noch hatte ich ungefähr drei Stunden Zeit das Geld in meinen alten Armeesack zu stopfen und mich auf meine Maschine zu setzen.

Aber dann würde Craddock und seine Cops Jas, Ned, Jay und alle anderen dafür büßen lassen.

Um mich abzulenken, zündete ich mir eine Zigarette an und fing an die Bremsleitungen des Truck abzubauen. Vielleicht kam ich ja so auf andere Gedanken.

Oder auf den richtigen?

Kam ich nicht.

SEQOUYAH SHOWDOWN

Was kam, war der Junge von der Eisdiele am Ende der Strasse, auf seinem Fahrrad. Der schaute hier öfters mal zu und konnte es nicht erwarten, bis er alt genug war, um endlich selbst auch ein Motorrad zu fahren.

Heute wollte er nicht auf der BSA sitzen, sondern hatte etwas in der Hand.

„Jeff. Das soll ich dir von zwei Cops geben."

Er drückte mir einen dicken braunen Umschlag in die Hand und begutachtete sofort meine Arbeit unter dem Truck.

„Bremsleitungen, richtig?" - vermutete er sachverständig, während ich nickend den Umschlag aufriss.

„Woher weißt du, dass das Cops waren, Graham?"

Es waren viele Papiere darin und ich mußte mir erstmal die öligen Hände waschen gehen um nicht alles zu versauen.

„Die riecht man doch sieben Meilen gegen den Wind. Blaue Anzüge, Krawatte, blauer Hut und ein Ford. Ausserdem haben sie mir fünf Dollar gegeben."

Nachdem er das Problem des Trucks analysiert hatte, schlich er um die BSA herum.

„Hast du die Matchless heute verkauft, Jeff? Die hattest du mir versprochen! Ich habe schon 35 Dollar gespart und ich arbeite neben der Schule in der Eisdiele um den Rest..."

- weiter kam er nicht, sondern starrte mich nur an.

„Graham! Du bist Gold wert!!! Ich schenke dir eine nagelneue Matchless, wenn du alt genug bist!!!"

Das FBI hatte alle unsere Forderungen erfüllt!

Soweit ich auf die Schnelle sehen konnte, gab es viele Stempel und Unterschriften, etwas, das wie ein Kaufvertrag aussah, die Straffreiheitsvollmacht und noch einiges mehr. Ich wußte vor Aufregung gar nicht, was ich mit mir anfangen sollte, also umarmte ich den verblüfften Graham.

Nachdem er weg war, suchte ich die Karte von Jones & Smith raus und rief dort an. Agent Jones ging auch sofort ran.

„Na, hat der Postbote Sie glücklich gemacht, Jeff?"

- fragte er lakonisch.

„Yes, Sir. Haben Sie etwas zu schreiben? Das Treffen findet um 9:00 Uhr auf dem Parkplatz Horseshoe Trail oben in Sequoyah statt. Sie fahren an dem Tennis Club vorbei, bis zum zweiten Parkplatz. Es gibt nur eine schmale

Strasse, also achten Sie darauf, früh Ihre Männer in Position zu bringen, denn Craddock kommt gerne zu früh und er kommt nie alleine. Ich erwarte mindesten fünf seiner Leute dort. Und sie werden bewaffnet sein. Ich nicht! Ich werde ihm Drogengeld von 500.000 Dollar übergeben. Haben Sie das alles?"
Ich war auf einmal so aufgeregt, dass ich gleich losfahren und die ganze Nummer sofort hinter mich bringen wollte.
„Alles klar. Machen Sie sich keine Sorgen. Es wird alles klappen."
Konnte er meine Nervosität etwa auch hören?

Jetzt legte ich doch das Geld - zumindest einen Teil davon - in meinen alten Seesack, aber ohne den Gedanken an Flucht. Dann gab ich meiner Mutter die Papiere, damit sie diese zusammen mit Jas heute Abend noch einmal kontrollieren konnte.
Meine Mutter machte mir noch ein Sandwich und ich fuhr los. Und kam so zwei Stunden zu früh am Horseshoe Trail an.
Ich parkte, wie beim letzten Mal und fragte mich, wie das heute wohl ablaufen würde. Ob es eine Schiesserei geben wird?
Was konnte ich dann tun?
Hoffen!
Die Sonne ging unter, die Schatten wurden länger und der Duft der Redwoods erhob sich, und damit meine Träume von einer schönen, nicht all zu fernen Zukunft, mit Jasmine. Würde unser utopischer Plan mit dieser Insel wirklich funktionieren? Würde die Idee, dort von Auto- und Motorradrennen und einer Selbstversorgung leben zu können, Wirklichkeit werden? Ich wünschte Jas so sehr, dass sie ihre eigene Schule eröffnen könnte, und uns eine ruhige und fröhliche Zeit fernab von diesen fruchtlosen Intrigen und gesundheitsschädlichen Machtspielchen korrupter Polizisten.

Mutters Blaubeermuffins frühstücken auf der Veranda, ein bißchen Motorradfahren oder -schrauben und dann beim Feierabendbier mit Crow, Jay, Miguel und Ned am Strand den Sonnenuntergang im Pazifik verplaudern. Weil jetzt auch noch eine leichte Abendbrise einsetzte, wäre ich fast eingeschlafen. Alle Nervosität war weg.
Als es ganz dunkel war, war ich bereit, für alles was da kommen sollte.
Und so, saß ich auf einem dicken Sack grüner Scheine hinter meiner Maschine, als wieder drei Streifenwagen auf den Parkplatz rollten. Alles schien wie beim ersten Treffen zu sein. Doch jetzt vernahm ich noch

Bewegung hinter dem Scheinwerfervorhang, der mich blendete. Es war, als ob Ned´s Truck hinter den Polizeiautos in der Ausfahrt stehen blieb.

Ein großer Fehler.

Ich hielt meine Hand vor die Augen und konnte so Craddock identifizieren, der doch tatsächlich seine Sonnenbrille aufsetzte. Was sollte dieses Theater? Denn was anderes war das nicht, schließlich wurde ich von den Scheinwerfern geblendet, nicht er.

Anders als beim letzten Treffen, traten jetzt auch alle fünf seiner Komplizen ins Licht - ohne Sonnenbrillen. Aber mit Gewehren in den Händen.

„Ich hoffe, du hast heute unser Geld dabei, Gurkennase?"

- schnauzte Craddock auch gleich in meine Richtung.

„Yes, Sir. 500.000 $, wie abgemacht. Hast du neue Drogen für mich, Mister Big C?"

Obwohl dort Jungs mit fünf Gewehren standen, mußte ich ob der Lächerlichkeit dieser Situation grinsen. Also drehte ich mich zur BSA und wollte gerade den Sack dahinter hervorzaubern, als ich das metallische Klicken von durchgeladenen Winchestern - oder was immer diese Helden der freien Welt da hatten - hörte.

„Ganz langsam, Kleiner! Hörst du?" - blaffte Craddock, und ich hob automatisch die Hände und drehte mich um. Da sah ich mich vor einem Erschiessungskommando stehen.

Die Jungs hatten Angst, vor einem einzigen Mann!

„Willst du dein Geld haben oder nicht, Mitch? Es liegt hier hinter meiner Maschine."

Zur Sicherheit blieb ich wie angewurzelt stehen, denn ich hatte ja noch Träume.

„Joe! Schau nach." - langsam bewegte sich der rechte Kollege vorwärts zur BSA, aber ohne dabei seine Bleispritze runter zu nehmen.

„Jau, Boss! Hier ist die Kohle! Wow, soviel Geld…"

Er trug den geöffneten Sack zu Craddock ins Licht und merkte nicht einmal, dass er sein Gewehr liegen ließ.

„Na, siehst du, Craddock? Wo sind jetzt die Drogen? Darf ich die Arme runter nehmen?"

Alle Cops rissen sich jetzt darum einen Blick in das Füllhorn von Santa Jeff zu werfen. Nur Frank, der San Mateo Cop, behielt mich im Visier. Er hatte wohl Angst, ich könnte ihm meine Nasenvergrößerung heimzahlen.

Wo war eigentlich das FBI? Es war abgemacht, dass sie ungefähr genau jetzt zuschlagen und alle hops nehmen. Denn jetzt wäre der richtige Moment den armen, hilfsbedürftigen Jeffrey aus der Schusslinie zu bringen.
Craddock befahl dem Jungen, der den Sack geholt hatte, mich auf Waffen zu durchsuchen und befahl mich dann hinter den Lichtvorhang. Dort konnte ich wirklich den Truck, mit einem schwitzenden Ned am Steuer, erkennen. Craddock ging voraus und ein Cop schob mich mit der Waffe in meinem Rücken zum Heck des Trucks. Als er die Türen geöffnet hatte und mir die ganze Ladung präsentierte, meinte Mitch sehr brüderlich:

„Siehst du? Alles für dich. Wenn wir das Geld gezählt haben, bringt dir dein schwarzer Freund das hier alles nach Hause und wir sehen uns in einer Woche wieder. Warum erst diese Zickereien, hä? Es muß doch nicht immer wehtun, oder?"
Craddock schob langsam seine Sonnenbrille nach vorne und wollte mir wohl gerade vertraulich zuzwinkern, als sein Blick starr wurde.
„Du Schwein."

Hektisch griff er nach seiner Pistole, aber ich hatte ihn schon zurückgestoßen und rannte in die Dunkelheit hinter den nächsten Baum. Nur stand da schon jemand.
Und der hielt mir jetzt seinerseits ein Gewehr unter meinen Kolben.
„Bleib ruhig, dann passiert nichts, Bürschchen." - sagte er leise zu mir.
Ich war ruhig - schockgefroren!
Nachdem sich meine Augen an die Dunkelheit gewöhnt hatten, erkannte ich, dass von allen Seiten Männern mit Gewehren im Anschlag aus dem Wald kamen. Zum Glück waren Frank und seine Leute so mit Geld zählen beschäftigt, dass sie erst merkten was vor sich ging, als sie schon umzingelt waren. Nur Mitch und der Bulle in meinem Rücken, zielten jetzt auf die FBI Männer.
„Hier ist das FBI! Legen Sie Ihre Waffen langsam auf den Boden. Heben Sie die Hände über den Kopf und drehen Sie sich zum Auto!"
Mir fiel ein Stein vom Herzen. Smitty´s Haudegenstimme!
„Gut, dass ihr endlich kommt! Wir haben hier gerade den berüchtigten Big C überführt und wollten ihn verhaften, aber wegen euch ist er in den Wald geflohen! Ich bin Officer Craddock vom Police Departement Oakland!"

- damit steckte er seine Pistole langsam in sein Holster zurück und versuchte Jones oder Smith in der Dunkelheit zu finden. Vielleicht hätte es geholfen, wenn er seine Sonnenbrille abgesetzt hätte.

Smitty trat jetzt an Craddock heran, während die anderen Cops entwaffnet wurden, aber das konnte Mitch nicht sehen, denn der Truck verstellte ihm die Sicht.

Smitty nahm auch ihm die Waffe ab und Craddock gehorchte sichtlich widerwillig, aber Smitty hatte die größere.

Männer!

„Kollege, Sie machen einen Fehler! Wir sind hinter diesem Big C seit Monaten her. Wir hätten ihn heute festnehmen können und jetzt ist er weg. Das geht dann auf Ihre Kappe!"

Jetzt nahm er seine Sonnenbrille endlich ab und erkannte die Gesamtsituation.

„Meinen Sie diesen Mann?" - zeigte Jones auf mich und ich wurde mit der Flinte im Rücken vorgeführt.

„Ja. Ja, genau, das ist er!" - geiferte ein verzweifelter Mitch, schwitzend.

Jones sah mich eine gefühlte Ewigkeit von oben bis unten an, dann lächelte er zu Mitch. Bin ich hier etwa gerade in eine Falle von FBI und Police Departement getappt? Werde ich hier heute als Sündenbock für eine ganz große Nummer geschlachtet? Damned! Ich bin wohl doch zu naiv und blauäugig mich mit echten Kriminellen einzulassen.

Ich Idiot!

Während ich mir schon meine nächsten zwanzig Jahre in San Quentin ausmalte, bot Jones sehr freundlich an, Mitch möge doch dann die Situation hier mal für das Protokoll erklären.

Da dieses Angebot nur noch mehr Schweissflüsse bei Mitch freisetzte und er sich hilfesuchend zu Frank umschaute, legte Smitty ihm vor:

„Also, wie es für mich aussieht, haben Sie, Officer Craddock, hier eine ganze Truckladung voller Drogen, die eigentlich am Hafen in San Francisco liegen sollte, da sie dort konfisziert wurde, und wollten diese gerade gegen einen ganzen Sack Geld, der wahrscheinlich 500.000 Dollar enthält, eintauschen. Sehe ich das richtig? Oder wie erklären Sie dieses Polizeiaufgebot? Das Geld und die Drogen?"

Jetzt konnte jeder sehen, wie vor Mitch´ geistigem Auge **seine** nächsten zwanzig Jahre in San Quentin aufflackerten.

Panik!

„Officer Craddock. Ich verhafte Sie hiermit, wegen des Verdacht des organisierten Drogenhandels."
Ich dachte, Mitch würde noch einen Versuch wagen mich zu beschuldigen oder zu fliehen, aber es geschah nichts. So legte er seine Hände folgsam auf den Rücken um die Handschellen entgegenzunehmen und fügte sich, aber nicht ohne mir noch ein: *„Du Schwein"* mitzugeben.
Danach ging es unaufgeregt schnell. Die Polizisten durften endlich mal die Erfahrung machen in ihren eigenen Wagen hinten zu sitzen - in Handschellen.
FBI-Agenten fuhren sie zum Verhör. Ein Dienstwagen lud meinen Seesack ein und eskortierte Ned, den Truck fahrend, zurück zum Aufbewahrungslager der Polizei, wo er eigentlich her kam.
Jones und Smith schüttelten mir zum Abschied die Hand und ließen mich und die BSA einfach stehen.
War´s das?
Hatte ich geträumt?
Ich lebte noch und es hatte auch niemand geschossen.
Nur waren jetzt 300.000 Dollar zusammen mit dem ganzen Kapital für noch einmal 500.000 $ in FBI-Gewahrsam.
Das war suboptimal.
Anscheinend war der Spuk jetzt vorbei.

Ich machte mich also auf den Weg nach Hause, denn ich mußte mit Jas reden.
Ausserdem hatte ich ja noch gar keine Zeit gehabt die Papiere durchzugehen.
Gerade als die BSA vom Parkplatz auf die dunkle Strasse bog, sah ich einen Mann auf mich zu laufen. Hans? Den hatte ich völlig vergessen! Er hatte etwas in seiner Rechten. Eine Waffe?
Ich beschloß ihn notfalls über den Haufen zu fahren, denn jetzt sah meine Zukunft endlich mal nach einer echten Zukunft aus, und kein Gespenst würde mir das kaputt machen können.
Also drehte ich den Motor hoch und gab Gas. Hans winkte und bedeutete mir stehen zu bleiben - Pustekuchen!
Doch jetzt kam er endlich in den Lichtkegel meines Scheinwerfers und ich mußte erkennen, dass es Ray war.
Also fuhr ich ihn nicht über den Haufen.

„Mann, war das spannend! Ich hatte schon Angst,´ die erschiessen dich! Ich fahr gleich nach Hause und entwickle den Film, OK?"

„Wo steht dein Auto, Ray? Du mußt mit zu mir kommen und schauen ob die Papiere vom FBI korrekt sind. Wir treffen uns dort, ja? Der Film kann warten."

Ray hatte sein Auto beim Tennis Club geparkt und war die ganzen sechs Kilometer bis zum Parkplatz gegangen. Also, setze er sich hinten auf die BSA und wir flogen zum Tennis Club.

IMPOUND

In meiner Werkstatt angekommen, erwartete mich schon die gesamte Gang. Eine lange, befreite Umarmung von Jasmine und dann mußten wir, Ray und ich, jedes Detail dieser Kriminalgeschichte erzählen.

Das FBI hatte wirklich alle unsere Bedingungen erfüllt. Uns sogar ein offizielles Vorkaufsrecht für Santa Catalina eingeräumt und den Preis um fast eine Million Dollar gedrückt. Die Schulbehörde in Oceanside, die verantwortlich für die Insel war, hatte auch grünes Licht gegeben, benötigte aber noch unsere Unterschriften.

„Nur jetzt haben wir weder das Geld noch etwas, das wir in Geld verwandeln können."

- holte Old Crow uns von Wolke Sieben.

Er traf damit genau meinen wunden Punkt. Denn es wurmte mich wirklich, dass das Geld weg war.

Wie auf Bestellung klingelte jetzt das Telefon. Um 11:00 Uhr nachts? Wie gewöhnlich war es Ned, der Ärger hatte.

„Jeff, das FBI hat gesagt, ich kann gehen, aber den Truck muß ich hier lassen. Könnt ihr mich abholen?"

Nach einem intensiven Verhör hatte Craddock zugegeben, dass Ned auch nur eins seiner Opfer war, und sie liessen ihn gehen.

Da wir sowieso mehr als aufgekratzt waren, beschlossen wir Ned alle zusammen abzuholen.

Der sogenannte Impound der Polizei, so nennen sie die offizielle Verwahrstelle des County of San Francisco, lag in der 7th Street unter einer Autobahnbrücke beim South Beach Harbour. Daher kamen wir noch in den Genuss eines Mitternachtsritts über die Bay Bridge.

Dieser Impound ist ein großes Gelände mit einigen Lagerhallen darauf und unzähligen, sichergestellten Autos, die im Freien parken. Das Ganze ist mit einem hohen, doppelten Zaun umgeben und hat nur ein Wachhäuschen neben einer Schranke, ähnlich den Docks am Hafen. Dort gab es auch die einzige, dafür immens große, Lampe der ganzen Gegend.

Ned war nirgendwo zu sehen. Also parkten wir unsere Maschinen neben der Matchless, die schon bei der Schranke stand und gingen zum Wachhäuschen. In der Dunkelheit war mir nicht aufgefallen, dass ich diese Matchless heute verkauft hatte, aber als mir der Wachmann in Gestalt von Luso entgegen trat, wußte ich, dass wir heute Abend Glück hatten!

„Jeff!"

„Luso! Wie läuft die Maschine? Bist du zufrieden?"

„Ja, die Ventile klappern ein bißchen, aber das kriege ich hin. Du willst doch nicht dein Geld abholen, oder? Um diese Uhrzeit?"

Die geballte Macht einer ganzen Motorradgang tat ihre bedrohliche Wirkung.

"Nein, nein. Keine Sorge. Wir suchen unseren Freund Ned. Der ist heute hier mit einem Truck reingefahren. Weißt du, wo er ist?"

„Ach, die FBI Nummer? Die sind da hinten in Halle 4. Nehmt ihr den Truck auch mit?"

- was sollte ich auf so eine Vorlage antworten?

„Gut, dass du fragst. Agent Jones meinte, wir sollen den Truck rüber in ihr Hauptbüro fahren. Ist er betankt?"

Ich konnte die überraschten Blicke meiner Freunde in meinem Rücken förmlich an selbigem rütteln spüren.

„Dann nehmt ihr das Geld ja auch mit, oder? Einer dieser Anzugträger, sorry aber ich kann die nicht auseinander halten, sagte, sie würden noch jemanden schicken, der das Geld abholt. Seid ihr das?"

„Genau. Wir. Den Truck mit der Kohle. Sind Beweise, verstehst du, Luso?"

„Dann gebt mir mal die Auftragspapiere und euer Freund soll die Karre schon vorfahren."

„Also, Jones hat uns nur gesagt, du wüßtest Bescheid und wir sollen den Truck nur schnell hier raus holen, falls noch mehr Polizisten mit Craddock zusammen arbeiten und die Beweise verschwinden lassen wollen, verstehst du?"

Es war, als ob mir jemand die richtigen Lügen wie Butter auf die Zunge schmierte.

Ich gab Jas ein Zeichen, sie möge Ned suchen und ihn mit unserer Zukunft herbringen.

„Aber mein Boss bringt mich um, wenn ich etwas rausgebe, wofür ich keinen Schein habe."

Er suchte nach einem Weg es mir Recht zu machen, nicht seinem Boss, das konnte man riechen.

„Na, dann ruf doch Jones an und der schickt dir morgen die Papiere. Was meinst du? Hier ist seine Nummer."

- damit gab ich ihm die Nummer von meiner Werkstatt und hoffte inständig meine Mutter möge schon schlafen.

Während Luso lächelnd auf ein Lebenszeichen am Ende der Leitung wartete, meine Mom offensichtlich tief schlief und ich zu Hans betete, rollte Ned mit dem Truck an die Schranke.

Wir zündeten uns gegenseitig eine Zigarette an und versuchten so unsere Aufregung zu kaschieren, während Luso nicht aufhörte verlegen zu grinsen. Als ich ihm auch eine Kippe anbot, hing er ein.

„Versucht habe ich es. Wenn keiner von den feinen Herren rangeht, ist das ja nicht mein Problem, oder?"

Er zuckte die Achseln, nahm einen tiefen Zug und grinste. So standen wir alle noch ungefähr fünf Minuten rum und genossen die rauchschwere Abendluft der Großstadt. Als Luso fertig geraucht hatte, öffnete er wortlos die Schranke und Ned sprang so schnell er konnte hinter das Lenkrad und gab Gas.

„Komm´ morgen mal bei mir vorbei. Hab ne Überraschung für dich." - grinste ich ihm zu und er zwinkerte zurück.

Zwei Blocks weiter, an der Ecke 7th und Townsend, wechselten Miguel und Ned die Fahrzeuge und Miguel brachte den Truck in Richtung Süden, in Richtung seines Cousins auf die Strasse. Während Ned wie ein Kind an Weihnachten vor Glück strahlte endlich mal die Shadow fahren zu dürfen.

Weil das Geld immer noch im Seesack war, der ja immer noch mir gehörte, schnallte ich mir selbigen auf den Rücken und wir cruisten entspannt zurück nach Oakland.

Da ich wußte, was als nächstes passieren würde, gab ich Miriam den XL-Geldbeutel mit zur Aufbewahrung - sie war die Einzige, die das FBI noch nicht mit uns in Verbindung brachte.

Denn die Jungs waren Profis und daher äusserst zuverlässig.

Und zuverlässig standen Agent Jones und sein Alter Ego Smith pünktlich um 6:30 Uhr am nächsten Morgen bei mir vor der Werkstatttür. In Begleitung der netten Armee von gestern Abend.

Nur heute war ich die Trophäe.

„Wollen Sie uns verarschen, Jeff?"
Er wartete meine Antwort nicht einmal ab und schickte seine Soldaten meinen ganzen Laden auseinander zu nehmen.
Ich stellte mich dumm und zeigte diesen rechtschaffenen Männern alles, was sie zu sehen, zu öffnen und zu durchwühlen begehrten.
Selbst in den Wagen der Lee Experience warfen sie einen sehr genauen Blick, konnten aber augenscheinlich kein chinesisch.
Und verstanden die Farbcodes auf den Dosen nicht.
Luso hatte eine ungenaue Beschreibung der Täter abgegeben und ihnen auch nicht meine Telefonnummer gezeigt. Guter Mann!
Und als diese Elite der Drogenfahndung auch nach einer Stunde intensiver Schnüffelei keinerlei Spur von `ihrem´ Geld und `ihren´ Drogen fand, nahm mich Smith in die Mangel.
Die Art wie er mit mir redete, machte mir klar, was ich für Glück hatte, dass er nicht physisch wurde. Er war ganz klar der Bad Cop der beiden.
Nur hatten sie leider nichts in der Hand, ausser ihrer guten Nase.
Und als ich ihnen noch klar machte, dass es doch wohl viel leichter und wahrscheinlicher wäre, für einen Mitwisser von Craddock einen Truck aus dem Impound zu entwenden, als für mich, den armen Automechaniker von nebenan, der bereitwillig den Lockvogel für das FBI gespielt hatte, aber eigentlich nichts mit illegalen Geschäften am Hut habe, nahm ich ihnen auch den letzten Rest Wind aus ihren instinktgeblähten Segeln.
Nachdem sie auch noch die Küche meiner Mutter, die, wie es ihre Art war, ihnen freundlich Kaffee anbot, durchsucht hatten, wurde den Herren klar, dass sie im falschen Teich fischten und sie zogen frustriert ab.
Als sich Jones mit den Worten: *„ Aber falls Sie etwas hören, Jeff, geben Sie uns Bescheid, ja?"*- verabschiedete, prustete Smith nur verächtlich und spuckte mir vor das Werkstatttor.

L.A.

Smitty vertraute mir nicht, aber Jones. Zumindest soweit, dass er den mir vertrauten Ford demonstrativ auf der anderen Strassenseite stehen ließ, mit einem nicht sehr vertauenswürdigen bulligen Typen drin. Indem ich mir eine Zigarette ansteckte und vorgab, den Rückzug der Staatsmacht interessiert zu verfolgen, hoffte ich eine unschuldsbewusste Ruhe auszustrahlen - auch wenn es in mir brodelte.

Was, wenn sie schnurstracks die Verträge zurückziehen und alles aufkündigen?

Was, wenn Miguel heute mit dem gestohlenen Truck zurückkommt, nachdem ganz sicher die halbe Frisco-Bay sucht, und ihnen in die erwartungsvollen Arme läuft? Ich konnte ihn nicht erreichen oder warnen.

Dann wäre das ganze Benzin der letzten Tage umsonst verfahren worden und meine formschöne Nase für nichts gebrochen worden.

Ich rauchte die Zigarette mit trockenem Mund zu Ende und schlenderte gespielt lässig in meine Werkstatt. Aber kaum hatte ich das Tor zugezogen, rannte ich nach oben und rief Ray an.

Der hatte die Papiere gestern Abend, als wir Ned abholten, mit nach Hause genommen und sorgfältig studiert. Also lief er heute Morgen als Erstes zum Anwalt, ließ von diesem alles offiziell absegnen und machte über Miriam eine Anzahlung beim Makler für unsere Insel, um das Vorkaufsrecht nicht zu verlieren.

„Alles wasserdicht, Jeff. Es rollt. Jetzt sollten wir nur zusehen, dass wir schnell zur Schulbehörde in Oceanside kommen und Jasmine die Papiere unterschreibt. Dann können wir dort gleich den Antrag auf Anerkennung einer Stiftung stellen und es meinem Anwalt hier in San Francisco schicken."

„Aber kann das FBI nicht einfach alles rückgängig machen?"

Ich war immer noch skeptisch.

„Das glaube ich nicht. Jeff, Edgar J. Hoover hat die Empfehlung für uns, die Amnestie und das Vorkaufsrecht persönlich unterschrieben. Und dieser Mann macht keinen Rückzieher. Zumindest nicht öffentlich."

„Was heißt das?"

„Naja, vielleicht kommt es zu Sabotageakten, abgehörten Telefonen oder ungeklärten Todesfällen, aber offiziell…"

„Ungeklärte Todesfälle?!"

„Motorradfahrer leben gefährlich. Das weißt du doch. Und das leise Knacken in der Leitung liegt nicht am Wetter oder atmosphärischen Störungen."

„Hab's verstanden. Wir treffen uns in einer Stunde dort, wo du mir die ersten Fotos gezeigt hast, ok?"

Das war nicht sehr Gangster-like, aber ich wollte Klartext reden und hoffte Ray würde sich an das kleine mexikanische Café erinnern.

Ich weckte Jay, erklärte ihm den Treffpunkt und wir fuhren gemeinsam vom Hof, nur in verschiedene Richtungen, denn der Ford konnte nur einem folgen.

Er folgte mir.

Also dirigierte ich ihn direkt zu den Docks, wo Crow arbeitete. Der ließ mich reinfahren und der Ford blieb auf der Strasse.

„Wir verschwinden über das Tor 7 eine halbe Meile südlich, dann kann das FBI warten bis es schwarz wird."

Crow begriff sofort die Situation und wir kamen noch pünktlich im Café an. Natürlich war Ray schon dort.

Den Plan hatte ich schon auf der Fahrt entworfen und weihte die Jungs ein.

„Wir müssen uns aufteilen. Crow, du fährst über den Grapevine Richtung Süden, Jay du nimmst die 101 und 156 über Gilroy, ich ziehe unsere Wachhunde auf mich und tue so, als ob ich an die Küste fahre. Falls ich sie abhängen kann, nehme ich die Pacific Coast Highway und wir treffen uns in LA. Wer kennt jemanden dort? Wir müssen einen Treffpunkt ausmachen, wo wir übernachten können und den Truck loswerden."

- falls es nicht schon zu spät dafür ist und sie Miguel nicht schon geschnappt haben.

„Ich kenn´ dort niemanden, aber warum gehen wir nicht einfach in ein Motel? Können wir uns, glaube ich, leisten."

Jay grinste breit.

„Weil dort das FBI zuerst nachfragt. Und wir sind ja keine unauffälligen Staubsaugervertreter, die da regelmäßig absteigen."

„Ich kenn´ dort jemanden. Ich müßte ihn nur vorher anrufen."

- quietschte Ray unerwartet von links.

Während Ray zum Telefon ging und seinen Anruf machte, erklärte ich den Jungs, dass derjenige, der Miguel zuerst findet, ihn zu der Adresse in LA bringen und auf den Rest von uns warten soll. Und sie sollten den Truck unbedingt unauffällig von der Strasse verschwinden lassen.

„Also, David sagt, es wäre ok. Aber bitte, Jungs, benehmt euch anständig. Ich will David nicht verärgern."

Ray wirkte auf einmal etwas schüchtern.

„Wer ist David? Hast du ihm gesagt, worum es geht? Ist der auch Journalist und wird unsere Geschichte vermarkten wollen?" - warum war ich schon so mißtrauisch?

„Er ist Filmproduzent und weiß nicht worum es geht, aber…" - Ray blickte verlegen auf den Boden, wie eine 14 jährige Göre, die ihrer Mutter gesteht gerade ihre Unschuld an den Nachbarjungen verloren zu haben.

Ray´s Geschichte war so ähnlich.

Wir erfuhren, das David ein echter Big-shot in Hollywood war und Ray früher für ihn gearbeitet hatte. Dummerweise hatte David´s Frau die beiden bei einer, in ihren Augen unzüglichen, sexuellen Handlung erwischt und die beiden Romeos vor die Wahl gestellt: entweder verschwindet Ray aus ihrem Leben und aus LA, oder sie läßt die Affäre auffliegen, was den guten David ganz sicher die Karriere gekostet hätte. Denn Homosexualität war in unseren Tagen immer noch ein hundertprozentiger Jobkiller.

Die Jungs fügten sich dem Urteil Xanthippes und so heuerte Ray in San Francisco an und David produzierte weiterhin die großen Filme und spielte den glücklichen Ehemann, was ihn aber nicht daran hinderte in Marina del Rey ein erstklassiges Apartment für romantische Tête-à-Têtes mit Ray zu kaufen.

„Hast du den Schlüssel für die Hütte?" - mußte ich das letzte Detail des Planes klären.

„Klar. Darf ich auch mitkommen?" - fragte jetzt die Göre spitzbübisch, erleichtert über Mama´s amüsierte Reaktion auf die verborgene, aber durchaus coole Seite, dieses Schreibtischtäters.

„Natürlich. Wir brauchen dich doch für die Schulbehörde. Fährst du mit dem Auto? Nimm sicherheitshalber das Filmmaterial mit."

Ray gab uns die Adresse in Marina del Rey und Jay und Crow machten sich auf die Jagd, einen herumstreunenden Truck irgendwo in Kalifornien zu finden.

Ich wollte Jasmine noch mitnehmen, aber traute mich nicht sie anzurufen, da ihr Telefon bestimmt auch schon angezapft war. Also ritt ich noch einmal den ganzen Weg über die Brücke zurück nach Oakland und schlich mich vorsichtig zu ihrem Haus.

Zwar sah ich keinen verdächtigen Wagen in der Nähe, dafür aber Ned, der in der Einfahrt gerade einen Scheinwerfer auf seine neue Harley schraubte.

Da Jasmine noch nicht von der Uni zurück war, half ich ihm. Der Stress der letzten Tage hatte bei ihm sichtliche Spuren hinterlassen.

„Ziehst du dir dieses Pulver noch rein?" - fragte ein besorgter Jeff.

„Nee, Mann! Sonst würde ich doch nicht so durchhängen. Nur Kaffee, literweise. Schau, wie meine Hände zittern."

„Warst du schon einmal in Los Angeles?"

„Nur am Hafen in Long Beach. Wieso?"

Ich erklärte ihm, was wir vorhatten und dass er gerne mitkommen könne. Seinen Job als Drogenlaufbursche wäre er ja jetzt los.

„Für so ne lange Strecke nehm ich aber den Caddy!"

„Well, dann bleib hier..." - obwohl das eventuell neue Möglichkeiten eröffnen würde.

Der Scheinwerfer war montiert, der Kaffee getrunken und die Zigaretten geraucht, aber Jas war immer noch nicht da. Es wurde langsam spät und ich wollte los. Ausserdem wollte ich nicht in die Nacht hinein fahren, da man dann eh´ nichts sehen würde.

Als ich mich gerade von der Idee verabschiedete mit meiner Herzdame eine schöne Reise in den Süden zu machen, fuhr diese vor.

„Baby, mir hängt ein Ford an der Backe."

Was für eine Begrüßung!

Sie hatte versucht die Spitzel los zu werden und war einen riesigen Umweg gefahren - deswegen war sie so spät dran.

Trotzdem rollte jetzt ein blauer Ford auf der anderen Strassenseite an den Gehsteig und blieb stehen. Jetzt hatten sie mich wieder.

Wider Erwarten war Jas Feuer und Flamme für die Idee heute noch nach LA zu cruisen.

Wir überredeten auch Ned uns auf der Harley soweit zu begleiten, wie es seine Gesässmuskeln ertragen würden. Er könne ja dann einfach umdrehen.

Gesagt - getan.

Jas machte sich schnell frisch - und ich meine wirklich schnell - packte ein paar Sachen in einen Rucksack und nach ca 15 Minuten waren wir zu viert wieder auf dem Weg über die Bay Bridge durch San Francisco nach Daly City, wo wir uns auf die Bundesstrasse #1 setzten.

Der Ford klebte an uns wie Kaugummi, aber das machte mir bis jetzt noch keine Sorgen. Sondern eher der dichte Verkehr in der City, der uns bremste.

Als es bei Pacifica besser wurde, fing die Sonne schon an sich dem Horizont zu nähern, der ewig zu unserer Rechten eine gerade Linie zog. Die Redwoods flogen an uns vorbei, Ned fuhr als Langsamster vor, Jas in der Mitte und ich gab das Schlusslicht.

Nach einer guten Stunde bremste Ned in San Gregorio an einer Tankstelle. Der freundliche Fordfahrer wartete geduldig am Strassenrand, bis wir getankt und uns gestreckt hatten.

Ned war durch, und beschloß an der nächsten Kreuzung die 84 zurück nach Redwood City zu nehmen. Also verabschiedeten wir uns hier schon und sattelten auf.

Was jetzt geschah, kann ich nur als pures Glück bezeichnen.

Denn als Ned links in die Berge abbog, folgte ihm der Ford.

Warum auch immer.

Er war weg.

Endlich konnte ich mit Jasmine alleine meinen Traum leben und in den Sonnenuntergang fahren. Sie hatte auch bemerkt, dass wir alleine waren und zog mit einem glücklichen Grinsen an mir vorbei.

Und so flogen wir geschmeidig die kurvige Küstenstrasse runter, die wärmenden Sonnenstrahlen zu unserer Rechten.

Da klingelte es bei mir plötzlich!

Mein Traum!

Verdammt. Bei meiner hektischen Planung dieses Trips hatte ich die Vorzeichen vergessen. Jetzt fuhr sie vor mir, wie in diesem Traum.

Was konnte ich tun?

Ich mußte sie überholen! Was sie aber als Aufforderung für ein Rennen auffasste und noch mehr Gas gab. Wie in dem Traum signalisierte ich ihr, langsamer zu fahren und mich vorbeizulassen. Und genauso wie im Traum lächelte sie nur zurück und flog weiter durch die Kurven.

Wieder war das Glück auf meiner Seite, als sie hinter einem, mit Bäumen beladenen, Pick-up runterbremsen mußte. Obwohl es in einer unübersichtlichen Kurve war, gab ich Gas und konnte mich gerade noch vor den Pick-up und damit vor Jasmines Maschine zwängen, bevor ich in den Gegenverkehr krachen würde. Jetzt gab ich das Tempo vor und schaltete einen Gang runter.

So ging es entspannt weiter und ich fühlte mich gut, endlich einmal Hans ausgetrickst zu haben.

Denkste.

Der Pazifik lag glatt und friedlich in Erwartung seiner geliebten Sonne da und strahlte türkis. Diese Farbe, der warme Fahrtwind und das gleichmäßige Blubbern des Motors lullten mich ein, so dass ich mir wie auf Watte gebettet vorkam. Es war, als ob die BSA von allein fuhr und ich mich nur auf ihr festhielt - da sah ich ihn doch noch.

Am Horizont stieg ganz klar und deutlich das schmutzige Gesicht von SS-Hans aus dem Wasser. Das Türkis wurde zu einem leuchtenden Smaragdgrün und zog meine gesamte Aufmerksamkeit in seinen diabolischen Bann. Hans schaute nur - so wie immer. Aber heute wirkte er nicht bedrohlich. Auch als er mir seine blutverkrustete Hand entgegen streckte und mir bedeutete zu ihm zu kommen, schien er zu lächeln. Fast wäre ich in einer Kurve über den Rand einer Klippe abgestürzt, weil ich nicht auf die Strasse sah, sondern in diese hypnotischen Augen, aber Jasmine sah es kommen und weckte mich noch rechtzeitig.

Sie dirigierte mich runter von der #1, in ein kleines Nest namens Cayucos. Es gab hier eine Strasse, an der links und rechts ein paar Häuser standen und ein Motel. Aber sie fuhr bis zum Ende dieser Strasse direkt auf eine alte Villa zu, und parkte ihre Mühle davor, als ob ihr das Haus gehörte. Da ich vor Müdigkeit und unter dem Eindruck meiner Hans Vision völlig belämmert war, nahm sie das Zepter in die eine und meine Hand in die andere Hand. Wir traten durch diese alte schwere Tür in die Empfangshalle der Villa und hörten eine Frauenstimme flöten.
„Ich komme schon."
Eine alte Dame erschien und verhandelte mit Jas etwas, das nicht mehr durch meinen Brummschädel drang. Nur als sich Jas zu mir drehte und mich direkt fragte:
„Wir sind doch verheiratet, oder Honey?"
- begriff ich langsam, dass sie hier für uns eine Übernachtung organisierte.
Anscheinend war mein Nicken auf diese Frage glaubwürdig, denn die alte Dame führte uns jetzt in ein Zimmer, wie aus Tausend-und-einer-Nacht. Warme Pastellfarben an den Wänden, weiße Tür- und Fensterrahmen, kleine Tischchen mit Blumen auf Strickdeckchen und ein King-size-Bett in der Mitte des Raumes, dessen weiche Kissen mich einladend anlächelten.

„Dusch dich und dann komm auf die Veranda. Der Sonnenuntergang ist wunderschön." - kam die klare Anweisung von Madam.
Also befolgte ich sie und war nach der Dusche wieder wach.
Inzwischen hatte jemand eine Flasche Wein und gebratenen Fisch unter einen Kerzenleuchter auf die Veranda gestellt, welcher ein warmes Licht auf Jasmines schönes Gesicht warf. Das Essen und der Wein brachten wieder Leben in mein durchgeschütteltes Ich und ich genoß die letzten Strahlen dieses Tages mit der schönsten Frau der Welt. Auch wenn ich heute nicht mehr weiß, worüber wir auf dieser Veranda an jenem Abend eigentlich sprachen, so erinnere ich mich aber noch genau an diese beruhigende Vertrautheit.
Von der Veranda führte eine Treppe direkt an den Strand.

Was wir uns natürlich nicht entgehen liessen.

Und so vertraten wir uns die steifen Beine bei einem Strandspaziergang in der Nacht.

„Ich glaube, ich habe ihn heute auch gesehen." - beendete Jasmine das friedliche Schweigen, in dem wir Arm in Arm über den Sand schlenderten.

„Wen?"

„Na, Hans. Oder Vesta, oder wie dein Zombie heißt. Es war kurz vor der Kurve, die du übersehen hattest, oder?"

„Ja... aber heute war es anders... als ob er mich zu sich ruft..." - obwohl ich schon schlimmere Zusammentreffen mit SS-Hans hatte, so fühlte es sich heute an, als ob etwas in mir zerbrochen wäre. Als ob ich etwas verloren hätte.

„Aber er hat doch gelächelt. Oder nicht?" - fragte Jas sehr sanft.

Ja, das hatte er.

Jetzt drehte sie sich zu mir und lächelte ihrerseits. Ganz langsam nahm sie mein Gesicht in ihre beiden Hände und führte meine Lippen an ihre.

Und da geschah es!

Ich küsste sie!

Ohne Panikattacke, ohne Schweißausbruch und ohne ein teuflisches Nazikind, das mir den Abend versaute.

Zum ersten Mal seit sehr langer Zeit schmeckte ich den Kuss einer geliebten Frau. Und nicht den Geschmack von Öl und Blut.

Du kannst dir vorstellen, dass ich es nicht bei diesem einen Kuss beließ! Jetzt wo es endlich funktionierte! Und natürlich wurde aus diesem unschuldigen Küssen mehr, nicht mehr ganz so Unschuldiges …

- aber das überlasse ich mal deiner Phantasie, Kumpel.

Marina Del Rey

Am nächsten Morgen weckte uns die nette alte Dame, Mrs Wilson, mit selbst gemachten Bananenpancakes und frischem, starkem Kaffee.

Sie glaubte, wir wären in den Flitterwochen und freute sich mit uns über unser junges Glück. Warum nicht? Die Pancakes waren der Hammer!

Aber wir mussten aus dem weichen Bett raus, auf die harte Strasse des Lebens. Also nahm ich noch eine Extraportion Pancakes. Man weiß ja nie.

Die Morgensonne lud uns auf einen weiteren Strandspaziergang ein, den wir uns aber für den Rückweg aufheben wollten.

Wir kamen schon früh in Marina Del Rey an und fanden auch gleich das Apartment von David, denn es war das einzige, vor dem Motorräder standen. Als wir die Jungs geweckt hatten, erfuhren wir, dass Crow Miguel zum Glück schon kurz vor Santa Clarita abfangen konnte. Sie brachten den Truck umgehend zurück zu Miguels Cousin, der versprach das Ding verschwinden zu lassen.

„Wo ist Ray?"

Alle anderen waren hier und genossen das exklusive Ambiente, dieser Marina für Reiche, wo alle Apartments auf Holzpfähle gebaut waren, wo große Palmen Schatten und die leichte Brise des Meeres ein so freundliches Klima verbreiteten, dass ich hier auch gar nicht mehr weg wollte.

„Er wollte die Interstate nehmen. Aber er war bis jetzt noch nicht hier. Ob ihm was passiert ist?"

Ich mußte an Rays Worte über `unerwartete Todesfälle´ denken. War das FBI ihm gefolgt, hatte seine Beweisfilme beschlagnahmt und ihn in der Wüste den Schakalen überlassen? Verdammt!

„OK, wir müssen einfach abwarten. Aber wir brauchen ihn für das School-Council in Oceanside. Miguel. Wie weit ist es bis zu deinem Cousin? Wollte der uns nicht kennenlernen?"

„`Ne halbe Stunde vielleicht. Ich ruf ihn an, er wird sich freuen."

Das Telefonat war kurz und auf spanisch. Das einzige Wort, dass ich verstand, war `surpresa´, und die Art wie Miguel dabei frech grinsend zu mir blickte, machte mich neugierig. Da Miguels Shadow ja noch in Oakland war, setzte er sich hinter mich auf die BSA und dirigierte uns über die endlos langen Strassen Südkaliforniens Richtung Bell Gardens. Eigentlich waren es nur drei Strassen, aber die waren lang:
vom Lincoln Boulevard auf die Manchester Ave und dann einfach geradeaus die Florence Ave Richtung Osten bis zu dem kleinen Haus von Joseph, genannt `Èl Chico´, vor dem ein grüner Lowrider lag.
Das waren tiefergelegte Autos aus den Vierzigern, die heute keiner mehr wollte, in die die Jungs aber Flugzeughydraulikteile eingebaut hatten, so dass der Fahrer den Wagen beim Parken regelrecht auf den Boden legen konnte.
Zum Losfahren pumpte er einfach ein bißchen Luft, aus einem Tank im Kofferraum, in die Luftsäcke, die die Stoßdämpfer ersetzten und der Schlitten erhob sich, wie ein Löwe, der bereit ist auf die Jagd zu gehen.
Was an sich schon beeindruckend war, wurde durch den Metallic-Lack noch unterstrichen. Sie hatten winzig kleine Metallchips in den grünen Lack gerührt

und diesen auf eine goldene Grundierung gesprüht, um so ein warmes, aber in der Sonne funkelndes Grün zu erzeugen, das auch je nach Blickwinkel changierte.

Während ich mir von El Chico noch die technischen Finessen erklären ließ, rollten noch zwei weitere Lowrider an, aus denen insgesamt 8 Leute ausstiegen. El Chico hatte seine Jungs aktiviert, den Besuchern aus dem Norden ein echtes, mexikanisches BBQ zu spendieren.

Und so liessen wir den Mittag bei Bier, Beeftacos und Beatmusik passieren, tanzten ein bisschen mit den Ladies, drehten die eine oder andere Runde in einer dieser extrem liebevoll ausgestatteten Kutschen der mexikanischen Arbeiterklasse und vergassen völlig unsere `Mission´.

Keiner von uns hatte das Gefühl, diese Jungs gerade erst kennengelernt zu haben. Uralte, gute Vibes.

Doch plötzlich standen El Chico und Miguel vor mir und versuchten eine offizielle Pose einzunehmen, was aber von ihrem albernen Gekicher verhindert wurde. Mir war nicht entgangen, dass sie vor einer Minute noch ganz aufgeregt mit der jungen Lady, die aus dem, eben angekommenen, vierten Lowrider gestiegen war, gesprochen hatten, und auch wenn ich kein Spanisch verstand, war es offensichtlich, dass sie dringend erwartet wurde.

„Surpresa! Tatam!" - grinsend zog Miguel hinter seinem Rücken eine kurze, schwarze Lederweste hervor, auf deren linker Brustseite der Name `Jeff´ eingestickt war. Was mich etwas peinlich berührte, wurde noch übertroffen, als ich die Weste umdrehte:

Da war eine fussballgroße rote Rose eingestickt, aus der der Sugar-skull, den Miguel in Oakland auf das Trike gepinselt hatte, heraus grinste und über dem der Name: `Bunch of Flowers´ prangte. `Oakland´ stand unter diesem Kunstwerk, von dem ich nicht wirklich wusste, was davon zu halten.

„Damned! Wie cool! Krieg ich auch so eine, oder muß ich mir die selber machen?"

Jasmine nahm mir das Ding aus meinen verwunderten Händen, bevor ich etwas sagen konnte.

Alle bestaunten jetzt das Kunstwerk und ich hatte Zeit mich zu sammeln, denn irgendetwas musste ich jetzt sagen.

„Danke." - hm, ist wohl ein bißchen dürftig, oder?

„Keine Sorge, Jas, wir haben für jeden eine! Schau hier. Santana! Tráeme los demás."

Jetzt holte das Mädchen eine Tasche aus dem Auto, doch bevor sie sie öffnen konnte, stürzten sich Jay, Jas, und Crow schon begierig darauf und holten ihre Westen raus.

Natürlich zogen wir alle die Teile sofort an, was Miguel wie den Weihnachtsstern erstrahlen ließ und er umarmte seinen Cousin herzlich, nachdem auch er sich seine Weste übergestreift hatte.

„Es gibt noch etwas. Kommt mit." - winkte uns Èl Chico in die Autos, aber die waren voll, also rauf auf die Böcke - in unseren neuen Westen.

Jetzt waren wir ein Rockerclub!

Wir folgten den Lowridern ungefähr zwei Blocks weiter nach Osten und kamen vor ein Garagentor, das zu einer Lagerhalle führte.

Schon als das Tor geöffnet wurde, konnte ich den Truck sehen. Aber was ich von der sonnigen Strasse aus nicht sehen konnte, war die Lackierung. Aufgeregt schob Miguel uns ins Innere der Halle und präsentierte dasselbe Logo, das auf unseren Westen prangte, auf den Seiten des Lasters, den sie mintgrün lackiert hatten.

„Ich werd´ irre! Ist das der Truck von Craddock?"
Die Nummer wurde richtig groß. In Los Angeles dachte jeder in XXL-Dimensionen.

„Ja, aber keine Sorge, wir haben die Rahmennummer rausgeflext und eine neue, eine saubere, eingestanzt. Du hast jetzt offizielle Papiere für deinen Firmenwagen und kein Bulle kann uns was!"
Miguels Begeisterung fing an auf mich überzuspringen.

Jetzt war mir auch klar, wie Crow Miguel so schnell auf der Interstate gefunden hatte - der Truck fiel auf wie der Osterhase auf einer Beerdigung. Anscheinend war mein Gesicht mehr Erstaunen als Begeisterung, denn Miguel nahm mich zur Seite, während alle anderen wie kleine Kinder unseren neuen Firmenwagen bestaunten.

„Keine Sorge, Jeff, den benutzen wir nur hier und auf der Insel. Hier im Süden mag man es bunt und die Leute zahlen für die Show extra, verstehst du?"
Ich verstand.

Auch begriff ich, dass ich noch gar nicht darüber nachgedacht hatte, wie es denn jetzt überhaupt weitergehen sollte.

Craddock war im Knast - gut so.

Aber sollten wir weiterhin die Drogendealer der Bay spielen?

Das war nicht mein Plan. Nur was dann? Zurück und die Autowerkstatt weiterführen, als ob es die letzten Monate nicht gegeben hätte?

Nein. Wir mußten zu diesem School-Council und Nägel mit Köpfen machen!

„Gute Idee, Miguel. Ist die Kohle noch im Ersatzreifen? Wir brauchen sie vielleicht, wenn wir auf die Insel fahren."
„Klar, Mann! Und Joseph will mehr."
Ja, Joseph will mehr. Mehr Drogen! Ein Teufelskreis.
Mir fiel auf, wie ähnlich die Farbgebung des Trucks der der Lee Experience war. Und da kam sie - die rettende Idee!
„Miguel, wir müssen auf Ray warten, dann nach Oceanside fahren und alles in trockene Tücher bringen. Dann reden wir mit Joseph, ok?"
„Klar, Mann. Wo ist Ray eigentlich?"
Miguel war hier im Süden auch ein anderer. Viel entspannter.
„Wir wissen es nicht. Aber er ist auf dem Weg." - hoffte ich inständig.

„Ich fahr mal kurz zum Bahnhof. Miriam kommt mit dem Fünfuhrzug. Und ich habe ihr versprochen sie abzuholen. Kommt ihr mit?" - lenkte Crow meine sorgenvollen Gedanken in ein ruhigeres Fahrwasser. Natürlich wollte die ganze aufgeregte Kinderschar sich eine Stadtrundfahrt nicht entgehen lassen.
„Wie kommt man hier überhaupt zum Bahnhof? Weiß das jemand?"- warf die angehende Schulleiterin, wie immer sehr vernünftig, ein.
„Vergesst ihre Weste nicht."
Santana holte die letzte Weste aus ihrer magischen Tasche.
„Ich brauche noch ein Bier für den Weg." - reklamierte Jay und bekam umgehend eine Dose von einem unserer neuen Freunde grinsend gereicht. Alle waren in Aufregung und sprachen sinnlos durcheinander - es lag der Geruch von Abenteuer, etwas Unbekanntem und Neuem in der trockenen Luft Südkaliforniens.

Joseph und ich packten noch das viele Geld in einen Rucksack und in die Seitentaschen unserer Motorräder, während die anderen, rumalbernd, sich zum Abflug bereit machten.
„Wieviel ist es eigentlich?" - wollte ich wissen.
„350.000 frische grüne Yankee-Dollars, Bruder." - grinste mich El Chico selbstbewusst an.
„Will ich wissen, an wen du das Zeug verkaufst?"
Eigentlich wollte ich es nicht - aber die Frage war raus, also bekam der Unwissende Antwort.

„An Filmstars... Bullen... Nutten, die Filmstars werden wollen, und Filmproduzenten, die Filmstars damit zu Nutten machen. Ausserdem hat auch die Navy einen ganz guten Bedarf die armen Schafe auf ihren schwimmenden Festungen im Kampfmodus zu halten. Und das Zeug macht die Jungs so stumpfsinnig, dass sie liebend gerne für das beste Land der Welt in den Tod gehen."

Mir wurde klar, dass, wenn er für den Verkauf von Tortillas oder Burritos genauso viel verdienen würde, er ohne mit der Wimper zu zucken, das Metier wechseln würde. Die Tatsache, dass an seiner Ware Menschen kaputtgehen und sterben können, war ihm so egal, als wenn ein Mann nach dem exzessiven Konsum von fettigen Hamburgern an einem Herzinfarkt stirbt. Solange es niemand aus seiner Familie war - natürlich.

Diese Familie tuckerte jetzt geschlossen in vier bunten, schicken Kutschen, die einige Aufmerksamkeit am Strassenrand erzeugten, gefolgt von einer Motorradeskorte in Richtung der Union Station. Leider war die Fahrt dieses Mal kurz, aber der Anblick des alten Gebäudes versöhnte die Touristen aus dem Norden sogleich.

Als sich die Lowrider am Strassenrand auf den heißen Asphalt niederliessen und wir unsere Maschinen daneben parkten, fiel mir auf, dass wir hier noch nicht eine einzige Polizeistreife gesehen hatten. Mit so einer Armada an Coolness wären wir in Oakland keine zwei Blocks gekommen, ohne uns erklären zu müssen.

Das sollte sich genau jetzt, wo ich daran dachte, ändern.

Vorhersehung? Oder Macht der Gedanken?

Wie aus dem Nichts rollten zwei Streifenwagen und zwei Motorradcops heran und blockierten die Strasse, so dass wir nicht mehr wegfahren hätten können. Was wir zum Glück nicht vorhatten.

„Was ist denn das hier? Eine Versammlung? Oder eine Party? Habt wohl vergessen uns einzuladen, hm?" - eröffnete ein großer, verdammt gut aussehender Officer das Spiel, indem auch er sich demonstrativ eine Sonnenbrille aufsetzte. War er ein Schauspieler? Sollte ich ihn kennen? Ich schaute instinktiv zu Jas, aber ihre Reaktion verriet mir, dass hier wohl alle Polizisten wie Kinohelden auszusehen hatten.

Aus Gründen, die ich bis heute noch nicht vollständig analysiert habe, wandte sich die Gary Cooper Imitation eines Sheriffs direkt an mich.

Hey, ich bin auch nur Gast hier und habe nichts verbrochen...oder?

„Hallo, Officer. Wir wollen nur unsere Freundin, die mit dem Fünfuhrzug kommt, abholen. Ist das ok?" - eröffnete ich meinerseits das Spiel, indem ich einen Bauern in Position brachte. Denn irgendwie war das doch nichts anderes als ein Schachspiel der Wichtigkeit.

„Dafür seid ihr extra aus Oakland den weiten Weg hierher gefahren? Gibt´s da oben keine Bahnhöfe?" - das war das Problem, wenn man seine Visitenkarte schön bunt und gut sichtbar auf dem Rücken mit sich herumtrug. Er inspizierte dabei sehr lässig unsere Motorräder, während seine Cowboys genauso lässig unser kleines Empfangskomitee, links und rechts einkesselten.

„Doch, doch, aber wir haben hier unten zu tun und verbringen deswegen ein paar Tage bei einem Freund." - so, den Läufer in Position gebracht.

„Was habt ihr denn hier unten zu tun, hm? Drogen verkaufen? So Typen wie ihr riechen doch förmlich nach Ärger. Was ist in dem Rucksack?" - seine Dame gegen meinen Läufer. Damned!

„Das sind meine schmutzigen Klamotten, Mister. Was glauben Sie, wie man nach so einem Ritt stinkt?! Und wir verkaufen hier keine Drogen, sondern drehen einen Film. Was macht man sonst in LA?" - Läufer in Sicherheit gebracht.

Die Dame zieht zurück.

„Einen Film? Mit den Bohnenfressern? Wie soll der denn heißen, hm? `Beans & Crackers´, oder wie?"

- Mein Läufer zieht nach vorne, greift an.

„Nein, Sir. Sie haben sicher schon von Ray Miller gehört, der eine aufsehenerregende Reportage über die berüchtigten Einprozenter der Motorradszene geschrieben hat, oder? Naja, jedenfalls brauchen sie jetzt ein paar Statisten für den Film dazu... Sie verstehen?"

- die Dame ist gefordert.

„Achso! Ihr seid die Statisten! War ja klar. Und wer sind die Tortillas hier? Die Hauptdarsteller etwa? Ist es schon soweit gekommen in unserem Land?"

- er bringt einen Bauern um die Dame zu schützen.

„Sie arbeiten für den Produzenten und organisieren den Fahrservice für die Stars und versorgen diese mit allem was die begehren."

- den Springer nachgezogen und seine Dame in die Enge getrieben.

„Na, dann komm mal mit dem Namen deines Produzenten rüber. Wir checken das mal. Und bete, dass deine Geschichte stimmt, Freundchen." - der Bauer attackiert.

„Einen Moment, bitte, Mister."

- hilflos drehte ich mich um und erschrak bei dem Anblick von ca 30 Mexikanern und meiner Gang, die alle abweisend an den Autos lehnten, rauchten und diese wohlbekannte Erniedrigung ein weiteres Mal über sich ergehen lassen mußten. Auf einmal verstand ich Gary Cooper. Das sah wirklich bedrohlich aus.

Jas sah mich aufmunternd an, aber was sollte ich denn jetzt machen? Alle erwarteten von mir, dass ich uns da irgendwie rauspauke, nur wie?

Als ich an sie heran trat um sie nach Rat zu fragen, zog Miguel, der direkt neben Jas stand, eine Karte aus seiner Hemdtasche.

Mit einem Augenzwinkern reichte er sie mir, um sofort wieder die Staatsmacht mit einem bösen Blick zu verachten.

Das war die Visitenkarte mitsamt der Adresse in Marina Del Ray, von David.

„Also, ich weiß ja nicht, ob das eine gute Adresse ist, aber wir wohnen direkt bei dem Produzenten… hier." - mein Springer war jetzt in Position.

Der Sheriff gab die Karte einem Kollegen, der sich auch sofort an das Funkgerät setzte. Es dauerte, bis die Antwort kam und so belauerten wir uns wie die Indianer und Cowboys im Western, in der Nachmittagssonne, bis die andere Seite zucken würde. Doch wo im Western eine tiefe Cellomusik für Spannung vor dem Showdown sorgen soll, ertönte hier in der Großstadt ein hektischer Lärm fröhlicher Stimmen. Der Fünfuhrzug war angekommen und entliess hunderte Reisende aus einer immensen Vorhalle auf die glühenden Strassen.

Als Crow Miriam in der Menge entdeckte, rannte er sofort zu ihr und umarmte sie. Auch ihr war das Erstaunen über dieses eigentümliche Empfangskomitee ins Gesicht geschrieben.

„Das wär´ doch noch nicht nötig gewesen, Jungs! Ein paar Blumen hätten es auch getan. Hallo, ich bin Miriam aus Berkley, wie heißen Sie? Wie geht es Ihnen?" - damit schüttelte sie, wie ein echter Hollywood-Filmstar, einem Polizisten nach dem anderen und jedem unserer neuen Freunde exaltiert die Hände, bis sie die Reihe durch hatte.

„Oh! Wie schön eure neuen Kostüme doch sind! Habt ihr mir auch so eine wunderschöne Weste mitgebracht?" - sie imitierte das Stereotyp einer Filmdiva überzeugend.

Doch Crow sah ängstlich zu mir. Denn er wußte, dass Miriams Weste in meinem Rucksack mit dem ganzen schönen Geld war und diesen hier vor der Polizei zu öffnen, hätte ungeahnte, vor allem unangenehme, Folgen haben können.

Springer schlägt Dame.

Ich nahm bewusst pathetisch den Rucksack von meinem Rücken, stellte ihn auf die Strasse und kniete mich so davor, dass Gary Cooper alles sehen konnte. Könnte! Joseph´s Familie stand immer noch cool, und unbeweglich rauchend an den Autos und sah mir zu, als ob ich mir nur die Schuhe binden würde. Ich glaubte nur ein kurzes Flackern in Joseph´s Augen zu erkennen, als ich jetzt die erste Schnalle des Rucksackes öffnete. Dabei tat ich so, als ob ein unerträglicher Gestank aus diesem strömen würde, verzog meine Nase und improvisierte eine große Überwindung da hineingreifen zu müssen. Langsam, unter den gelangweilten Blicken des Gesetzes, zog ich die Weste von Miriam heraus und präsentierte sie wie den Oscar. Hierbei ließ ich bewußt nebensächlich den geöffneten Rucksack auf der Strasse stehen, um so dem Sheriff die Möglichkeit zu geben, ihn zu inspizieren. Was er erwartungsgemäß nicht tat! Dass mein Plan so gut aufging, ließ mich im Übermut der Situation die Dummheit begehen, ihm den Rucksack unter die Nase zu halten und als mich das vereinte Aufseufzen der entsetzten Freunde in meinem Rücken zurück auf den wackligen Boden der Tatsachen holte, griff sich der Sheriff schon den Rucksack.
Wie blöd kann man denn sein !!!!!!!

„Rob! Kannst du mal kommen? Das glaubst du nicht!" - schallte es unglaublicher Weise aus dem einen Streifenwagen, in dem der Kollege das Funkgerät befragte. Rob drückte mir beim Weggehen achtlos meinen `Wäschesack´ in die zitternden Hände.
Er besprach sich kurz mit dem funkenden Kollegen und kam wie ausgewechselt zu uns zurück.
„Sie wohnen bei David Selcznik persönlich? Das hätten Sie mir doch gleich sagen können. Der hat doch mit Ava Gardner den Film `A fire down below´ gedreht, nicht wahr? Falls Sie mir von der ein Autogramm auftreiben könnten? Die ist ja so heiß!" - Schach matt.
Er gab mir die Karte zurück und setzte jetzt sogar seine Sonnenbrille ab, als er seinen Jungs das Zeichen gab abzuziehen.
"Sie finden mich immer in der East 6th Street Police Station. Willkommen in Los Angeles." - er tippte sich an sein Käppi und zog ab. Der Spuk war vorbei, wie er gekommen war.
Jetzt endlich bewegten sich Josephs Brüder und Schwestern und gaben mir ein paar anerkennende freundliche Knüffe, für meine Show.

„Wir sollten hier nicht auf die nächste Schicht warten, amigos. Wir fahren zurück." - schlug Joseph vernünftigerweise vor.

Aber ich wollte runter nach Marina Del Rey und sehen ob Ray schon angekommen war. Oder, ob wir uns einen Plan B einfallen lassen müssen. Also verabschiedeten wir uns und versprachen ein baldiges Wiedersehen - dann rauf auf die Maschinen und das endlos lange Santa Monica Boulevard immer Richtung Pazifik.

Ray war noch nicht da.

„Sollen wir vielleicht mal bei diesem David anrufen und nachfragen?" - schlug Miriam vor.

„Oder lieber einen Sundowner am Strand zu uns nehmen?" - Jay hatte schon einige Bierchen intus und schien nach mehr zu dürsten. Also Abstimmung.

Der Sonnenuntergang am Strand gewann.

Aber wir hinterliessen Ray eine Nachricht an der Tür, falls er noch kommen sollte.

Da ich noch nie vorher in LA gewesen war, überraschte mich dieser entspannte Flair, mit den kleinen Shops und Cafés direkt am Strand sehr. Sehr angenehm.

Die Menschen hier, schienen langsamer, genussvoller und selbstbewusster, die sonnigen Gegebenheiten der Stadt zu geniessen. Und obwohl wir 6, aufgrund unserer Stiefel, Jeans und Lederjacken, ganz klar als Nicht-Surfer zu erkennen waren, fühlte sich niemand hier durch unsere Anwesenheit belästigt, verängstigt oder provoziert.

Wir schlenderten die Strandpromenade entlang, setzten uns in eines der Eiscafés hier, vor dem ein paar Triumphs und Nortons standen, und schauten dem bunten Treiben der Strandschönheiten zu.

Nach dem Genuss von zwei weiteren Bieren und einem Hamburger schlief Jay auf seinem Stuhl ein.

„Ray und ich haben für morgen Früh um 11 Uhr einen Termin mit Mister Bangford, von der Schulbehörde. Wir haben ihm alle Unterlagen per Post geschickt und er erwartet die neue Schulleiterin zur Unterschrift. Und hier…" - Miriam kramte, geheimnisvoll um sich blickend, aus ihrer Handtasche einen braunen Umschlag und legte ihn auf den Tisch.

„Der Kaufvertrag von Santa Catalina durch die BOFOO´s Bike & Brains Foundation!" - sie lachte erleichtert und glücklich.

Ich glaubte es immer noch nicht. Dieser absurde Plan scheint zu funktionieren! Jetzt haben wir eine Insel!

„Champagner!!!!! Das müssen wir feiern!" - Miguel rannte mit diesen Worten zum Tresen und besprach sich mit dem Barkeeper, der ihn aber nur Achselzuckend ansah.

Jasmine hatte sich den Vertrag genommen und las ihn jetzt Wort für Wort durch. Ray und Miriam traten darin als Geschäftsführer der Foundation auf, die sich verpflichtete unterprivilegierten Kindern und Studenten eine adäquate Schulausbildung zukommen zu lassen, die diese dann für Universitäten oder anspruchsvolle Jobs qualifiziert. Des weiteren verpflichtet sich die Foundation die Insel Santa Catalina für weitere gemeinnützige, das heißt nicht profitorientierte, Veranstaltungen, deren Hauptziel die Erlangung und Erweiterung des Allgemeinwissens, sowie fachspezifischer Kenntnisse in handwerklichen Bereichen, zu sein hat.

„Kannst du mir das übersetzen, Frau Lehrerin?" - fragte der enttäuschte Miguel, ohne Champagner.

„Das heißt: wir können unseren Traum leben, Jungs! Wir können dort machen was wir immer wollten, solange ein paar Kids dabei etwas lernen. Ich werd verrückt!" - Jasmine sah mich glücklich und dankbar an.

Auch Crow, der bis jetzt den ganzen Nachmittag sehr wortkarg war, sah zu mir und lächelte entspannt.

„Läuft, Bruder." - damit hielt er mir sein leeres Bierglas hin und wir stiessen an.

Auch wenn es keinen Champagner gab, blieben wir sitzen, bestellten mehr Bier und Burger und träumten uns in eine sinnerfüllte Zukunft.

Irgendwann kam Ray angehastet und erzählte uns den Grund für seine Verspätung: ein platter Reifen!

Nachdem er den halben Tag damit verloren hatte, fuhr er direkt zu seinem Freund David, zeigte ihm die Filme und ließ sie sicherheitshalber gleich dort im Archiv des großen Studios.

„Wo ist meine Weste? Bin ich nicht auch ein Teil dieser Bande von Schwuchteln? Eigentlich sollte ich der Boss sein, nach diesem Vertrag, oder? Ich will eine goldene Weste, damit das klar ist!" - proklamierte er zwitschernd und ich hatte das Gefühl, dass auch ihm eine tonnenschwere Last heute Abend von der Seele gefallen ist.

„Du hast kein Motorrad, Bruder. Setzen." - holte Crow den aufgesprungenen Ray zurück auf den harten Stuhl.

„Da stehen doch welche. Ich nehm eins von denen da. Sind die gut?" - auch sitzend quietschte Ray noch wie eine ungeölte Tür, deutete dabei aber auf die beiden Maschinen vor dem Café.

„Ray! Die gehören nicht uns. Die sind nicht zu verkaufen." - schaltete sich auch Miriam ein.

„Das ist LA, Mann! Hier hat alles seinen Preis. Wem gehören die Dinger da? Welche soll ich nehmen, Crow?" - jetzt ging er wirklich um die beiden Motorräder herum und setzte sich tatsächlich auf die Norton! NO GO !!!!! Setz´ dich niemals auf die Maschine eines anderen, wenn du deinen nächsten Geburtstag erleben willst, Kumpel.

Natürlich kam es, wie es kommen muß. Naturgesetz!

Während Ray noch am Gashahn drehte und sich überlegte welcher Hebel denn wohl die Bremse und welcher die Kupplung war, kam ein Mann vom Format Crow´s aus der Dunkelheit.

„Na, Freundchen. Schönes Motorrad, was? Deins?" - der Typ stellte sich lässig neben Ray und zündete sich nur eine Kippe an.

Was sollten wir denn jetzt tun, verdammt? Ray war zwar einer von uns, hat aber das Unausprechliche getan. Der Lange hätte alles Recht unseren kleinen Raybird über den Strand und den Haien zum Fraß vorzuwerfen.

„Ich will es kaufen! Wieviel kostet das Motorrad, Mister?" - anscheinend war Ray so betrunken, dass er den nahenden Tod nicht kommen sah.

„Du willst Was kaufen? Meine Lulubelle? Die ist aber nicht zu verkaufen und wenn du nicht von ihr runter bist, bevor ich zu Ende gesprochen habe, kaufst du in deinem Leben nie wieder etwas, Brille." - der Riese sprach sanft, leise, was der ganzen Situation etwas noch Gefährlicheres gab.

Auf seine optische Sehhilfe angesprochen, stand Ray empört auf und wollte es dem Langen zeigen, aber nur um festzustellen, dass der zwei Köpfe größer war. Dieser hatte bekommen, was er wollte, schnippte seine Kippe Ray vor die Füße und drehte sich zum Gehen.

„Ich zahle jeden Preis, Mister!"

„Vergiss es. Ist meine."

„10.000 $! Hier. Sofort und cash!"

Der Lange blieb stehen.

„Hör mal, du Hemd. Willst du sie, falls ich sie wirklich hergebe, nach Hause schieben, oder wie? Du kannst die ja nicht mal antreten."

- hatte er das wirklich gesagt? Ich meine Ray! 10.000 $ für eine Norton, die maximal 2000 $ Wert ist - falls sie getunt ist!

„Antreten bedeutet, sie zu starten, richtig?" - dabei wieselte er um die Maschine herum und versuchte sich daran zu erinnern, was er uns abgeschaut hatte. Benzinhahn öffnen, Zündung an, einen vorkicken, dann Gas geben und

nochmal mit dem ganzen Körpergewicht auf den Kickstarter springen und hoffen, dass die Mühle startet.

„Zeig mir erst das Geld, Cowboy." - verlangte der Große, indem er Ray am Kopf von der Maschine wegdrehte.

„Hat jemand hier zehn Scheine dabei?" - fragte der, betrunken in die Runde und alle Blicke drehten sich zu mir.

„Echt jetzt? Zehn Scheine, für ne Norton?" - ich weigerte mich so viel Geld dafür auszugeben, aber andererseits mußte sich Ray früher oder später eh´ eine Maschine zulegen, das war klar.

„Sagen wir fünf, wenn er sie nicht beim ersten Mal ankriegt, ok?" - schlug ich vor und Jasmine grinste wissend. Englische Motorräder sprangen nie beim ersten Mal an.

„OK. Laß sehen." - ich öffnete den Sack, der die ganze Zeit unter dem Tisch zwischen meinen Beinen klemmte und dem Großen fiel der Kiefer runter, als ich ihm ein Bündel auf den Tisch legte.

Miguel erklärte Ray noch wie die Schaltung und die Bremse funktionierten und trat einen Schritt zurück. Alle schauten gebannt auf den dünnen Ray, der sich tapfer auf den Kickstarter stellte und ich betete, dass seine teuren Slipper die Aktion überleben mögen.

Die Norton kam beim zweiten Mal. Der Lange griff sich sofort die Kohle und Ray legte einen Gang ein.

„Langsam! Laß die Kupplung langsam kommen und gib wenig Gas... mit viel Gefühl, Ray!"- brüllte Miguel über das kraftvolle Blubbern der Twins.

Den Grund, warum Betrunkene keine Fahrzeuge lenken sollten, demonstrierte uns Ray umgehend. Eigentlich war es nur ein kurzes Aufbrüllen und schon flog Ray über den Lenker in den Sand auf der anderen Strassenseite. Die Norton hatte nur einen Satz über die Strasse gemacht und an der Kante, die den Strand vom Boulevard separierte, Ray abgeworfen. Er war ok, aber die Gabel und das Vorderrad hingen windschief am Lenkkopf.

Schöner Kauf.

„Du Idiot! Meine schöne Lulubelle! Verzeih mir, Baby..." - stinksauer beugte sich der Lange über seine Maschine und richtete sie auf. Sie war kaputt. Und zwar richtig. Die Reparatur wird ganz sicher noch mal ein paar Scheine kosten.

„Kennst du ne Werkstatt hier, Big Boy? Wir sind aus Oakland und kennen hier niemanden." - wandte sich Crow an den Langen, indem er ihm half Lulubelle zurück zu schieben.

„Ja. Kenn ich. Aber sag ich euch nicht! Schau doch mal, was für ein Trottel. Für solche Typen hat man Autos erfunden!" - Crow gab ihm eine Zigarette und zündete sie ihm an.

„Auch die kann Ray nicht fahren. Aber wenn er so weitermacht, fährt er eh´ bald Rollstuhl und ist weg von der Strasse. Was ist mit der Werkstatt, Bruder?" - sie standen da und quatschen, während Ray immer noch im Sand lag.

„Hier. Ist um die Ecke. Meine eigene, aber das wird euch die anderen fünf Scheine kosten, das sag´ ich dir. Ich bin Joe." - er drückte Crow eine Karte in die Hand und ging kopfschüttelnd zurück in die Dunkelheit.

Auch wir beschlossen diesen langen und ereignisreichen Tag zu beenden und spazierten angetrunken, aber glücklich in unseren Luxus-Pfahlbau.

Am nächsten Tag machten wir uns schon früh auf nach Oceanside, was eine ziemliche Strecke von unserer Hütte aus war.

Crow kümmerte sich um die Reparatur der Norton, denn wir erachteten es als klüger, Ray aus dem Schussfeld zu halten, wenn Joe Abschied von seiner Lulubelle nimmt. Zum anderen brauchten wir Ray in Oceanside.

Um dort einigermaßen seriös aufzutreten, zog sich meine Herzdame sogar einen engen Rock, mit passender Jacke, Schuhe mit Pfennigabsätzen und eine weiße, hochgeschlossene Bluse an. Verdammt, warum haben in meiner Zeit Lehrerinnen nicht so appetitlich ausgesehen?

Und weil man in diesem Aufzug natürlich nicht Motorrad fahren kann, stieg sie zu Ray ins Auto. Auch Miriam verkleidete sich als seriöse Immobilientante und sah umwerfend glaubwürdig aus. Nur dauerte es eine ziemlich unnötige Weile, bis Ray ihr klargemacht hatte, dass sie über diesem Maklerkostüm unmöglich ihre BOFOO´s Weste tragen kann. Trotzig versprach Miriam sie im Auto lassen zu wollen. Na, wenn die die Jungs in diesem School-Council nicht um den Finger wickeln, dann glaub´ ich an nichts mehr.

Miguel, Jay und ich flogen als Begleitschutz dieser Schätze der Weiblichkeit hinterher; die PCH runter über die schmutzigen, hektischen Piers von Long Beach, den langen Weg an den Ölpumpen in Huntington Beach vorbei, rein in das verträumte Laguna Beach, bis wir schließlich in Oceanside ankamen. Die gleichmäßig und rhythmisch an den Strand laufenden Wellen, des mächtigen Pazifiks auf der rechten Seite, verspürte ich um diese frühe Stunde eine geradezu kosmische Zuversicht, dass heute alles klappen würde. Jeder Atemzug schmeckte nach Salz und Morgenfrische und war pure Kraft und Energie!

Zur Sicherheit liessen wir den `bürgerlichen´ Teil unserer Truppe alleine in das Bürogebäude gehen, vereinbarten aber uns auf dem Pier zu treffen, wo Jay, Miguel und ich uns einen Kaffee zum Gekreische der Möwen gönnten. Und wie ich es geahnt hatte, bliesen unsere Ladies diesen Bürohengsten den Verstand aus ihren staubigen Aktenhirnen. Strahlend kam die Damenmannschaft aufs Pier stolziert, die gestempelten Papiere schon von weitem schwingend. Der Sachbearbeiter war so hin und weg von Jasmines Charme, oder war es ihr Aussehen?, dass er sie gleich zu einem romantischen Tanzabend auf Santa Catalina einladen wollte, inklusive Übernachtung in einem Chalet, natürlich. Die neue Eigentümerin dieses Eilandes lehnte dankend ab, erfuhr aber auf diesem Weg von der Express Fähre, die von Dana Point aus, zweimal täglich rüber fährt.

Dana Point lag auf unserem Rückweg!

Ohne große Diskussion fanden wir uns auf der 13 Uhr Fähre Richtung Zukunft wieder.

Jasmine hüpfte vor Freude über ihre erste Schiffsfahrt wie ein kleines Mädchen, das auf ihre Zuckerwatte wartet. Die Überfahrt dauerte ungefähr 1,5 Stunden und wir durften nur die Motorräder mitnehmen - ich war gespannt wie ein Flitzebogen! Wie würde die Insel wohl aussehen? In welchem Zustand würden die Häuser sein? Gab es Menschen, die dort lebten? Auch wenn ich das Ausmass dessen, auf was wir uns hier eingelassen hatten, an diesem Tag noch gar nicht begriff, so wußte ich doch nur zu gut, dass dieser Moment, im warmen Sommerwind mit der besten Frau der Welt, die leichte Gischt im Gesicht und den Wind in den Haaren, sich für immer in mein Herz einbrennen würde. Der Sinn des Lebens lag genau in solchen Momenten - philosophierte mein Herz.

Ich wurde nicht enttäuscht.

Die Fähre erreichte eine kleine halbmondförmige Bucht, in der ein paar wenige Holzhäuser aus vergangenen Zeiten auf uns warteten. Jetzt verstand ich auch, warum sich Hollywood Stars so gerne hierher abseilten: es sah aus wie eine Filmkulisse, die man vergessen hatte abzureißen.

Aber es gab auch Strassen hier, die, im Gegensatz zum Festland, völlig leer waren. Jas im Damensitz hinter mir, Ray bei Jay und Miriam bei Miguel zogen wir los Richtung Berge, Landesinnere. Von jedem Punkt dieser hügeligen Landschaft aus konnte man das Meer sehen, die gleissende Sonne auf diesem Spiegel der Ewigkeit. Wir rollten gemütlich durch bewaldete Täler bis zu den kargen Weiten im Hinterland, die ideal für Miguels Pflanzungspläne waren. Wir machten auf einer Anhöhe, von der man die sanfte Landschaft überblicken konnte, Halt. Und jetzt hüpfte Miguel wie ein kleiner Junge vor dem Churros-Stand:

„Ich wußte es! Ich wußte es!!! Schaut, dort hinten rechts, bei diesem zackigen Felsen, seht ihr ihn? Von dort bis da rüber ... da, wo dieser alte Baum umgefallen ist... seht ihr's? Das werden Felder! Man kann sehen, dass sie hier schon einmal Mais angepflanzt hatten und wahrscheinlich auch Sonnenblumen, und wo Sonnenblumen wachsen, wächst auch Hanf, das ist doch klar... oder?"
- dabei rannte er, seine Worte für uns Phantasielose unterstreichend, mit beiden Armen rudernd hin und her.

„Habt ihr am Hafen die Lagerhäuser gesehen? Ich denke, wenn wir die ein bißchen herrichten, könnte man von dort aus wirklich etwas exportieren." - anscheinend war Ray schon tief in Miguels Vision eingetaucht und dachte praktisch.

„Genau! Genau! Und einen Traktor habe ich vorhin auch schon gesehen ... und schaut dort, hinter dem Hügel mit dem Zacken dort, da war eine große unbenutzte Wiese, auf der wir Kühe und Schweine, Ziegen und... ach, was weiß ich denn... wir können da Tiere frei laufen lassen und haben dann immer Fleisch. Und ich bin sicher..." - Miriam war zu Miguel gegangen und umarmte ihn sanft, was etwas sehr Mütterliches hatte, da sie fast einen Kopf größer war als er.

„Querido, ich liebe deine Träume. Laß uns doch noch den Rest der Insel begutachten und dann machen wir eine Zeichnung heute Abend, ok?"

„Jaja... klar... vamos..." - stotterte der arme, aus seinen Träumen gerissene Miguel unsicher und schwang sich auf Jasmines's BSA.

Wir umrundeten die Insel und waren alle mehr als positiv überrascht. Es gab hier wirklich alle Möglichkeiten für Leute mit Ideen und Engagement.

Ein halbe Stunde bevor die letzte Fähre des Tages fuhr, erreichten wir das Pier und hatten noch Zeit, bei einem Bier, unsere Begeisterung zusammen mit den anderen über dem Tisch auszuschütten. Es gab zwar noch Fähren nach Long Beach, Laguna Beach, Newport Beach und Seal Beach, was unsere Rückfahrt sehr verkürzt hätte, aber unser Auto stand in Dana Point. Wir erfuhren, wie viele Fähren hier jeden Tag ankamen und abfuhren, wie viele Gäste diese ungefähr mitbrachten und wie lange jene im Durchschnitt hier blieben, denn es gab durchaus Hochzeitspaare, die ein Wochenende oder eine ganze Woche hier, mitsamt ihren Freunden und Familien verlebten.

Miriam und Ray errechneten schnell die daraus entstehende Einnahmequelle, während Jas mir erzählte, dass sie eine alte Missionskirche mit Stallungen und

Wohnräumen gesehen habe, die, wie früher üblich, U-förmig um eine Wiese angelegt waren.

„Das wäre doch für den Anfang ein ganz gutes Schulgebäude, oder? Den Stall bauen wir um in ein Klassenzimmer, die Wohnräume können wir für die Schüler herrichten, bis wir wissen, ob wir mehr oder weniger davon benötigen. Und im Haus der Mission wohnen wir selbst. Was denkst du, hun?"
- ich dachte nur an mein Glück in ihren glücklichen Augen.

Wir kamen gegen Mitternacht wieder in Marina Del Rey an und fanden erst den Zettel von Crow an der Tür und dann ihn selbst mit Joe im brüderlichen Gespräch in dem selben Café wie gestern. Die Norton stand auch, wie gestern, davor und glänzte über beide Ohren. Obwohl wir alle todmüde waren, hielt uns die Aufregung über die Neuigkeiten des Tages wach, die wir jetzt alle auf einmal dem ungläubigen Crow vor die Füße warfen. Wir erzählten ihm von Feldern, die auf uns warteten, Kuhherden, Bisons, Ziegen, spanischen Missionskirchen, den Lagern am Hafen und den vielen Gästen, die unsere Finanzierung sichern würden.

„Wir haben vor ein paar Jahren mal auf dem Flugfeld Motorradrennen veranstaltet, aber der Besitzer mochte uns nicht. Also hat er es verboten. Aber ich denke, wenn man das professionell aufzieht, dann werden euch die Jungs vom Festland die Bude einrennen." - kam, etwas unerwartet, die tiefe Stimme von Joe über den Tisch der Aufgeregten.

Crow grinste mich an.

„Ich habe ihm nichts von unseren Plänen erzählt, Jeff." - anscheinend würden wir damit eine wartende Goldmine ausbeuten können, dämmerte es Jeff.

„Ich kann euch jedes Wochenende hunderte Jungs schicken, die ihre Motoren ausprobieren wollen. Motorräder oder Hot Rods, was auch immer. Habt ihr 'ne Werkstatt da drüben? Einen Speedshop?" - offensichtlich hatte auch Joe schon das Ganze gut vorausgedacht.

„Wie habt ihr das denn so schnell geschafft? Lulubelle! Du siehst ja aus wie neu!" - verschaffte mir die krächzende Stimme Ray´s etwas Luft meine Gedankenflut in geordnete Kanäle zu leiten, indem er ungläubig um die Norton schlich.

„Nee! Oder? Willst du nicht bei Ford oder Chevrolet bleiben, Brille?"
- Joe hing wirklich mit viel Herzblut an seiner englischen Lady.

„Hör mal, Laternenpfahl. Du hattest deine Zeit mit ihr, aber du hast sie an den Nächstbesten verscherbelt, wie eine billige Strassenhure. Und deswegen gehört sie jetzt mir, klar!"
- die Stimme eines Jungen, dem gerade ein Zahn gezogen wird, stand in völligem Kontrast zu dessen Worten, als sich der kleine Brillenvogel Ray vor dem riesigen Mammutbaum Joe aufplusterte. Der grinste breit und gutmütig als er sagte:
„Billig war sie aber nicht, hehe. Na, komm´. Ich zeig dir ein paar Tricks, die die Lady glücklich machen."
- und so legte er seinen schweren Arm auf Ray´s dünne Schultern und drehte ihn zu Lulubelle.
Es war unser letzter Abend in Los Angeles. Wir hatten alles erreicht. Und trotz unserer Müdigkeit, wollte keiner der Erste sein, der sich ins Bett verabschiedet. Und während Joe es tatsächlich schaffte Ray die Grundkenntnisse des Motorradfahrens beizubringen, schwatzen wir anderen, wie Teenager aufgeregt durcheinander und machten Pläne für unsere goldene Zukunft.

„Ich hab´s euch doch gesagt, oder?" - wiederholte Crow in regelmäßigen Abständen
Und erst als wir uns dann doch, kurz vor dem Morgengrauen, auf den Heimweg machten, fragte er mich vertraulich.
„Und? Hast du ihn gesehen? Er ist weg, nicht wahr?"
„Wer?"
„Na, Hans. Unser SS-Zombie. Also, mich läßt er hier unten in Ruhe. Dich nicht auch?"
Bamm!
Ja, es stimmte. Seit ich mit Jas in Cayucos übernachtet hatte, war Hans nicht mehr aufgetaucht. Weder beim Fahren, noch beim Küssen. Auch war ein eigentümlicher Druck von meiner Seele genommen, der mich bis jetzt all die Jahre nach Frankreich so selbstverständlich jeden einzelnen Tag begleitet hatte.
Hans war weg!
Ich konnte es nicht glauben.
War das nur Einbildung, wegen der vielen Aufregung der letzten Tage?
Ich werde es ja sehen. Morgen, wenn wir wieder Richtung Oakland reiten.
Und ich werde ganz genau darauf achten.

Doch auch als wir am nächsten Tag alle sicher, doch übernächtigt, in Oakland ankamen, war Hans nicht ein Mal erschienen. Nicht mir und auch nicht den anderen.

Er war weg!

Und deshalb änderte sich wohl auch in allen anderen Bereichen alles.

Dadurch, dass jetzt acht Leute mit den Farben der BOFOO´s auf ihren Westen, durch Nor-Cal cruisten, wurde unser Name schnell bekannt.

Die Cops liessen uns aber, seit der Verhaftung von Craddock, in Ruhe, was sicher auch daran lag, dass wir Luso eine Weste schenkten und er stolz wie Bolle damit durch die City rollte. Natürlich versorgte uns dieser Bruder immer rechtzeitig mit den neuesten Informationen über Aktionen der lokalen Ordnungshüter, so dass wir ihnen erfolgreich aus dem Weg gehen konnten.

Nur das FBI klebte noch an unseren Reifen. Aber da ich mit Jay und Miguel weiterhin die Werkstatt führte, Jas und Miriam brav ihre Arbeit machten und auch Crow weiterhin an den Docks arbeitete, saßen sie sich ihre Hintern umsonst flach, in ihrem blauen Ford. Selbst Ned vermied es mit Weste in den Ballroom zu gehen. Und ich stellte fest, dass er dort sowieso höchstens einmal im Monat war und auch nur dann, wenn Luso keine Razzia ankündigte. Ned chauffierte jetzt asiatische Lebensmittel für die Lee Experience durch die Bay und hielt sich von den Drogen fern.

Für das FBI sah es aus, als ob wir wirklich nichts mit dem verschwundenen Geld zu tun hätten und sie begannen doch wieder mehr die Polizeistationen und deren tapfere Mitarbeiter zu observieren - wie Luso uns fröhlich mitteilte.

Mister Lee, stand eines Tages mit seiner königlichen Gattin und seinen wohlmanikürten Fingern in meiner Werkstatt und machte mir ein Angebot, dass ich nicht ausschlagen konnte, denn es garantierte uns noch weiterhin ein paar Extrascheine. Wir beschlossen, die Ware der Lee Experience bis nach Südkalifornien zu vertreiben, indem sich der Lee Truck auf dem halben Weg dorthin mit unserem knallbunten BOFOO´s Truck traf, die Ware umlud und dann Miguels Cousin glücklich machte.

Es läuft, Bruder.

Ray druckte in der San Francisco Chronicle eifrig Anzeigen, die für diese neue Schule für unterprivilegierte Kinder auf Paradise Island Werbung machten und über seinen Kumpel David schaffte er es irgendwie sogar Fernsehspots zu senden, wo jeder sofort anrufen konnte, um sich seinen Platz an der Sonne des Wissens und der Bildung zu sichern. Und sie riefen an!

Nach ungefähr drei Monaten hatten wir genug Anfragen und Anmeldungen, so dass wir einen Plan machen konnten, wie viele Klassen wir bräuchten, wie viele Lehrer für diese Klassen und natürlich, wie viele Schlafräume, Stühle, Schreibtische, Bücher, Stifte, Hefte, Schuluniformen, wie groß die Kantine zu sein hat, wie viele Tische, Stühle, Gabeln, Messer und Löffel, Mahlzeiten und Köche ... und was da alles noch so daran hing.

Zum Glück hatte Jasmine ihr Studium gerade erfolgreich beendet und ging Miriam bei der Organisation all dessen zur Hand, während wir Männer uns um die handwerkliche Umsetzung der Aufgaben kümmerten und hämmerten, sägten, malten, schliffen, fluchten und den vorhandenen Stromgenerator auf Vordermann brachten. Da wir fast jedes Wochenende nach Santa Catalina fuhren, nahm das Vorhaben schnell eine sichtbare und ansehnliche Gestalt an. Meistens blieb einer oder zwei von uns dann die ganze Woche im Süden, während die anderen sich, zurück in Oakland um das Tagesgeschäft kümmerten.

Dazu gehörte auch, unsere neuen Kontakte in bare Münze zu verwandeln, was leichter war, als ich mir vorgestellt hatte. Aber als ich Dot fragte, ob sie nicht dreimal pro Jahr bei uns mit ihrer Stuntshow auftreten wolle, stimmte nicht nur sie sofort zu, sondern auch Hans und seine Surferboys waren Feuer und Flamme. Die auch neue Kunden zogen, selbst wenn es keine Stuntshow gab, denn die LSD-Surfer kamen in Scharen, da sie bei uns nicht belästigt wurden, wenn sie nach einem welligen Tag einfach am Strand in ihren Autos oder Schlafsäcken machten, was sie auf dem Festland in den Knast gebracht hätte.

Unser neuer Freund Joe aus Los Angeles zog innerhalb eines Tages mitsamt seiner Werkstatt rüber auf die Insel und garantierte so, dass alle notwendigen Reparaturen umgehend erledigt wurden. Des weiteren organisierte er unter dem Namen `Catalina Speedweek´ regelmäßig Dragraces für Hot Rods, die es mittlerweile wie Sand am Meer gab und natürlich Speedway Rennen für Motorräder. Und weil er sich bestens mit Crow verstand, entwickelten diese beiden Tüftler nicht nur ein funktionierendes Elektrizitätswerk, sondern auch gleich eine astreine Wasserversorgung dazu.

Auch Freund Luso stieg mit ein.

Wir mußten natürlich auch Recht und Ordnung in unserem kleinen Reich garantieren, wofür wir eine Polizeistation brauchten. Also ließ sich Luso von der Bewachung gestohlener Autos unter einer Autobahnbrücke im Hafenviertel von San Francisco direkt nach Avalon auf Santa Catalina versetzen und wurde dafür sogar noch bezahlt. Und weil hier eh´ niemand gegen das Gesetz verstieß, oder Luso zumindest immer genau dann wegsah war, trug er seine BOFOO´s Weste stolz über seiner Polizeiuniform.

Miguel organisierte nicht nur mexikanische Feste, sondern sorgte auch dafür, dass einige seiner Cousinen bei uns Arbeit fanden, indem sie ihre eigenen Restaurants, Tacobars und Churrosläden eröffneten. Hauptsächlich lebte er aber seinen Traum: Landwirtschaft.

Er hatte wirklich ein grünes Händchen für alles, was er hier einpflanzte. Und das tat er zur Genüge: Mais, Sonnenblumen, Kartoffeln, Karotten, Tomaten, Chilies, Marihuana, Mandeln, Avocados, und was weiß ich noch alles.

Jedenfalls konnten wir uns so wunderbar selbst versorgen und unsere Schüler gleich mit. Auch waren die wenigen Menschen, die auf dieser Insel seit Langem lebten, nach anfänglicher Skepsis, mehr als glücklich, dass sie neue Arbeitsmöglichkeiten bekamen und es ihnen auch finanziell wieder besser ging. Denn wir reaktivierten die alten Fischerfamilien, indem wir ihnen regelmäßig alles an Meeresfrüchten abkauften, was sie anzubieten hatten. Und der einzig übriggebliebene Farmer, Mister Silver, stockte seinen Viehbestand auch für die Fleischversorgung der hungrigen Studenten auf.

Um den Tourismus nicht ausufern zu lassen, nahmen wir Miguels Plan wieder auf und eröffneten nur zwei Lokale und zwei Bars. Aber leider konnten wir das Fährgeschäft nicht kontrollieren, was bedeutete, dass wir niemanden länger als gewollt zum Geldausgeben animieren durften.

Es blieb auch so genug hängen!

Dieser absurde Plan funktionierte tatsächlich!

Jas musste nach 3 Monaten noch fünf weitere Lehrerinnen einstellen. Auch Crow und Joe hatten jetzt alle Hände voll zu tun den Kids ein Handwerk beizubringen. Die lernten dort den Umgang mit einfachen Werkzeugen, wie Zange, Hammer, Pinsel, Säge, aber auch Komplizierteres, wie Schaltpläne lesen und erstellen, Hydraulik, und mechanische Vorgänge in Motoren, Pumpen oder Lüftungs- und Kühlanlagen.

Selbst Miguel hatte einige eifrige Schüler, die nicht genug vom Anbau und der Ernte ihrer Saat bekommen konnten.

Miriam kündigte ihren Job in der City und war fast so etwas wie die Bürgermeisterin hier, denn jeder wandte sich an sie, wenn es irgendwelche Fragen gab. Und sie fand nicht nur meistens eine Lösung, sondern schien auch wirklich Gefallen an der Verantwortung gefunden zu haben.

Nachdem sich das alles ganz gut eingelebt hatte, nahm ich meine Mutter mit auf die Insel. Und du ahnst es - sie war begeistert!

Ich teilte mir mit ihr und Jas ein Seitengebäude der alten Missionskirche, wo sie sich glücklich um die Rosen und ihre eigenen Blaubeeren kümmern konnte.

Wie gesagt: Es lief mehr als gut!

Aber was war mit SS-Hans los?

Obwohl er niemanden mehr von uns seit Monaten besucht hatte, machte mich genau das stutzig.

Wir alle hatten unsere alte Lebensweise komplett auf den Kopf gestellt, war er deswegen verschwunden? Aber warum so plötzlich? Und warum bei uns allen?

Litten wir an einer Gruppenpsychose?

Unsere Abende verbrachten wir alle oft und gerne mit Hans und seinen Surferbabes, den Sonnenuntergang lobend. In dieser friedlichen Atmosphäre sprachen wir oft über SS-Hans und sein Verschwinden, aber fanden trotzdem keine Erklärung dafür.

„Du hast es rausgelassen, Bruder. Gut so… laß ihn gehen… wenn immer du mit ihm sprechen willst, mußt du nur einen unserer Candys schlucken und dein Zombie kommt sofort zurück in Papas Schoß."

- philosophierte eine der Surferblondinen.

„Laß mal stecken, Cris. Ich vermisse den Kerl überhaupt nicht im Geringsten." - lächelte mein Sonnenschein mich an, und ich wußte warum.

„Er wollte uns etwas sagen. Da bin ich mir sicher. Sein Horror war nur ein Zeichen an uns. Glaub mir." - Crow sagte das wie immer leise, den Blick auf den Horizont gerichtet.

„Was denn? Das wir unser Leben zum Besseren ändern sollen, weil wir Sünder sind, Herr Professor?"

- versuchte Miguel dem Ganzen etwas Lächerliches zu geben, aber Jay stieg jetzt auch mit ein und bremste ihn.

„Genau." - war alles, was er sagte. Was er sagen mußte.

Auch wenn jeder anfangs noch seinen Ängsten hinterher hing und ab und an hoffte SS-Hans wieder gesehen zu haben, blieb er verschwunden. Und so kam es, dass wir ihn nach einem Jahr völlig vergessen hatten.

Denn nicht nur hatten wir alle Hände voll zu tun unser Geschäft am Laufen zu halten, da es boomte, sondern sich das ganze Abenteuer auch in eine neue aufregende Richtung entwickelte. Es kamen Anfragen und Angebote anderer, renommierter Universitäten nach einer Zusammenarbeit oder mit der Bitte von

uns lernen zu dürfen. Auch gab es reichlich Interesse von Privatpersonen, die gerne ihr Geld bei uns investiert hätten. Aber da es klar war, dass mit dem Geld auch der Einfluß auf die Unterrichtsthemen und - methode zunehmen würde, lehnten wir dankend ab. Groteskerweise waren die meisten dieser `Investoren´, durch typisch amerikanische Weise zu ihrem Reichtum gekommen, indem sie ausbeuteten, betrogen und übervorteilten. Jetzt wollten sie `der Gesellschaft etwas von ihrem Glück zurückgeben´, indem sie versuchten ihr Gewissen rein zu waschen und in ein Projekt zu investieren, das sie im tiefsten Inneren ihrer Überzeugung ablehnten. Und für uns konnte das nur bedeuten, sie würden bei einer Zusammenarbeit ihren rassistischen, konservativen und überholten Einfluss geltend machen wollen.
Nein danke, Sir.

Aber dann kam dieser eine Mann.
Der brachte dann doch einiges durcheinander.

Ich war gerade in Oakland in der Werkstatt mit Jay und hatte die Ölablass-schraube eines Cadillacs, die festgerostet war, abgerissen. Das bedeutet, dass mir ca 5 Liter altes, schmutziges Motoröl direkt ins Gesicht und über meine Haare liefen, da ich unter dem Wagen stand, um die verdammte Schraube zu öffnen, als sie mit einem Ruck abriss. Vor lauter Fluchen hatte ich das Telefon nicht gehört und so war es Jay, der mich mit großen Kinderaugen, den Hörer in der Hand, anschaute.
„Wir sollen sofort nach Avalon kommen. Das war Jas. Es ist wichtig." - Jay brachte eigentlich selten etwas aus seiner hawaiianischen Ruhe, deswegen machte ich mir jetzt erstmal echte Sorgen.
„Meine Mutter?" - das Öl brannte, als ich es aus meinen Augen wischen wollte.
„Nein. Ein Besuch. Aus England. Von der Queen. Er ist heute angekommen." - ich hatte auch Öl in meinen Ohren, aber ich hörte gut, auch wenn ich nicht verstand.
„Die Queen aus England besucht uns? Auweia. Was will die denn?" - das Öl lief von meinen Haaren in meinen Mund. Ich kann dir sagen, das ist kein Spaß. Es läuft langsam, aber konstant. Und es scheint sich seinen Weg in jede Öffnung und wieder heraus zu suchen. Auch nachdem ich meinen Kopf mehrmals komplett mit Lappen abgetrocknet hatte, tropfte ich noch irgendwo.
„Nicht die Madam persönlich, aber einer ihrer Knechte ist da. Er will sich alles genau ansehen."

- Jay gab mir seinen Kamm und ich ölte meine Haare in den Nacken, wobei ich auch hier spürte, wie es mir den Rücken runterkroch.

„Das schaffen die Mädels doch auch alleine, oder? Warum sollen wir denn runterfahren?"

- der Kontrollblick in den kleinen Spiegel meiner Werkstatt, den Allgemeinzustand meiner Schönheit zu garantieren, begeisterte mich. Meine dunklen Haare waren tiefschwarz und glänzten wie eine nagelneue Schallplatte. Mann, sah ich cool aus!

„Er will anscheinend dich persönlich kennenlernen. Weil er von deinem umwerfenden Äusseren gehört hat, du Pfau. Bist du fertig?"

- Jay streckte mir seine Hand hin, um seinen Kamm zurückzufordern, aber ich fand meine Öltolle saß noch nicht perfekt.

„Ich ruf Ned an und frage ihn, ob er dieses Mal mitkommen will, ok? Und du duscht dich inzwischen. Du stinkst!"

- unnötig vernünftig, klangen diese klaren Anweisungen, durch meine Ölwolke der Verzückung und ich wusste, ich mußte mich von diesem Ölbild eines Heroen losreissen. Jay riss mich los - indem er den Spiegel wegnahm.

„Gib Gas und wasch das Öl mit Kernseife aus den Haaren, das geht am besten." - er hatte den Telefonhörer schon wieder in der Hand.

Ned kam in die Garage gefahren, als ich gerade frisch duftend wie ein Dreijähriger aus der Dusche kam.

„Uh! Du stinkst, Jeff. Was ist passiert?"

- Ned konnte genauso charmant sein wie seine Schwester.

Obwohl ich mir dreimal die Haare mit Kernseife abgewaschen hatte, waren sie immer noch genauso ölig wie vorher. Das Zeug musste wohl rauswachsen.

Womit ich, ehrlich gesagt, kein Problem hätte.

Nach kurzen Erklärungen flogen wir los. Es war gegen Mittag und wir beschlossen die Küstenstrasse zu nehmen. Wie immer hatte ich mir nur ein Tuch um meinen Kopf gebunden und sollte mich damit zum Gespött machen, denn alles was auf so einer Reise von ca 600 km um dich herum durch die Luft fliegt, bleibt ganz sicher an deinem Ölkopf kleben. Ich sah bald aus, wie aus dem Müll gezogen.

Aber sobald wir weiterfuhren, war mir das egal. Sonne, Wind, Meer, Kumpels und das beruhigende Tuckern der Twins - that´s it, Baby!

Plötzlich wurde mir innerlich heiß und ich erkannte die Kurve kurz vor Cayucos, an der mir SS-Hans das letzte Mal erschienen war und ich beinahe über die Klippe geflogen wäre. Also ging ich vom Gas und ließ mich hinter die anderen zurückfallen. Ich war hellwach!

Gespannt, wie dieses neuerliche Rendezvous ablaufen würde, war ich auf alles gefasst.

Aber er kam nicht.

Kein Hans!

Weit und breit.

Nur ich stank nach Öl. Hatte einen schmutzigen Lappen um meine Stirn, der mich selbst an den blutigen Verband von Hans erinnerte, aber sonst passierte gar nichts.

„Kein Benzin mehr?" - fragte mich Jay, der mit Ned weiter vorne rechts ran gemacht hatte, als ich endlich zu ihnen stieß.

„Nee, Hans! Da war kein Hans. Er ist weg…"- ich merkte selbst, wie irre das klingen mußte.

„Ok. Dann weiter. Wir haben noch was vor uns, Jungs." - ohne eine Antwort abzuwarten, übernahm Ned die Führung.

Wir nahmen die Long Beach Fähre rüber zur Insel.

Dort trabten wir schnurstracks in unser inoffizielles Hauptquartier, im alten Catalina Canyon Inn, in dem sich Miriam so etwas wie ein Büro für alle Angelegenheiten eingerichtet hatte. Hier liefen alle Informationen zusammen.

Nur heute war niemand hier.

Wir fragten also den Barkeeper, der gerade seine Bar für den anstehenden Abendandrang auffüllte, was denn los sei und wo die Ladies wären.

„Die sind rüber in den Descanso Beach Club mit so einem geschniegelten Affen. Hast du dir die Haare gefärbt, Jeff? Warum blond?" - grinste mich der Idiot hinterhältig an. Der Staub der Strasse und der Sand der Brise, kombiniert mit dem Meersalz der Luft, klebten, und juckten, an meiner Haarpracht.

Als wir im Beach Club ankamen, konnte ich schon eine gewisse Nervosität in der Luft spüren.

Der Club war die beste Adresse auf der Insel und lud mit seinen weißen Möbeln, seinem Strandblick und seiner exklusiven Abgeschiedenheit, die richtig Reichen ein, hier auf gehobenem Niveau sich für gutes Geld stilvoll verwöhnen zu lassen.

Und dann kamen wir!

Staubig. Durstig. Windzerzaust. Wild.

Jasmine und Miriam sassen auf der Veranda in einer abgeschiedenen Lounge und winkten uns nervös zu sich.

Der harte Klang unserer Stiefel, passte nicht zu dem sanften Strandambiente dieses Ortes. Egal - ich wollte wissen warum wir soooo dringend hier antanzen sollten.

Den beiden Ladies saß ein Mann gegenüber, der sofort aufstand, als wir drei an den kleinen Tisch traten. Er war groß, schlank und wie aus der Zeit gefallen. Er hatte ein grau-blaues Sakko an, mit einem rosa Tüchlein in der Brusttasche und dazu farblich passend ein rosa Hemd aus dem ein noch rosaneres Halstuch stak. Seine Hose war in zartem Altweiß gehalten und offensichtlich massgeschneidert, so gut wie sie saß.

„Good afternoon, gentlemen. Mein Name ist Henry Luther Mainfield, Lord of Sussex and Cottonbury. Es ist mir eine Ehre, mich Ihnen in aller angemessenen Form offiziell vorstellen zu dürfen." - damit streckte er mir seine dünne Hand entgegen, die aber einen unerwartet festen Druck ausübte.
„Hi. Ich bin Jeff. Das sind Jay und Ned. Freut mich. Wir haben Durst." - der Junge an der Rezeption war schon auf dem Weg und brachte uns drei eiskalte Flaschen Coke, wir zogen uns drei Stühle heran und waren gespannt auf das, was da kommen mochte.
Henry bewegte sich so natürlich in seiner steifen Unnatürlichkeit, dass so etwas wohl angeboren sein muß - dachte ich bei mir, als er sich als Letzter setzte. Ohne arrogant zu wirken, schien er über allen Dingen zu stehen, oder, wie im Moment, zu sitzen. Es schien, als ob er immer zu auf seine goldene Kutsche wartete, die von 12 schneeweißen Pferden gezogen und von livrierten Kutschern mit grauen Perücken, welche einen Zopf im Nacken haben müssen, gelenkt wird.
„Was können wir für Sie tun, Mister Henry?" - ich hatte den ganzen Anhang seines Namens vergessen, also wählte ich die amerikanische Art freundlich zu sein.
„Ich habe die Ehre im Auftrag des Royal Comitee of School and Education Council, ihrer Majestät der Queen von England Ihre Organisation besuchen zu dürfen und mir ein positives Bild Ihrer edukativen Entwicklung und Programme zu machen. Natürlich Ihr Einverständnis vorausgesetzt."
- während er unseren Mechanikergehirnen Zeit gab den Text zu übersetzen, griff er so zärtlich nach dem Orangensaft vor ihm, wie nach einem zerbrechlichen Schmetterling, den er nicht verletzen wollte.
„Klar. Kein Problem. Aber ist es nicht ein sehr weiter Weg dafür extra aus dem fernen England anzureisen?"
- ich versuchte seine Sprechweise zu imitieren.
„Mitnichten, Mister Jeff. Wie Sie ja sicher wissen, haben auch wir gewisse Defizite im Bereich der schulischen Ausbildung und Entwicklung von mittellosen Kindern jeden Geschlechts in unserer Gesellschaft. Und da, wie

Ihnen ja ganz sicher auch bekannt sein dürfte, Ihre Majestät, die Königin Elisabeth, einige frische, ja ich möchte sagen, moderne Ideen, für ihre junge Regentschaft sucht, wurde mir die Ehre zu Teil, als einer von 14 Auserwählten in der ganzen Welt nach anregenden Ansätzen für zeitgemäße Schulformen zu suchen."

- anscheinend mußte auch er einmal Atem holen.

„Das ist schön. Aber darf ich Sie fragen, wie Sie da auf uns gekommen sind?"

„Das ist eine gerechtfertigte Frage, Mister Jeff, deren Antwort in der Tatsache begründet liegt, dass unser Minister für schulische Angelegenheiten ein weltoffener Mann ist, dessen Weitsicht weit über die europäischen Grenzen hinaus geschärft ist. Aufgrund der genannten Herausforderung und dem Wunsch Ihrer Majestät entsprechen zu wollen, wurden Mittel freigegeben und ein Büro für diese Angelegenheiten eingerichtet, um die zukunftsträchtigsten Projekte auszuzeichnen, finanziell zu unterstützen und gegebenenfalls zu kopieren."

- jetzt bemerkte ich, dass Jasmine eine Augenbraue hochzog. Ned und Miguel sassen immer noch mit offenem Mund da und schienen auch auf die goldene Kutsche zu warten, die diese Erscheinung zurück auf Wolke 7 bringen würde.

„Der Lord of Sussex and Cottonbury wünscht einige Tage hier auf Catalina zu bleiben und sich alles in Ruhe ansehen zu können. Danach wird er in England darüber berichten und wir bekommen vielleicht einen Preis." - dank dieser Übersetzung Miriams, schlossen Ned und Jay ihre Münder jetzt synchron.

„OK. Cool. Haben Sie schon ein schönes Zimmer bekommen, Henry? Sie müssen müde sein. Und ich würde mir auch gerne die Strasse runterwaschen. Was denken Sie: morgen Früh, so gegen neun Uhr? Wir frühstücken zusammen und dann machen wir eine kleine Rundfahrt über die Felder und zu unseren Anlagen."

- ich merkte, wie ich nach Schweiß, Öl und Schmutz roch. Ich brauchte eine Dusche. Also stand ich auf und streckte ihm meine Hand hin. Aber er stand schon vor mir. Ich war baff - was für eine Zivilisation! Auch mein schäbiges Äusseres schien ihn in keinster Weise zu stören.

Er behandelte mich wie King Louis VII!!!!

„Es wäre mir eine Ehre, Sie begleiten zu dürfen und von Ihnen zu lernen, Mister Jeff."

Natürlich hatten Jas und Miriam ihm die beste Suite gegeben, die wir hatten.

Also gingen wir zurück zu den Motorrädern um nach Hause zu fahren und uns zurück in Menschen zu verwandeln.

„Was ist mit deinen Haaren, Baby? Ist das eine Perücke?" - fragte endlich meine Angebetete, nachdem ich schon die ganze Zeit ihren amüsierten Seitenblick gespürt hatte.

Wie abgesprochen saß Henry am nächsten Morgen frisch gebügelt und gestriegelt auf der Veranda. Heute sah er aus, wie Lawrence von Arabien. Denn er hatte hohe Reitstiefel an, in denen eine Reiterhose steckte und, natürlich farblich abgestimmt, eine kurzes Sportsakko, wie man es wohl in den britischen Kolonien zur Fuchsjagd getragen hatte.

„Ich darf mir erlauben Ihnen, natürlich völlig unverbindlich, einen Kontakt in San Francisco zu nennen, der Sie mit einer angemessenen Teeversorgung unterstützt. Denn bei allem Respekt, dieser Trank, der hier unter dem Namen Tee angeboten wird, widerspricht jeglicher Vorstellung kultivierten Genusses. Ich versuche mich daher am Kaffee."

- war da ein freches Grinsen in diesem aristokratischen Gehabe zu erkennen?

Zuerst besuchten wir den Unterricht von Jasmine.

Ich konnte ihre Nervosität spüren, aber ihre Schüler waren alle Feuer und Flamme für diesen Prinzen aus längst vergangenen Zeiten. Sie stürmten regelrecht mit Fragen auf den armen Mann ein, der wahrscheinlich noch nie vorher so eine respektlose Kinderschar um sich gehabt hatte.

Jasmine entspannte sich schnell und führte Henry nach dem Unterricht noch durch den gesamten Schulkomplex, wobei er auch hier sehr aufmerksam alle technischen Details begutachtete.

„Das Konzept, Arbeiten in der freien Natur mit in den Lernprozess zu integrieren, ist unglaublich innovativ, Miss Jasmine."

„Danke schön. Wir haben festgestellt, dass die Kinder viel motivierter, aber auch konzentrierter sind, wenn wir den Unterricht im Freien abhalten und sie regelmäßig Sport treiben können."

„Es wurde mir berichtet, dass Sie hier auch handwerkliche Fähigkeiten zu vermitteln versuchen. Ist dieses Projekt auch von Erfolg gekrönt?"

„Klar. Kommen Sie, Henry, wir drehen ne Runde."

- damit führte ich den Herrn zu Ray´s Chevy 210, der vor der Tür parkte und Lord von WasAuchImmer stieg so gelassen ein, als wenn es sein Zwölfspänner wäre.

„Oh, wir nehmen das Automobil? Nicht diese wunderbaren Motorräder englischer Bauart, die mir bei meiner Ankunft so positiv ins Auge gefallen sind?"

- jetzt verstand ich auch seinen Aufzug!

„Es könnte etwas staubig und heiß werden, Henry. Aber wenn Sie möchten, nehmen wir die Bikes. Können Sie denn Motorrad fahren?"

„Solange es etwas Englisches ist, nehme ich Herausforderung an."
- da war wieder dieses Grinsen, das eher zu einem Trickbetrüger passte, als zu einem königlichen Gesandten.

„Sie können gerne meine Scrambler nehmen. Dann fahre ich bei Jeff mit. Aber Sie sollten wirklich etwas Sonnenschutz auftragen, sonst bekommen Sie einen Sonnenbrand."

So elegant wie er in die Arbeiterkutsche der amerikanischen Mittelschicht eingestiegen war, so elegant schwebte er jetzt wieder heraus und ging direkt rüber zu Jasmines Scrambler. Und tatsächlich schaffte er es, die Mühle beim ersten Mal anzukicken.

„Gedenken Sie mich zu begleiten, oder erwarten Sie, dass ich mir selbst einen Weg durch diese Fremde ebene?"
- das Grinsen war geradezu schelmisch!

Wir zogen los und zeigten Henry jeden Winkel unseres Paradieses. Er kannte sich auch in den kleinsten Details jeden Themas gut aus und stellte viele, aber qualifizierte, Fragen, so dass die Sonne schon unterging, als wir auf dem Rückweg waren.

Dieser führte uns an der Hamilton Cove vorbei, wo die Surfer abhingen. Und da von der Anhöhe der Sonnenuntergang gut zusehen war, bog Henry einfach ab, runter zum Strand.

Es waren nur vier Jungs dort, aber die waren breit. Trotzdem begrüßte Henry jeden Einzelnen von ihnen mit einem royalen Handschlag und erkundigte sich nach ihrem Wohlergehen. Er musste auf sie wie eine Halluzination wirken - was vielleicht den Effekt hatte, sie von den Drogen weg zu kriegen?

„Wollt ihr ein Bier? Oder lieber einen Kuss von Mary Jane, roter Bruder?" - der Surfer stand nur mit einem Joint in der Hand da und machte keine Anstalten sich zu bewegen.

„Einem Bier wäre meine durstige Kehle nach diesem etwas trockenen Ausflug nicht ganz abgeneigt. Danke."

„Steht da in der Kiste. Bedient euch." - er zeigte auf die Kühlbox am Boden und Henry gehorchte.

Nach dem ersten vollen Schluck aus der Dose, kühlte er damit seine glühende Stirn. Diese war feuerrot, aber Henry ignorierte das mit seiner britischen Nonchalance.

„Also, diese Wellen erscheinen meinen steifen Knochen doch mehr als einladend. Was denken Sie, Jeff? Ist das Wasser hier einigermaßen wohl temperiert? Oder wird mich nach dem Hitzschlag des Tages gleich noch ein Kälteschock ereilen, wenn ich mir eine kleine Erfrischung gönne? "
„Das Wasser ist perfekt, Henry, aber Sie haben keine Badehose dabei." - dass dieser Mann durchaus cool war, hatte ich heute während unserer Tour gelernt, und wenn der jetzt auch noch einen Taucheranzug dabei hätte oder ein Weltklasse Surfer wäre, hätte mich das auch nicht mehr überrascht.

Aber er überraschte mich dann doch, indem er einfach seine Klamotten auszog und nur in seiner Unterhose, glücklich wie ein Zehnjähriger, in die müden Wellen des Abends stürzte. Das war mein Mann! Jas und ich folgten seinem Beispiel und schwammen noch einige entspannte Züge, bevor die Sonne ganz im fernen Westen versank.

Am nächsten Morgen, dem zweiten Tag des Besuches, wollten Crow, Jay, und Ned uns begleiten. Heute standen die Kläranlage, das Stromaggregat und `das Wasserwerk´ auf dem Plan. Frag mich nicht wie, aber Crow und Jay hatten zusammen eine Konstruktion ausgetüftelt, die nur mit Sonnenenergie Salzwasser in Trinkwasser verwandelt. Und das wollte sich der weit gereiste Adelige nicht entgehen lassen. Ich sollte ihn mal fragen, ob es in seinem Familienstammbaum vielleicht doch ein paar Handwerker gab.

Also, entstand so gegen neun Uhr vor dem elitären Beach Club ein kleiner Auflauf proletarischer Motorräder. Sir Henry vom Toten Pferd kam wie gestern in seiner Reiterhose, nur dass er heute ein leichtes Hemd darüber trug.

„Mein sehr geschätzter Mister Jeff, heute Morgen drängte sich mir die unangemessene Frage, ob ich es heute wohl wagen dürfte einmal Ihre A 10 zu fahren, zwischen meinen Frühstückskaffee und mein Rührei. Was denken Sie? Ich versichere Ihnen, dass ich ein qualifizierter und versierter Führer dieser Motorräder bin."
- er grinste heute nicht, sondern blickte mir ernst mit seinen blauen Augen aus diesem feuerroten Gesicht in meine.

„Willste nicht mal echtes amerikanisches Eisen aus Minnesota fühlen, Henry?" - tätschelte Crow den Tank seiner Harley und grinste Henry herausfordernd an.

„Das ist was für Männer. Nicht diese launischen, nervösen Kurzhuber aus der alten Welt, hähä…"
- Crow´s hämische Worte ignorierend inspizierte Mister Henry jetzt wirklich die beiden Harleys, von Crow und Jay.

„Etwas später kann ich mir durchaus vorstellen Ihr generöses Angebot zu überdenken, aber für den Moment muß ich gestehen, dass mich der Vergleich zwischen der Scrambler und der A 10 doch um einiges mehr erregt. Falls Mister Jeff mir diesen Wunsch zugesteht?"
- da war er wieder, der lächelnde Trickser.

Ich gestand es ihm zu und die ganze Bagage zog lärmend los. Auch Luso stiess kurz hinter den Feldern zu uns, wo er die Nacht auf der Lauer gelegen hatte, da sich anscheinend einige der Surfer zu selbstverständlich an den Hanfstauden bedienten.

Laut und fröhlich, aber stolz präsentierten wir unserem Gast aus Übersee unsere technischen Errungenschaften. Und Henry überraschte uns alle immer wieder mit einem detaillierten Fachwissen auf so ziemlich allen Gebieten. Auch als wir gegen Nachmittag bei Farmer Silver Halt machten und er uns mit einem ausgesuchten Stück Rinderfilet beschenkte, hatte Freund Henry das Fleisch professionell unter die Lupe genommen und sich den kompletten Zuchtvorgang auf dem Hof erklären lassen.

Unten am Surferstrand bereiteten wir gegen Abend das große Abschieds-BBQ für ihn mit Tacos, Pico de Gallo, Salsas und reichlich Bier, während Crow es tatsächlich schaffte Mister Henry zu einer Harley Runde zu überreden.

Heute Abend hatten wir alle unsere Badesachen eingepackt und so wurde dieser Abend lang. Und schön!

Leider musste Henry schon früh am nächsten Morgen die Fähre nehmen, um sein Flugzeug von Los Angeles aus zu erreichen. Jas, Miriam und ich begleiteten ihn noch bis zum Pier und bei der Abfahrt winkte er wie ein alter Freund.

„Ich werde ihn vermissen. Gerade hatte ich angefangen ihn zu verstehen … Schade." - kommentierte Jas, ein bisschen traurig, das verschwindende Schiff.

„Was der zuhause wohl erzählen wird? Sicher haben die sich das in ihrem goldenen Palast etwas anders hier vorgestellt… hihi." - kam es, auch etwas wehmütig, von Miriam.

Hätten wir das Ganze professioneller, seriöser aufziehen sollen? War das mit den Bikes vielleicht doch nicht die konventionelle Art und Weise, wie man diese kultivierten Hochnasen beeindruckt? Und wenn doch - wahrscheinlich eher negativ. Aber was weiß ich denn!

Unsere Show lief gut hier, so wie wir es uns vorgestellt hatten. Da sind wir auf die Beurteilung oder das Geld dieser altmodischen Bildungseliten aus Europa nicht angewiesen. Sollen die doch ihren schicken Preis irgendeiner Eliteuniversität auf dem alten Kontinent ins Regal stellen.

So wie sie es ja eh immer machen.

Ist mir doch egal.

„Jetzt grübelt er wieder." - knuffte Jasmine Miriam in die Rippen.

„Komm, Jeff. Ich zeige dir jetzt mal, wie man dieses Altöl endgültig aus deinen Haaren bekommt." - fröhlich hakte Miriam mich unter und sie zogen mich weg vom Pier.

Miriam schaffte es wirklich das restliche Motoröl aus meinen Haaren zu waschen und die Haarbüschel, die bei dieser Prozedur ausfielen, wuchsen zum Glück schnell wieder nach. Und so konnten wir alle wieder unserem normalen Leben nachgehen und Prinz Henry wurde zu einer amüsanten Erinnerung.

Bristol Rock

Es war ein Donnerstag und Jasmine hatte sich ein paar Tage frei genommen und war nach Lake Merritt in Oakland gekommen, um das alte Haus ihrer Eltern hier zu verkaufen. Ned wohnte dort auch schon lange nicht mehr, seit er eine feste Freundin gefunden hatte, und Jas war die meiste Zeit in Catalina.

Wir kamen gerade vom Makler zurück in meine Werkstatt und sprachen darüber, wie gerne wir jetzt ein paar frische Blaubeermuffins von Muttern vernaschen würden, als Jay uns rief. Er lag mal wieder kopfüber unter dem Armaturenbrett eines Lee Experience Lasters und kämpfte sich durch den dortigen Kabelsalat der Elektrik. Eigentlich sprachen seine Stiefel zu mir, als er anfing:

„Da war ein Anruf von Miriam. Wir haben es geschafft, glaube ich. Sie war etwas aufgeregt... ruf sie einfach ma an, ok?" - stöhnte seine hochrote Birne dumpf aus dem Fußraum.

„Was haben wir geschafft?"

„Der Engländer. Der Prinz. Hab seinen Namen vergessen. Hat wohl geschrieben. Ruf sie an, aber gib mir vorher noch die kleine Zange da auf der Werkbank."

Einfache und klare Anweisungen führen bei mir am schnellsten zum Erfolg und so wählte ich die Nummer von Avalon, nachdem ich meinem Chefmechaniker das gewünschte Werkzeug gereicht hatte.

Miriam legte gleich voll los:

„Der Brief kam heute morgen! Wir haben gewonnen! Wir sollen rüber nach London kommen! Sie haben eine Liste geschickt! Wir alle! Wir bekommen einen Orden, oder so..."

Miriam war eigentlich immer die Besonnenste in der Truppe, aber jetzt plapperte sie fast hysterisch.

„Was haben wir gewonnen, Miri? Was steht auf der Liste? Von wem ist der Brief überhaupt?"

- den Hörer zwischen meinem und Jasmines Ohr, versuchte ich Miriam zu beruhigen.

„Na, von dem Lord von Sussex und Cottonbury, der bei uns war! Er sagt, dass unser Konzept am überzeugendsten, von allen Schulen, die sie besucht haben, wäre. Auf der Liste stehen alle unsere Namen. Das ist die Gästeliste. Wir sollen alle rüber fliegen. Über den Atlantik! Ich bin noch nie in meinem Leben geflogen! Das wird aufregend!"

„Und was machen wir dann in London, Honey? Zahlen die für den Flug?"

- bremste jetzt auch meine Zukünftige, den Redeschwall von Miriam.

„Hier steht, es gibt eine Auszeichnung, die mit einem Preis von 100.000 Pfund dotiert ist. Aber ich glaube, die Flüge müssen wir selbst bezahlen."

- Miriam wurde ruhiger.

„Na, dann wäre es doch einfacher und billiger, wenn dieser Lord von Hattentatten noch einmal zu uns kommt und das Papier und die Kohle mitbringt, oder?"

- schob ich sie weiter auf den trockenen Boden der Realität.

„Ich will aber mal fliegen, Jeff. Und London sehen. Ausserdem steht hier auch noch etwas von einem Empfang mit Audienz bei Queen Elisabeth II."

- jetzt sah mich Jas mit aufgerissenen Augen an und formte ein stummes WOW!

Damit war mir die Entscheidung abgenommen.

Und wir sind wieder am Anfang unserer Geschichte, in der mich meine Liebste durch das Haus meiner Mutter jagt, getrieben von dem Wunsch mich in einen Anzug zu stecken.

Ich kaufte dann wirklich diesen samtroten Anzug, mit den altweißen Aufschlägen und Cuffs von Siegels, und nahm zum Entsetzen des Verkäufers diese superweichen, beigen Wildleder Hushpuppies dazu. Ein dunkelrotes Hemd mit einer schmalen Krawatte in moderner Eierschalenfarbe und euer Freund Jeff sah aus wie ein Hollywood-Star, Baby!

Da die ganze Mannschaft auch mitkam, mussten sich alle etwas `Zivilisiertes´ zulegen und Siegels machte mit uns das Geschäft des Jahres. Bei unseren Ladies war es einfacher sie in entzückende Menschen zu verwandeln, denn sie hatten alle Stil.

Wir fanden uns so scharf, dass wir die edle Schale gar nicht mehr ablegen wollten.

„Jungs, wir werden 8 Stunden von LA nach New York fliegen und von dort aus noch einmal 13 Stunden bis London. Eure Anzüge werden bis dahin nicht nur völlig zerknittert sein, sondern auch entsetzlich stinken. Also, reist ihr in euren normalen Klamotten und der teure Stoff kommt in einen großen Koffer, ok?"
- das war keine Frage, sondern ein Befehl. Und weil wir, gute Jungs, gelernt hatten, der Lehrerin nicht zu widersprechen, nickten wir brav.

Es gab in diesem Jahr nur sieben Tage Regen in Los Angeles und wir erwischten Tag sieben.

Ich sah es als Vorbereitung auf London - regnet es dort nicht immer?

Die Super-Constellation trug uns sanft und schnell Richtung Osten und wir landeten, immer noch aufgeregt und tagträumend, im verregneten New York auf dem International Airport. Die meisten Menschen, die in diesen Tagen flogen, hatten richtig Geld. Dass wir uns in unseren Jeans, Stiefeln und BOFOOs-Westen nicht nur äusserlich von den `normalen´ Reisenden unterschieden, sondern noch dazu das halbe Flugzeug belegten, stieß einigen der Anzugträger sichtlich auf. Aber da wir zu zehnt waren, begnügten sich die Herrschaften mit missbilligenden Blicken, die wir sehr erfahren zu ignorieren wußten. Unsere Aufregung schien sie zu nerven und wenn immer wir ihnen von dem Grund unserer Reise erzählten, wechselten sie genervt das Thema oder mußten auf die Toilette.

Wir hatten Spaß.

Zumindest bis wir in Idlewild New York landeten. Hier mußten wir in eine andere, nagelneue Super-Connie umsteigen, und die Müdigkeit setzte ein, aber wir hatten die eigentliche Reise erst vor uns.

Auch diese Connie machte ihren Job zuverlässig und brummte uns schlafend über den Atlantik. Leider weckte uns die Stimme des Piloten, der uns mitteilte, dass wir aufgrund des Wetters nicht London selbst anfliegen können und er uns deswegen in Bristol absetzt. Was bedeutete das für uns? Keiner wußte es. Naja, abwarten und einen Regenschirm kaufen.

Das brauchten wir gar nicht. Ein Taucheranzug wäre besser gewesen.

Denn als wir am Nachmittag endlich im verregneten Bristol landeten, war es fast schon dunkel, so tief hingen hier die Wolken. Während die Maschine noch auf Position rollte und ihre passende Gangway suchte, sah ich durch das Fenster eine Gruppe schwarz gekleideter Männer, die hinter ihren Motorrädern Spalier standen. Natürlich unter einem Vordach, das sie trocken hielt.

„Wie können die hier Motorradfahren, wenn es immer regnet?"

- las Jay meine Gedanken.

„Vielleicht ist es ja nur ein Schauer und sie stellen sich für den Moment unter." - antwortete Neds Freundin, die wir alle La Mama nannten, da sie klar und unnachgiebig sein konnte, wie wir uns eine richtige Mama vorstellten.

„Dann stehen die ja mehr, als sie fahren. Wetten?"

- grinste Miguel rüber.

Wir konnten das nicht zu Ende diskutieren, da der Pilot seine Gangway gefunden hatte, das Flugzeug seine Türen öffnete und alle Passagiere nur machten, dass sie ihre steifen Glieder an die frische Luft brachten. Wissend, dass wir hier festsassen und erst einmal einen Plan machen mussten, wie wir überhaupt nach London kommen sollten, liessen wir uns Zeit und verliessen als Letzte das Flugzeug.

Doch zu unserer Überraschung stand da ein Mann in einem Regencape, mit einem Schirm und winkte uns.

Es war der gute Lord von Hinz und Kunz.

„BOFOO´s!!!! Hier!!"

Er führte uns in das kleine Restaurant der kleinen Halle des kleinen Flughafens und schüttelte uns allen die Hände.

„Es erfrischt mein Herz, Sie alle so gesund und wohl auf unserer bescheidenen Insel begrüßen zu dürfen. Ich hoffe, der Flug war nicht zu unangenehm, Ladies und Gentlemen? Tee?"

- der Kellner muss schon vorher alle Tassen aufgefüllt haben, denn im selben Moment trat er vor und reichte jedem von uns eine Tasse dampfenden Tees.

„Ja, war cool, aber wie kommen wir denn jetzt nach London. Wann ist denn der Termin bei der Königin? Heute noch?"

- ich wollte mich gerne vorher noch duschen. Nur wusste ich nicht, dass mein Wunsch gleich mehr als in Erfüllung gehen würde.

„Mister, Jeff. Keine Bange. Der Termin ist für morgen Vormittag angesetzt. Wir sind es gewohnt, mit den Launen des Wetters umzugehen, daher hat der Zeremonienmeister Plan B aktiviert, und den offiziellen Empfang mit der Marschkapelle und der Ehrengarde auf morgen 10 Uhr verlegt. Ich hoffe, das fügt sich in Ihre weitere Planung?"

„Also, übernachten wir hier und fahren morgen mit dem Zug nach London? Wie lange dauert das?" - kam mir Miriam zu Hilfe.

„Wenn Sie das so wünschen, werden wir das natürlich auch einrichten. Aber es gäbe auch noch eine alternative Möglichkeit, die Sie gerne in Erwägung ziehen dürfen. Diese entspricht nicht exakt dem Protokoll, könnte aber

garantieren, dass Sie heute noch in Ihren reservierten Zimmern in London dinieren können."
- der Schelm grinste wieder.
„Laß hören." - auch Crow wollte unter die Dusche.
„Wie ich vielleicht in aller Bescheidenheit erwähnt hatte, als ich das große Glück genoss Gast auf Ihrer schönen Insel sein zu dürfen, bin ich der Vorsitzende der West London Speed & Race Society for Gentlemen. In Anbetracht der misslichen Umstände dieser unglücklichen klimatischen Bedingungen, dachte ich mir, Sie auf eine kleine Motorrad Tour durch unsere geschichtsträchtige Landschaft nach London einladen zu dürfen."
„Ach, dann sind das Ihre Jungs, da unter dem Dach?"
- La Mama war die Einzige, die schon die zweite Tasse Tee zu sich nahm.
„Ja, Madam. Alles Gentlemen, der ersten Güte. Wenn Sie gestatten, stelle ich Sie vor."
Auch das mußte geübt worden sein, denn die Tür ging bei Satzende auf und eine Reihe von ca 15 jungen Männern, die alle in schwarzen Lederhosen, schwarzen, schweren Lederjacken und schweren schwarzen Stiefeln gekleidet waren, traten ein. Der Raum roch sofort nach nassem Leder und Dampf, aber diese `Gentlemen´, gingen fröhlich und freundlich zu jedem Einzelnen von uns und schüttelten aufgeregt unsere Hände.
Als echte Gentlemen fingen sie bei Jas, Miriam und La Mama an. Die weißen Schals der Truppe markierten einen Kontrast zu ihrem martialischen Aussehen, aber ich konnte sehen, wie angetan unsere Damen von diesen Kerlen waren. Als die Reihe an mich kam, erkannte ich, dass es nicht nur Männer waren. Auch hier waren drei Frauen mit schwarzen langen Haaren dabei, und dieses Lederoutfit stand ihnen ausgezeichnet.
„Ich habe den Boys erzählt, dass Sie mit dem Umgang englischer Motorräder vertraut sind, und es wäre ihnen eine Ehre, Ihnen Misses Jasmine, Mister Miguel, Mister Luso, Mister Ray Miller und natürlich Ihnen, Jeff, eine Maschine Ihrer Wahl für die kurze Fahrt nach London zu überlassen. Die anderen Herrschaften würde ich bitten, es sich als Sozius komfortabel zu machen. Meine Brough ist dafür exzellent geeignet."
„Henry. Sie fahren eine Brough Superior? Echt?"
- ich war baff. Aber es sollte noch besser kommen.
„Natürlich, Mister Jeff. Die New Imperials sind leider eher für eine Person und Rennaktivitäten gebaut, sonst hätte ich diese schnelleren Modelle der Brough vorgezogen. Aber ich denke, wir sind auch so schnell genug in der Stadt."

- er grinste nicht, denn er wußte, jetzt hatte er mich am Haken! Eine New Imperial!?

In dem allgemeinen Tohuwabohu ging mein Erstaunen komplett unter.

Seit ich ein kleiner Junge war, hatte mich das Aussehen einer 500 ccm New Imperial in den Bann geschlagen. Ich hatte auch von deren Performances auf der Rennstrecke gehört und würde alles dafür geben, einmal in meinem Leben so eine Mühle die Strasse runter zu jagen.

Während ich noch sprachlos dastand und träumte, warf Henry sein Regencape ab und sah in seinem Lederzeug aus wie ein Fremder.

Keine rosa Seidentüchlein mehr!

Die Frage, wer welches Motorrad fahren darf und wer lieber hinten sitzt, wurde schnell geklärt und wir gingen unter das Vordach zu den Maschinen.

Ich bekam eine brandneue Triumph Tiger und Jas eine BSA.

„Wie lange brauchen wir bis nach London?"

- fragte Miguel in die Runde, seine Triumph ankickend.

„Also, ich schaffe das in einer Stunde, wenn nicht zu viel Verkehr ist."

- klärte ihn der Besitzer der Triumph auf, als er Miguel den Helm aufsetzte und zuschnallte. Der Typ hatte einen Sticker auf seinem Ärmel, der sagte: `Ton-up Boy´.

„Den bekommst du auch. Wenn du eine bestimmte Runde innerhalb einer bestimmten Zeit fährst, Freund."

- der Typ hatte meinen fragenden Blick gesehen und grinste breit.

„Wie schnell ungefähr?"

- Miguel war für jede Herausforderung zu haben und durch seine Shadow unnötig schnelles Fahren gewöhnt.

„100 mp/h. Sind ca 160 km/h. Aber denk daran, dass wir hier auf der anderen Strassenseite fahren, erhöht den Spaß ungemein."

- blinzelte ihn eine Lady neben ihm an und tippte dabei auf ihren Sticker am Arm.

„Wie gesagt. West London Speed & Race Society. Darf ich führen?"

- klang es fast entschuldigend von Henry.

Alle hatten jetzt ihre Helme auf, die Lederjacken fest zugeschnürt und die Maschinen angeworfen. In einer wilden ungeordneten Gruppe erreichten wir schnell die Landstrasse und gaben Gas. Ich war froh, meine Lederjacke doch nicht gegen den Anzug getauscht zu haben, denn die hielt mich jetzt warm. Aber auch das Adrenalin trug seinen Anteil dazu bei, dass ich das schnelle Tempo auf der schmalen Strasse und auf der falschen Seite irgendwie in den Griff bekam.

Und so merkte ich erst, als wir vor dem Walldorf Astoria unser donnerndes Rennen beendeten, dass ich, vom Regen und der Gischt der anderen, klitschnass war. Aufgeregt und überspannt, trotteten wir jetzt, unter Führung von Henry an die Rezeption.

„Das waren 100 mp/h! Das sag ich dir! Ganz sicher!" - plapperte Miguel mit blauen Lippen.

„Blödsinn! Dein Tacho war kaputt. Wir sind alle gleich schnell gefahren und meiner hat nur 90 mp/h angezeigt." - konterte Luso, der mit seiner Matchless noch nie mehr als 80 mp/h gemacht hatte.

„Wenn ich´s dir doch sage! Als diese Kleine und ich euch alle überholten, da, an der langen geraden Allee, da waren es 100! Ganz sicher."

Henry hatte den sichtlich erstaunten Mann am Empfang inzwischen über die Situation aufgeklärt und uns eingecheckt. Als dieser uns unsere Zimmerschlüssel überreichte, fragte er:

„Darf ich dann das Gepäck der Herrschaften nach oben bringen lassen?"

Das Gepäck!

Die schnieke Pelle!

Die teuren Anzüge!

Wir hatten sie in Bristol vergessen!

Jas lachte laut los und entspannte damit die Katastrophe etwas. Denn wir alle bibberten vor Kälte und der Gedanke daran, nach einem warmen Bad nicht in saubere und warme Klamotten steigen zu können, stand jedem von uns als Albtraum ins Gesicht geschrieben.

„Ihr solltet mal eure Gesichter sehen, Jungs. Dann gehen wir eben nackt zur Queen, wo ist das Problem?"

- damit nahm sie ihren Zimmerschlüssel und verschwand. Die anderen Ladies taten es ihr gleich.

„Auch dieses kleine Malheur sollte uns die Freude an der erfrischenden Fahrt nicht nehmen, nicht wahr, Gentlemen? Ich werde umgehend alles veranlassen, dass Ihre Koffer sicher und schnell abgeholt werden. Des Weiteren wäre zu erwähnen, dass diese ausgesuchte Lokalität einen Reinigungs- und Trockenservice anbietet, falls Sie Ihre Kleidung wiederherzustellen wünschen."

- Henry sprach mit einem seiner Rennfahrer und der ging umgehend ans Telefon.

„Naja... dann, sehen wir uns morgen um 9 Uhr? Hier?"

- ich fror wie ein Schlosshund und wollte nur noch zu Jasmine in die warme Badewanne.

„Wunderbar. Aber leider verlangt das Protokoll, dass wir morgen auf die Motorräder verzichten. Die Limousine wird standesgemäß sein, keine Sorge." Henry´s Lederkluft war auch nass vom Regen, aber der schien daran abzuperlen.

„Rolls Royce?" - warf der bibbernde Ray ein.

„Selbstverständlich, die Herren. Welcome in London." - er zwinkerte uns zum Abschied zu und ging zurück zu seiner Eskorte.

KLEIDERORDNUNG

Gewärmt und erfrischt durch das warme Bad überzeugte mich Jasmine von der Sinnlosigkeit jetzt zum Schlafen in mein Zimmer zu gehen, wo nur ein kaltes Bett auf mich warten würde. Also, wärmten wir uns gegenseitig, durch gefühlvolle, wohl trainierte körperliche Aktivitäten in ihrem Bett. Doch die lange, verrückte Reise zollte ihren Tribut, indem sie uns sofort tief einschlafen ließ, weswegen wir beide erschraken, als es heftig an die Tür klopfte. Es war fast Mitternacht.

Der Boy entschuldigte sich tausendmal, aber übergab uns unsere Koffer!

„Wo habt ihr denn den großen Überseekoffer mit den Anzügen abgestellt?" - fragte eine verschlafene, aber doch wachsame Jas aus dem Bett heraus den Jungen.

„Ma´am, wir haben alle Koffer an ihre Besitzer verteilt. Alles kleine Handkoffer. Da war kein großer Überseekoffer dabei." - geduldig stand er da und wartete darauf entlassen zu werden. Oder wartete der Bengel auf ein Trinkgeld?

„Verdammt! Ich ruf den Flughafen in Bristol noch einmal an. Ohne den Überseekoffer sind wir aufgeschmissen. Dreh dich um, Junge." - nur in das Bettlaken eingewickelt, schwebte sie zum Telefon, das von diesem 5 Sterne Etablissement zur Verfügung gestellt wurde. Ich war von ihrer Grazie und Schönheit, selbst in diesem banalen Moment hingerissen. Der Hotelboy, ganz offensichtlich auch. Ich gab ihm einen Dollar und schob ihn zur Tür raus.

Bristol Airport war zu dieser späten Stunde schon geschlossen und das Telefon klingelte mutterseelenallein in irgendeinem schlafenden Büro.

Auch der verschlafene Henry, der Jasmines zweite Wahl war, konnte nur Hilfe versprechen. Und tatsächlich rief er nach 20 Minuten zurück. Aber nur, um uns mitzuteilen, dass unsere Paradekostüme schon beim Flugzeugwechsel in New York abhanden gekommen sein müssen.

Jetzt mußte ich lachen.

„Dann gehen wir eben nackt zur Queen, Honey!" - neckte ich Jasmine, die mich mit ihren Blicken töten wollte.

„Wenigstens haben wir frische T-Shirts und trockene Socken. Ich glaube, ich habe auch eine Wechseljeans in meinem Handkoffer. Ich fand diese Verkleidung eigentlich immer blöd. Wir sind, wer wir sind! Und brauchen uns doch nicht verkleiden, für das was wir tun und können, oder, Baby? Sieh es doch mal so. Und du haust die sowieso aus ihren goldenen Schuhen, wenn du nur einmal lächelst."

- ich nahm sie in den Arm und konnte spüren, dass ihre Enttäuschung über den versauten großen Auftritt, einer sachlicheren Sichtweise wich.

„Ist vielleicht auch besser so. Sonst hätte sich die Queen bestimmt in meinen Mann verliebt."

„Well... sie soll ja jung und durchaus hübsch sein, sagt man... aber keine Sorge: ich habe meine Queen schon gefunden." - und die gähnte ausgiebig, als sie mich zurück unter die warme Decke zog.

Am nächsten Morgen sassen wir alle um 8:30 beim Frühstück und ich erklärte den Jungs, dass wir in Zivil bei der Lady vorsprechen müssen, was eine ziemliche Enttäuschung bei allen hervorrief.

„La Mama hat sich extra etwas Passendes zu meinem Smoking geleistet. Na, die wird sauer sein..." - auch Ned hatte sich auf seinen gelben Seidenanzug, mit grünen Krokodillederschuhen, gefreut.

„Wo ist La Mama überhaupt, Ned? Kommt sie nicht mit?"

- es war mir nicht aufgefallen, dass La Mama fehlte, bis Jas das erwähnte.

„Sie ist ne Dame, Jas. Und sowas dauert bei Damen halt. Sie will uns ja nicht blamieren, verstehst du?"

„Queen Elisabeth ist auch ne Dame und die wartet auf uns, also sollte La Mama langsam aus den Puschen kommen. Sie hat noch 5 Minuten."

Denkste!

Henry kam in diesem Moment, wie ein Regenschauer hereingestürmt.

„Guten Morgen, Ladies und Gentlemen. Ich wünsche wohl geruht und gespeist zu haben. Wenn die Herrschaften sich nun bemühsigen wollten und den zeremoniellen Teil dieses ausgesuchten Tages in Angriff zu nehmen gedenken, würde ich Sie alle bitten, mir zu den bereitgestellten Fahrzeugen zu folgen. Das Protokoll läuft."

Verschlafen, aber aufgeregt standen wir auf und gingen Richtung Ausgang. Auch hier löste das gesammelte Auftreten, dieser nicht-standesgemäß gekleideten Gruppe, Interesse der wohlsituierten und -genährten Gäste aus.

„La Mama ist noch nicht da!" - flehte Ned beim Rausgehen.

„Dann ruf sie an, verdammt!"

„Das Protokoll läuft, meine Herren." - warf ihm Henry hinterher, als Ned zum Telefon an die Rezeption stolperte.

Genau da kam sie! Ich glaube ja, dass sie sich seit Minuten da oben auf der Treppe hinter der Säule versteckt gehalten hatte, denn ihr Auftritt war großartig.

In einem knallroten, hautengen Kleid, das die Schultern frei ließ, dafür aber an der Seite bis zum Hintern geschlitzt war, stolzierte sie jetzt, die Augen ALLER Anwesenden auf sich gezogen, die Treppe herab und warf dabei ihre langen blonden Haare nach hinten, wie eine Rita Hayworth in ihren besten Tagen.

„Mach den Mund zu, Jeff. Das Protokoll läuft." - stieß mir Jas, die neben mir stand, den Ellbogen in die Rippen.

Vor der Tür standen tatsächlich drei Rolls Royce mit uniformierten Pagen, die uns die Türen aufhielten. Wie kleine Kinder drängten wir uns alle in die großen Autos, denn sowas hatte noch keiner von uns gesehen.

Der Weg bis zum Palast war nicht so lang, aber nebelig, trüb.

Als die Kolonne durch das Tor zum Buckingham Palace rollte, sahen wir eine Reihe, von circa zwanzig Soldaten mit diesen verrückten Bärenfellhelmen auf dem Kopf, ihre Gewehre präsentieren. Die Kolonne hielt an und Henry versammelte uns auf einem echten roten Teppich an dessen anderen Ende die Eingangstür zu sehen war.

Während ich noch darüber nachdachte, warum die uns nicht direkt an der Tür rausgeschmissen haben, öffnete sich diese Reihe Soldaten und gab mir den Blick auf die Antwort frei. Da kam original die gute alte Elisabeth um die Ecke gebogen.

Zu Fuß.

Zu uns!

Zwei Schritte hinter ihr, lief ihr Mann und hielt den Schirm über das Fräuleinwunder der Nation. Sie war hübsch. In einem dezenten hellblauen Kleid und dem passenden Hütchen dazu, aber er war imposant! Er hatte eine dunkelblaue Uniform, mit einer Schärpe daran, an, und an seiner Brust hingen irgendwelche Orden. Und erst sein aristokratischer Blick dazu! Sowas kann man nicht erlernen - sowas muß vererbt werden. Elisabeth war ein bisschen kürzer, als ich erwartet hatte, trotzdem begrüßte sie uns mit einem ehrlichen offenen Lächeln und gab jedem von uns einzeln die Hand mit einem persönlichen Gruß.

„Willkommen, Mister Jeff, ich hoffe, Sie hatten eine angenehme Reise?"

oder

„Es freut mich, Sie zu sehen, Miss Jasmine. Dieses Kleid steht Ihnen ausgezeichnet."

oder

„Sie müßen Mister Crow sein. Ich habe viel von Ihnen gehört."

oder

„Mister Ray Miller, nehme ich an? Ihre Kolumne in der Chronicle gehört zu meinen Favoriten."

und so weiter und sofort. Inzwischen weiß ich, dass das ihr Standardrepertoire ist - aber auf uns hat es Eindruck gemacht.

Unmittelbar nachdem die Dame mit ihrer Begrüßung fertig war, setzte von irgendwoher Musik ein. Wieder boxte mir Jasmine in die Rippen, als ich anfing nach der Band zu suchen. Man hatte sie hinter den Bärenfellhelmen abgestellt, weswegen sie nicht gleich zu sehen war. Elisabeth schritt, angeregt quatschend mit Jas, Miriam und La Mama, die Reihe der bewaffneten Jungs in Rot ab, während Phillip, der uniformierte Regenschirmhalter, versuchte mit mir Kommunikation zu machen, indem er stoisch attestierte:

„Ich war anscheinend ungenügend über die neuesten Modetrends in Ihrer Heimat informiert worden. Sind Anzüge gänzlich unmodern geworden, Mister Jeff? Wann wird die Seife abgeschafft?" - dabei lächelte er weder, noch blickte er auch nur annähernd in meine Richtung - nur stur geradeaus.

Das Protokoll läuft!

Henry, der neben uns stolzierte, erklärte unser kleines Problem wortreich und ich versuchte diese elitäre Schritttechnik der beiden zu imitieren. Aber irgendwie kam ich mir gar nicht royal vor. Wahrscheinlich, weil mir der Degen fehlte. Ich ließ mich gekonnt zurückfallen, indem ich vorgab meine Stiefel binden zu müssen und war wieder zwischen meinen Jungs. Auch sie versuchten sich am paradieren und so hatten wir einen Heidenspaß, bis wir an der Tür ankamen.

Drinnen betraten wir einen großen Saal, an dessen hinterem Ende so etwas wie ein Sessel stand, daneben ein Tisch. An den Wänden reihten sich Dutzende von Männern und Frauen, in Abendgarderobe, Smokings und jede Menge Dienstpersonal. Elisabeth setzte sich auf den Sessel, der Schirmhalter parkte dahinter und Henry wies uns Stühle am Rande an. Dann überreichte ein grauhaariger Herr, der selbst hier im Saal eine Sonnenbrille trug, Henry eine ledergebundene Mappe, die dieser an Elli weitergab.

Der Grauhaarige schob sich neben Phillip, und Henry verschwand.

Dann ging es schnell.

Eine Glocke brachte die Zuschauer zum Schweigen. Elli las etwas vor, über Gleichberechtigung, Chancengleichhcit und die Wichtigkeit der Bildung und noch mehr. Ich zählte währenddessen 67 Bedienstete, 65 Damen in Diamanten und 68 Herren im feinen schwarzen Zwirn. Also, hatte jeder Sklave zwei Herren zu versorgen, ob sie das mit Chancengleichheit meinte?

Jasmines obligatorischer Rippenstoß war das Zeichen, dass ich jetzt dran war, zu Elli zu trotten und das Dokument entgegen zu nehmen.

Erwarteten die von mir etwa eine Rede?

Naja, fragen kostet nichts.

„Muß ich was sagen, Ma´am?"

„Ja. Machen Sie es kurz." - dabei lächelte sie mich wieder so sonnig an, als ob sie mit mir Kaffeetrinken gehen wollte. Der königlichen Anweisung Folge leistend, nahm ich die Herausforderung an und sagte:

„Danke!"

„Kurz genug." - sie entließ mich mit einem königlichen Augenaufschlag, ein Glöckchen klingelte und das Volk bewegte sich zu einer riesigen Flügeltür hinter dem Sessel. Der Typ mit der Sonnenbrille hatte das Gespräch mit Elli und meine Dankesrede gehört und grinste jetzt über das ganze Gesicht, während Philip mumienhaft daneben stand und anscheinend irgendwelche Berechnungen über weit entfernte Universen oder über was-weiß-ich anstellte.

„Na, das haben Sie überaus bravurös gemeistert, mein guter Jeff. Die meisten Menschen bringen vor Nervosität kein einziges Wort heraus, wenn sie das erste Mal vor Ihrer Königlichen Hoheit stehen. Darf ich Sie jetzt zu den anderen an das Buffet bitten?"

- Henry war plötzlich wieder da und schob mich in den Saal, in dem ein eigenartiges Summen, der vielen Stimmen über allem lag. Ich nahm mir ein Croissant und suchte Jasmine in der Menge. Die Sklaven bahnten sich unauffällig ihren Weg mit ihren Champagner gefüllten Tabletts durch die zigarrenrauchende Wichtigkeit der höheren Gesellschaft, und diese griff genauso unauffällig, wie selbstverständlich zu.

Jas war leicht zu finden.

Unsere Rita Hayworth Imitation hatte soviel Aufsehen erregt, dass Miriam und Jas ihr zu Hilfe eilten, um sie vor dem Ansturm englischen Charmes zu retten.

Aber vielleicht wollten sie ja auch einmal in ihrem Leben mit einem echten Gentleman flirten. Jedenfalls, war ihr Stehtisch von geschniegelten Pfauen umlagert.

Ray hatte sich in ein Gespräch vertieft und ließ sich von dem Herren gerade das Zigarrerauchen erklären. Crow, Ned und Jay überlegten, wie sie an so einen Bärenfellhelm kommen könnten, ohne ihn stehlen zu müssen. Und Miguel versuchte die einzige Dame unter 60 hier, mit improvisierten Tanzschritten zu beeindrucken. Es schien zu funktionieren - sie lächelte wenigstens. Was hier anscheinend ein Ausschlusskriterium der High Society zu sein scheint.

Ich fand auch Luso in dem Gemenge.

Der unterhielt sich mit der Sonnenbrille. Und gerade, als ich sie entdeckte, deutete er auf mich und sie kamen rüber.

Ich sah, dass der Mann leicht humpelte. Er hatte kurze, leicht gelockte graue Haare, aber er war ungefähr unser Alter. War er blind? Warum diese Sonnenbrille, obwohl es draußen trübes Wetter war. Unwillkürlich mußte ich an Craddock denken. Ob der im Knast immer noch den dicken Maxe markierte, indem er seine Sonnenbrille pathetisch auf- und absetzte?

Der Mann hier war nicht blind, denn als er Ray sah, stoppte er und unterhielt sich mit ihm. Sie schienen sich zu kennen. Auch Ray deutete zu mir und jetzt waren sie zu dritt auf dem Weg - ich fühlte mich ungemütlich.

Wer war der Kerl?

„Jeff, Ihre königliche Majestät hat mich ersucht, Sie zu informieren, dass sie sich genötigt sieht sich zu verabschieden, denn ihr nächster wichtiger Termin steht an. Deswegen würde sie sich gerne noch von Ihnen verabschieden, wenn Sie erlauben?"

- rasch zog mich Henry in ein kleineres Nebenzimmer und mir wurde klar, dass die Königin sich hier gar nicht unter Ihresgleichen gemischt hatte. Was ich gut verstehen konnte, so borniert und langweilig wie es hier zuging. Im Nebenzimmer stand die Dame relativ verloren herum, ihr kostümierter Schirmhalter war wahrscheinlich schon wieder beim Golfen, oder bei seinen Pferden, oder was man als Prinz halt so zu tun hat.

„My dear. Ich muß weiter. Andere Hände schütteln. Bitte geniessen Sie das Buffet und fühlen Sie sich wie zuhause. Aber verlieren Sie nicht die Urkunde, sonst gibt´s kein Geld."

- hatte sie mir gerade zugezwinkert?

„Ok. Hat mich auch gefreut, Ma´am. Und wenn Sie mal nach Kalifornien kommen, rufen Sie ruhig an.“
- sie hielt dabei die ganze Zeit meine Hand und ich fühlte, wie weich die ihre war.

„Ich bin nicht sicher, ob diese Art Lederbekleidung Teil meiner Garderobe ist. Aber Danke. Machen Sie es gut und Good-bye.“
- Lächeln - Umdrehen - großer Abgang - Queen off.

„Da sind noch einige wichtige Herren, die sich gerne über Investitionen in Ihre Programme mit Ihnen zu unterhalten wünschen, Jeff. Darf ich sie hereinführen?“
- ohne meine Antwort abzuwarten, schnippte Henry mit den Fingern, die Tür ging erneut auf und ungefähr sieben Smokings mit Zigarren traten ein und kreisten mich ein.

Lord So und So, Duke of Tralala, Count zu Ding-Dong-Ding, alle drückten mir ihre Visitenkarten in die Hand und wollten alles wissen.

Wie ein einfacher Mechaniker und eine Geschichtslehrerin es denn schafften so ein Unternehmen zu realisieren? Wie kamen wir an das Geld? Wie finanzieren wir uns heute? Was ist der Plan für die nächsten zehn Jahre? Glauben Sie an die Gleichberechtigung von Mann und Frau? Sollen Frauen das Wahlrecht erhalten? Möchten Sie in die Politik gehen? Sollte England die Kolonien in der Karibik in die Unabhängigkeit entlassen oder weiterhin seinem kulturellen Auftrag nachkommen? Spielt man in Ihrem Club in Amerika Pool oder Snooker?

Anfangs versuchte ich noch die Fragen zu beantworten und nett zu sein, aber als die Frage nach meinem Schneider gestellt wurde, reichte es mir und ich entschuldigte mich auf die Toilette. Nur die war gar nicht so leicht zu finden.

Ok. Ich musste auch nicht wirklich, und schlenderte so ein bißchen durch Gänge mit Säulen und Zimmern, wie aus dem Museum. Sie hatten überall Männer in Prachtuniformen hingestellt - wahrscheinlich sollten die darauf achten, dass wir nichts klauen. Von irgendwoher kam ein Junge mit einem Champagnertablett und grinste mich an.

„Fahren Sie wirklich ne BSA? Keine Harley, Sir?“ - er hielt mir das Tablett hin und ich griff automatisch zu. Dann nahm er sich auch ein Glas und prostete mir zu.

„Ja. Und du?“

„Ich spare auf eine BMW. Mein Dad hatte eine aus dem Krieg mitgebracht. Die Dinger sind ganz robust, aber ich will die neue, die große, mit 750 ccm. Damit kann man sogar Rennen fahren, wissen Sie?“ - da er sein Glas in einem

Zug leerte, folgte ich seinem Beispiel und wir hatten sofort zwei neue Gläser in der Hand.

„Bist du auch Mitglied in diesem West London Racing Club von Henry?"

„Sie meinen die West London Speed & Race Society for Gentlemen? Oh, my god! Ich wünschte, ich wäre, aber ich bin noch zu jung und ausserdem muß man da ein Ton-upper sein. Und das erlaubt mein alter Herr nie."

- erfahren stürzte er das zweite Glas Champagner runter. Ich schaltete einen Gang zurück.

„Da hat dein alter Herr recht, mein Freund. Schnell fahren ist ne schöne Sache, aber sinnlos rasen verkürzt die Freude unnötig. Was bringt es dir, wenn du eine Woche lang der Schnellste bist und danach tot? Lieber eine konstante Geschwindigkeit und die ein Leben lang."

- jetzt war auch mein Glas leer, also drückte mir der Bengel ein weiteres, frisches in die Hand.

„Jaja, Sie haben ja recht. Würden Sie Lord Henry eventuell mal fragen, ob ich seine Society besuchen darf? Nur schauen! Verstehen Sie? Aber Sie kennen ihn doch und..."

- wieder klingelte ein unsichtbares Glöckchen und der Bengel zuckte zusammen.

„Der Lunch ist serviert. Folgen Sie mir und ich bringe Sie zu den anderen." - gesagt - getan, aber ich konnte sehen, dass der Champagner bei ihm schon seine Wirkung tat.

Er führte mich zurück in den ersten Saal, in dem ich die Urkunde erhalten hatte. Jetzt war hier eine riesige Tafel gedeckt, an der schon alle Platz genommen hatten. Ich war der Letzte, aber Jasmine winkte mich zu sich.

Sie schienen die Armee der Bediensteten verdoppelt zu haben.

„Wo warst du, Honey? Ich habe schon Kopfschmerzen von diesem elitären Gequatsche über die neusten Moden in USA und über Damenprobleme, die keine Probleme haben." - sie sah echt ein bisschen müde aus.

„Ich hab die Toilette gesucht." - jetzt winkte ich den Jungen, der von einer BMW träumt, zu uns.

„Wie heißt du, Bruder?" - wollte ich wissen, und nahm ihm die letzten zwei Champagnergläser ab.

„George, Sir."

„OK, George, wenn immer eines unserer Gläser leer ist, bringst du uns neue, ok? Du bist unser persönlicher Aufpasser."

„Aber, die anderen Gäste brauchen auch..."

„Bleib einfach hier bei uns stehen."

Nach dem ersten Glas erglühte das Licht des Lebens in meinem Stern der Liebe wieder.

Wir assen irgendwas und tranken mehr. Mit jedem Glas fiel uns die Konversation leichter und wir entwickelten Ideen, die Probleme dieser Welt zu lösen aus dem Stegreif. George schenkte fleissig nach.

Auch dieser Lunch war irgendwann vorbei und ich schon tüchtig angeschickert.

Anscheinend war der Job der High Society nach dem Mittagessen auch getan, denn sie verschwanden alle Sang und Klanglos. Auf einmal wurde mir bewußt, dass nur wir BOFOO's, Henry und die Sonnenbrille noch am Tisch sassen. Miguel hatte die Dame offensichtlich mit seinen Tanzschritten beeindruckt, denn beide waren verschwunden.

„Ich will tanzen!"

- rief La Mama in den leeren Saal. An ihren roten Wangen konnte ich sehen, dass sie auch gut getankt hatte.

„George. Kann der Dame geholfen werden?"

- fragte ich unseren Maulwurf mit dem Champagnertablett.

„Es gibt hier das Raucherzimmer, mit einer Bar und einem Radio, Sir."

„Keine Jukebox?"

„Well. Die könnte ich organisieren. Folgen Sie mir."

Also trotteten wir brav hinter dem kleinen Mann in seiner roten Pagenuniform her, durch dieses Labyrinth von Zimmern, Bildern und Türen. Um zu besagtem Raucherzimmer zu gelangen, öffnete George eine Geheimtür hinter der Tapete.

Und ein entsetzlicher Gestank von schweren alten Zigarren der letzten 2000 Jahre verschlug uns den Atem. Lustiger Weise stand hier aber ein Barkeeper bereit, der freundlich unsere Bestellungen aufnahm. Musste der arme Kerl jeden Tag hier von 7 Uhr Früh bis Mitternacht auf Kundschaft warten? Oder trank die Königin schon früher?

Wir bestellten Drinks.

Die Damen Cocktails, die Männer eher einfache Schnäpse.

George schob tatsächlich unter dem begeisterten Geheul von La Mama und Miriam eine Jukebox herein und die Party konnte beginnen. Wir tanzten alle abwechselnd miteinander. Sogar Miguel und die Dame tauchten wieder auf. Sie sah etwas derangiert, aber glücklich, aus und stieg sofort mit ein.

Auch George ließ sich gerne von Jas zu einem Tänzchen überreden, mußte aber das Recht an den älteren Henry bald abgeben, der überraschender Weise eine richtig heiße Sohle aufs Parkett legte.

Nur Sonnenbrille stand an der Bar und hielt sich an seinem Drink fest.
Als ich einmal Atem holen mußte und mir einen neuen Drink bestellte, gesellte ich mich zu ihm.

„Es freut mich zu sehen, dass Sie wissen, wie man Spaß hat. Leider bleibt mir nur der Spaß am Zusehen. Das Knie."

- damit deutete er runter.

„Motorradunfall?" - fragte ich.

„Kriegsverletzung. Wegen der schlechten Strassen damals, oder war es die schlechte Federung der Panzer?"

„Jaja, war ne Scheißzeit. Wir waren Fallschirmjäger. Aber haben überlebt. Ich bin Jeff."

„Angenehm. Ich habe bis jetzt nur einen Amerikaner getroffen, der Jeff heißt. Und der hat mir das Leben gerettet. Damals in Frankreich."

„Haha! Vielleicht war ich das ja. Wo waren Sie in Frankreich?"

„In der Ardennenschlacht. `44. Die Panzergroßoffensive."

„Oh. Shit. Wir auch. Haben da Ihre Augen auch was abbekommen, Mister...?

„Vesta Mandloi. Nein, meine Augen sind nur etwas lichtempfindlich."

„Wie heißen Sie?!" - ich dachte, jemand hätte mir mit einem Hammer eine verpasst.

„Vesta Mandloi. Ich weiß, der Name ist etwas ungewöhnlich, aber er stammt aus dem Hindukusch."

„Crow, Jay, Miguel! Kommt her! Jetzt!" - die Jungs waren beim Tanzen und betrunken, aber sie liessen alles stehen und liegen und kamen rüber.

„Klappe halten und zuhören. Bitte Mister, sagen Sie uns noch einmal Ihren Namen."

Der Mann schaute jetzt sehr verunsichert in die Runde, nahm aber dabei langsam seine Sonnenbrille ab.
Und du ahnst es! Es kamen darunter smaragdgrüne Augen hervor!!!
Uns allen fiel die Kinnlade runter, was Mister Mandloi auch direkt wahrnahm.

„Stimmt etwas nicht mit meinem Namen?" - fragte er unsicher.

„Haben Sie für die Deutschen gekämpft? In einem Panzer?"

- Jay´s direkte Frage schien ihm einen Schleier des Vergessens wegzuziehen.

Er schaute uns jetzt auch an, als ob ihm der Weihnachtsmann leibhaftig gegenüber stehen würde.

Vesta Mandloi erzählte uns die irre Geschichte seiner Eltern:
Sein Vater war Lehrer und der beste Speerwerfer in der kleinen Stadt im heutigen Pakistan, in der sie lebten. Seine Mutter arbeitete als Übersetzerin für

die Engländer, die damals noch die Region besetzt hielten. 1936 wurde der Vater nach Berlin, zur Olympiade eingeladen, als Vertreter Englands im Speerwurf. Da der abgedankte König von England, Edward VIII, ein Freund der braunen Idee war und deren geistigen, aber bekanntermassen verwirrten, Kopf besuchte, blieb die Familie Mandloi auch nach der Olympiade in Berlin und übersetzte weiter. Der kleine Vesta ging hier zur Schule, lernte Deutsch und musste zur HJ, wie alle Jungs. Sein Vater fand einen Bürojob in der englischen Botschaft und seine Mutter blieb Übersetzerin.

Bis der Krieg kam.

Da seine Eltern offiziell keine Engländer waren und diese ihre Botschaft in Berlin geschlossen hatten, wurden beide arbeitslos, bis sie eines Tages als Spione verhaftet wurden. Der junge Vesta wurde in ein Nazi-Umerziehungsinternat gesteckt und sah seine Eltern nie wieder.

Sein Vater wurde irgendwann im KZ Sachsenhausen `auf der Flucht erschossen´, was seine Mutter im KZ Flössenburg in solche Depressionen stürzte, dass sie sich zu Tode hungerte. All das erfuhr Vesta erst nach dem Krieg. Bis dahin wurde ihm die braune Soße in sein Kindergehirn geprügelt und man machte ihm klar, wie viel Glück er hatte, nicht dasselbe Schicksal wie seine Eltern zu erleiden. Im Februar 1943, nachdem die Deutschen in Stalingrad wie die Fliegen gestorben und erfroren waren, standen eines Tages zwei SS-Offiziere im Klassenzimmer und trugen jeden Jungen über 15 Jahre in die Liste der `Freiwilligen´ ein.

So kam Vesta zu seiner SS-Uniform.

Weil es aber damals schon an allen Ecken und Enden des Großdeutschen Reiches brannte, wurde die militärische Ausbildung auf ein Minimum reduziert und die `SS-Elite´ an allen, längst verlorenen, Schlachtplätzen des Krieges verheizt. Vesta überlebte das alles irgendwie. Bis sie ihn, müde und abgezehrt, eben in genau jenen Panzer setzten, der uns fast über die Füße gefahren wäre.

„Warum haben Sie mich damals nicht erschossen, Jeff? Das hätte Ihnen eine Menge Ärger erspart?"

Es schien, als ob diese Frage ihn seit Jahren wach hielt. Als ob sie sein SS-Hans-Zombie wäre, der in den unpassendsten Momenten auftauchte.

„Keine Ahnung. Es war nur so ein Gefühl. Es waren schon zu viele sinnlos gestorben."

„Ich habe deinen Ledermantel noch, Vesta." - gestand Miguel, wie ein Schuljunge.

„Oh. Den kannst du ruhig behalten, diese Läusebrutstätte."

„Wie ging es weiter, nachdem du in Gefangenschaft warst?" - wollte ich wissen.

„Der Kreis schloß sich. Eure Jungs und die Engländer fingen bald an, die deutschen Soldaten zu befragen und brauchten dafür einen Übersetzer. Also nahmen sie mich. Vom Feind zum Freund in 24 Stunden."

„Aber von dort bis ins Vorzimmer der Queen ist es ein langer Weg, hm?"

Crow hatte bis jetzt nur schweigend danebengestanden und gedacht, er würde aufgrund des Whiskeys Gespenster sehen.

„Ein absurder, würde ich sagen. Kurz nach der Landung in der Normandie, schickten die Amerikaner eine Spezialeinheit, um die Köpfe des deutschen Atombombenprogramms zu finden und sie nach England zu bringen. Dort sperrte man die in eine Villa und überwachte jede Bewegung und jedes Gespräch mit Mikrofonen und Kameras. Und ich sollte das übersetzen. Was mir die Tür zum Geheimdienst seiner Majestät eröffnete. Ich wurde aufgrund meiner Kenntnisse, darüber wie man in den Naziinternaten die Kinder mit sogenanntem Wissen fütterte, zum Berater des englischen Bildungsministers."

„Ah! Jeff!!! Du hast Mister Mandloi schon kennengelernt!!!! Great! Ohne ihn hätte es dieses ganze experimentelle Schulförderungsprogramm nie gegeben … Mister Mandloi, darf ich vorstellen: Jeff aus Oakland. Amerikaner."

Henry schwankte und lallte, als er sich an meine Schulter hing.

„Wir kennen uns bereits, Lord Henry."

- grinste Vesta und lächelte brüderlich in die Runde.

In dem jetzt folgenden Schweigen war es, als ob wir alle fünf noch einmal zu diesem unsäglichen Tag vor über zehn Jahren in Frankreich zurückgingen. Und auf einmal machte alles Sinn. Sein Blick, der uns jahrelang terrorisiert hatte, war ein glücklicher, freundlicher Blick, darüber, dass der frierende, hungernde Junge auf ein paar Gleichgesinnte gestoßen war, die ihm ein neues besseres Leben schenkten.

Es war das Schweigen ihrer betrunkenen Männer, das den Damen nicht ganz koscher erschien. War hier nicht gerade eine königliche Party im Gange? Also, gesellten sie sich auch zu uns an die Bar und wollten Zugang zu dieser fremden Männerwelt.

„Jungs, schmeckt euch der Whiskey nicht, oder warum schaut ihr alle so belämmert? Wir können auch was Langsames spielen, falls euch die Puste ausgegangen ist." - Miriam wollte Crow auf die Tanzfläche, oder besser gesagt, in die Mitte des Raumes ziehen. Der aber ließ sie abblitzen, indem er sagte:

„Honey. Das ist Hans. Der Hans." - was noch einen weiteren Whiskey erforderte.

„Hans? Der SS-Hans? Der Zombie… wirklich?"

„Ja, Baby, der SS-Hans. Sein Name ist wirklich Vesta."

„Hallo, Vesta. Alles klar? Ich bin Jasmine. Tanzen wir?" - reichte ihm Jasmine die Hand und er schaute mich an, zögerte.

„Na, mach schon. Sie führt gut." - und so führte mein Traum meinen Albtraum auf die Tanzfläche und dieser folgte humpelnd.

Auch wenn es eine langsame Nummer war, zu der die beiden tanzten, schien es, als ob Vesta seit Jahren das erste Mal wieder das Tanzbein schwingen würde. Er grinste, wie ein Zehnjähriger.

Wir anderen goßen uns auf den Schreck auch noch einen schnellen Whiskey runter um diese Party erfolgreich zu Ende zu bringen. Wir tanzten alle noch ein bisschen, zu dem was die Jukebox hergab. Vestas Knie schien mit jeder Nummer besser zu werden, Jay bearbeitete den jungen George und dieser zog ab und Henry fiel irgendwann einfach völlig besoffen um und blieb auf dem Boden liegen.

„It´s time to go, my friends!" - proklamierte Crow trocken bei Henry´s Anblick und ich meinte den Barkeeper erleichtert aufatmen zu sehen.

Wir liessen Henry einfach liegen und folgten Vesta, der uns aus dieser Blase aus schwerem Rauch und Whiskey durchtränkten Wänden, an die frische Luft führte. Ich weiß nicht, wie betrunken er war, aber er dirigierte uns direkt zu den drei wartenden Rolls Royce und stieg mit ein. Wir fuhren zu unserem Hotel und nötigten den Portier, der schon geschlafen hatte, uns die Bar aufzu-schliessen. Also machte er uns das Licht an und ging zurück ins Bett.

Wir tauschten noch die ganze Nacht unsere Geschichten mit denen von Vesta aus, lachten viel über kosmische Zufälle und versprachen uns, ab jetzt ein regelmäßiges Treffen zu veranstalten.

Plötzlich ging das Licht im Saal an, und das Personal fing an die Tische für das Frühstück zu decken. Da erst erkannte ich, dass alle, ausser Vesta und mir entweder auf den Tischen eingeschlafen waren, oder sich klammheimlich verabschiedet hatten. Nur er und ich hatten diese unglaubliche Nacht lang durch geredet.

Also ließ ich mir einen extrem dünnen englischen Kaffee bringen und verabschiedete mich auch ins Bett. Der Rest der Truppe schaute sich, während ich den Tag verschlief, das nebelige London an und weckte mich erst als es schon dunkel wurde.

„Der Flieger wartet, Honey." - flüsterte Jas in mein Ohr, dass es nur so dröhnte.

Irgendwie muß sie mich unter die Dusche geschafft haben, denn ich saß plötzlich im Flugzeug, war mir aber nicht sicher, ob ich nicht doch noch träumte oder Alkoholgespenster sah - denn ich sah Jay mit einer dieser riesigen Bärenfellhelme rumstolzieren.

„George hat sie ihm besorgt. Frag nicht wie." - klärte mich Jas auf und eine lächelnde Stewardess kam auf uns zu.

„Miss Jasmine? Wir haben eine Nachricht über Funk erhalten. Ihre Koffer sind gerade in London angekommen." - damit überreichte sie Jas einen Zettel. Die schaute mich zuerst wutentbrannt an, mußte dann aber herzlich lachen.

Der Koffer ging zuerst in das Walldorf Astoria. Da wir dort aber schon ausgecheckt hatten, schickte man ihn weiter zum Buckingham Palast, dort fand man auch niemanden, der auf diese Kleider wartete, also ging der Koffer zurück zum Walldorf. Irgendjemand dort kam auf die Idee Henry anzurufen und nach dem weiteren Prozedere für besagten Koffer zu fragen. Wie Henry es wohl geschafft hatte, von dem Boden der königlichen Bar wieder nach Hause zu kommen? - drängte sich mir der nüchterne Gedanke auf.

Für den ersten Teil der Rückreise, bis nach New York, schlief ich durchgehend.

Von dort bis LA kroch das Leben langsam wieder in meine schmerzenden Glieder zurück und wir diskutierten aufgeregt das Treffen mit Vesta und die unterschiedlichen Erinnerungen an den gestrigen Abend. Einig waren wir uns nur in dem einen Punkt: Es hatte richtig Spaß gemacht!

Zurück in Kalifornien nahmen wir unser Alltagsgeschäft wieder auf und Vesta wurde zu einem festen Bestandteil unseres Lebens, indem er uns auch Schüler aus England und den britischen Kolonien vermittelte. Das führte dazu, dass wir den ganzen Betrieb auf Catalina erweitern mußten, noch mehr Lehrer, Handwerker und Helfer anheuerten und ich fast nicht mehr meine Werkstatt am Lake Merritt sah. Zum Glück fragte mich Graham´s Dad eines Tages, ob er den Laden nicht nutzen könne - als Leihgabe sozusagen. Das war für mich perfekt - denn so konnte ich das Erbe meines eigenen Dad´s in Ehren halten und hatte immer eine Anlaufstelle in Oakland.

Die meiste Zeit verbrachte ich aber inzwischen auf Santa Catalina damit Shows und Rennen zu organisieren, den Jungs zu zeigen, wie man sein Auto oder Motorrad schneller macht und, dass diese Dinge auch Aufmerksamkeit brauchen und nicht nur Gebrauchsgegenstände sind.

Jeder von uns hatte seinen Bereich und darin alle Hände voll zu tun. Was uns voll und ganz erfüllte.

Das letzte Highlight dieser Geschichte war die Hochzeit von Old Crow und Miriam.
Dazu kamen, ausser El Chicos Familie, Joe´s Freunde, Hans und seine Surfertruppe, sogar noch Henry, Vesta und Little George aus London eingeflogen.
Und wie das Schicksal so spielt, schaffte es unser Koffer, mit den schnieken Anzügen auch genau einen Tag vorher bei uns anzukommen. Denn Henry hatte den Koffer, nachdem ihn das Walldorf angerufen hatte, nach Oakland geschickt - zu meiner Werkstatt. Nur war da niemand mehr - also ging er zurück nach New York, wo er das erste Mal amerikanischen Boden `betreten´ hatte. In New York wurde eine Suche nach Lord Henry veranstaltet, der, als man ihn ausfindig gemacht hatte, auch irgendwann irgendjemanden verständlich machen konnte, dass sie den Koffer vielleicht doch nach Santa Catalina schicken sollten. Auch das wurde irgendwann erfolgreich umgesetzt, doch nicht bevor der arme Koffer noch über Boise, Idaho und Seattle, Washington weitergereicht wurde - frag mich nicht warum. Die Wege des Herren sind unergründlich.
Jedenfalls freuten wir uns alle wie Bolle, als die Fähre mit der Band und den Hochzeitsgästen auch noch unseren Überseekoffer am Pier ablieferte.
Jetzt konnten wir die alte Krähe standesgemäß an die goldene Kette legen - dachten wir.
Denn als wir den Koffer voller freudiger Erwartung öffneten, durften wir feststellen, dass auch die beste Qualität nicht alles aushält. Unsere teuren, nagelneuen Anzüge hatten einen irreparablen Schaden durch ihre kleine Weltreise genommen und waren nicht mehr zu gebrauchen.

Aber zum Glück hatten wir unsere Stiefel, Jeans und Lederjacken nie abgegeben und die Kette hielt damit genauso gut.

Der
Deutschlehrer
Wolfgang Krewe

9 783755 725978

Das beschauliche Leben des Deutschlehrers Paul verwandelt sich nach der Hochzeit eines Freundes in ein Spionageabenteuer um Intrigen und Geld. Was für Paul als willkommene Abwechslung zum Alltagstrott beginnt, entpuppt sich schnell als gefährliches Spiel, dessen Regeln er nicht kennt, und dessen Einsatz seine Familie und seine Freiheit ist.

Um die Gefahr abzuwenden, muss er die Karten des Spiels neu mischen

- denn sein Leben wird nie mehr so sein wie zuvor

Der
Deutschlehrer #2
Wolfgang Krewe

Der Deutschlehrer Paul hatte sich mit seiner Familie in Brasilien eine neue Existenz aufgebaut, nachdem er den dubiosen Machenschaften des geheimnisvollen Agenten Christian knapp entkommen konnte.

Als dieser eines Tages plötzlich in Pauls Surfshop auftaucht, ist Paul sofort klar, dass sein beschauliches Leben abrupt zu Ende geht.

Denn Christian will Rache und wird ihn in ein weiteres gefährliches Spionageabenteuer verwickeln.